Nicky DeMelly, Baujahr 1978, lebt mit ihrer Familie im schönen Münsterland. Geschrieben hat die Krankenschwester knapp 30 Jahre nur für sich, erst seit 2019 veröffentlicht sie auch. Bisher findet man eine Novelle und diverse Kurzgeschichten in Anthologien. 2021 wurde die Spendenanthologie Wir schreiben für euch – Fantasy, in der sie vertreten ist, mit dem „Bronzenen Stephan" ausgezeichnet. Im gleichen Jahr wurde Nicky von der „Agentur Ashera unter die Fittiche" genommen, im Juni 2022 erschien Teil eins von vier der Vampirnovellenserie um „Edgy".

Nicky versucht sich in jedem Genre und testet sämtliche Perspektiven. Auch kennt sie kaum Tabus. Häufig greift sie gesellschaftliche Probleme in ihren Geschichten auf, wobei das Schreiben eine Art Eigentherapie für die harmoniebedürftige Autorin geworden ist.

NICKY DEMELLY

CATCHING *A BULLET* FOR YOU

EINE PRICKELNDE NEW ADULT
MILITARY ROMANCE

Vorwort

Ich freue mich sehr, dass du hier bist! Denn du bist der Grund, warum ich meine Geschichten in die Welt tragen möchte.

Warum ich überhaupt schreibe, hat viele Gründe. Angefangen hat alles damit, dass mir das Lesen allein nicht mehr reichte, um mich in fremde Welten zurückzuziehen, meinen Ärger und die Probleme damit erstmal beiseitezuschieben. Nein, ich brauchte ein anderes Ventil. So begann ich mit Kurzgeschichten über aktuelle Situationen, die mich beschäftigt haben. Irgendwann tauchte ein Protagonist in meinem Kopf auf, der mir seine Geschichte erzählt hat. Das tut er bis heute und so sind in fast dreißig Jahren unendlich viele Teile einer Psychothrillerreihe entstanden, die bald nach und nach das Licht der Welt erblicken werden.

Aber Moment, das hier ist doch eine Romance!

Stimmt. Als ich mich dazu entschlossen habe, meine Geschichten Verlagen anzubieten, habe ich angefangen, Kurzgeschichten zu schreiben, und zwar in verschiedenen Genres. Das Austesten hat mir unglaublich viel Spaß gemacht, sodass ich es auch mit Romanen versucht habe.

Damit kommen wir endlich zu diesem Buch. Romance wird gesucht? Dann sollt ihr Romance bekommen.

Denn selbst bei meinen wirklich nicht netten Thrillern ist die Liebe immer ein Thema. Ohne seine Frau wäre mein Protagonist ein psychisches Wrack. Ist er so auch, aber immerhin ein lebensfähiges. Ich liebe diese Art von Protagonisten, ich liebe es, in die menschliche Psyche einzutauchen. All meine Protagonisten haben psychische Probleme, mal mehr, mal weniger ausgereift.
So auch in diesem Buch. Ihre Handlungen sind nicht immer nachvollziehbar, wenn man den Hintergrund nicht kennt und versteht. Das macht es für mich erst spannend. All die Fragen in meinem Kopf, wieso er oder sie so ist, so reagiert. Wenn es dir genauso geht, hast du das richtige Buch in der Hand.
Was mir auch wichtig ist, sind Alltagsprobleme. Davon kann Megan ein Lied singen und ich finde, ihre Probleme, die viele Frauen betreffen, gehören thematisiert. Ebenso wird PTBS gerne totgeschwiegen, nicht verstanden oder als nichtig abgetan. Glaubt mir, ist es nicht. Auch ein Thema, das ich sehr mag und ebenfalls hier mit reinbringe.
Zudem habe ich passend zu der Zeit, als mir die grobe Idee der Story kam, einen Soldaten kennengelernt, der mit SEALs zusammengearbeitet hat. Diese Leute faszinieren mich seit jeher und somit war Jay geboren. Besagter Soldat konnte mir wertvolle Tipps geben, wofür ich ihm unglaublich dankbar bin.
So kam eins zum anderen und die Geschichte hat sich zu einem Selbstläufer entwickelt. Ich hoffe, sie gefällt euch so gut wie mir!
Jetzt aber viel Spaß beim Eintauchen und ich würde mich freuen, wenn ihr ein paar Sterne und vielleicht sogar eine Rezi dalassen würdet, wenn sie euch gefällt.

Denn das hilft mir als Autorin ungemein weiter! Auch für Kritik bin ich immer offen, solange sie konstruktiv ist. Man lernt ja schließlich nie aus! Schickt sie gern über das Kontaktformular auf meiner Webseite https://nickydemelly.de oder als PN auf Facebook oder Insta. Ich würde mich riesig freuen!

In diesem Sinne: Danke und viel Freude mit Megan und Jay!
Eure Nicky

Kapitel 1

Megan

»Wenn Sie derart schnell die Nerven verlieren, sind Sie für den Beruf als Bewährungshelferin ungeeignet.«

Mit weit aufgerissenen Augen starrte Megan ihren Boss Patrick Barns an. Eine imaginäre Hand zerquetschte ihre Organe, raubte ihr die Luft zum Atmen. Dabei hätte sie mit dieser Reaktion rechnen müssen.

Es ging um einen ihrer Klienten, der wegen schwerer Körperverletzung acht Jahre eingesessen hatte und vor einer Woche auf Bewährung entlassen worden war. Nachdem er einen anderen Mann durch massive Provokationen zur Schlägerei animieren wollte, saß er nun wieder ein, weil sie ihn erneut der Polizei ausgeliefert hatte.

So was brachte ihren Boss jedes Mal auf die Palme. Aber sollte sie tatenlos zusehen, wie ihre Probanden munter weiter gegen das Gesetz verstießen? Niemals. Dann hätte sie den Job wirklich verfehlt.

Barns musterte Megan abschätzig von oben bis unten. Seine grauen Augen stachen durch die zu klein geratene, uralte Brille auf der Adlernase. Allein dieser Anblick ließ in ihr die Galle aufsteigen. Noch schlimmer wurde es, wenn er den Mund aufmachte.

»Mister Major ist gerade entlassen worden und Sie sorgen dafür, dass er direkt zurück in den Knast geht. Wieder einer in unserer Statistik, den Sie wegen einer Kleinigkeit ans Messer liefern. Langsam bezweifle ich ernsthaft, dass Sie dem Job gewachsen sind.« Immer mehr redete er sich in Rage, bis er innehielt und tief durchatmete. Sie von oben bis unten musterte. »Vielleicht würden ein paar Kilo weniger und ein Rock helfen, Ihre Unsicherheit gegenüber den Klienten zu vertuschen. Sie sollten Ihre weiblichen Reize nutzen, wenn Sie in dem Job weiterkommen wollen. Eine andere Chance sehe ich da nicht mehr.«

Megans Mund klappte auf. Obwohl ihr Boss sie seit ihrem ersten Tag wie Dreck behandelte, überwog auch dieses Mal die Fassungslosigkeit. Sprachlos starrte sie ihn an, ließ die Worte Revue passieren. Sie hoffte inständig, sie hätte sich verhört und diese Unverschämtheit wäre nie aus seinem Mund gekommen. Oder er würde sich wenigstens dafür entschuldigen. Aber das konnte sie noch so sehr herbeisehnen – es würde niemals passieren.

Wut und Enttäuschung krochen in ihr hoch. Ihr Gehirn rotierte, sie bekam keinen klaren Gedanken zu fassen.

Barns hingegen fuhr mit seiner Predigt fort. »Entweder Sie zeigen mir, dass Sie es besser können, oder Sie werden sich beim nächsten Fehlversuch nach einer anderen Stelle umsehen müssen.«

Als Megan nicht reagierte, auf der vergeblichen Suche nach einer passenden Antwort, wedelte er mit der Hand. »Na los! Anstatt hier dumm herumzustehen, sollten Sie sich besser auf Ihren neuen Probanden vorbereiten!« Kopfschüttelnd wandte er sich seinem Bildschirm zu.

Megan blinzelte und atmete tief durch. Sie würde jeden Augenblick losheulen. Wie immer, wenn sie vor Wut platzen könnte. Diese Genugtuung würde sie Barns nicht auch noch gönnen.

Nachdem sie zitternd die Tür hinter sich geschlossen hatte, platzte die Frustration geballt aus ihr heraus. Tränen verschleierten ihre Sicht und tropften auf die Bluse, während sie zu den Toiletten eilte. So sollte sie kein Kollege sehen. Wer würde ihr denn den wahren Grund für die Heulerei abnehmen? Für die anderen wäre es nur die Bestätigung ihres Irrglaubens, sie sei geschlechtsbedingt untauglich für den Job. Es würde noch mehr Sprüche in der Richtung hageln, als sie ohnehin schon täglich zu hören bekam.

Glücklicherweise arbeitete hier nur eine weitere Frau, die heute nicht im Büro war. So konnte sie sich in aller Ruhe frisch machen, nachdem die Tränenflut endlich nachgelassen hatte.

Wenigstens war sie diesen Klienten jetzt los. Major hatte grundsätzlich das Gegenteil von dem gemacht, was sie sagte. Jede Möglichkeit genutzt, sie zu schikanieren. Und Mist zu bauen. Ihr war nichts anderes übriggeblieben, als ihn wegen der Verstöße zurück ins Gefängnis zu schicken. Auch wenn ihrem Boss die Rückfallquote nicht gefiel und sie, wie so oft, als schwächliches Weibsstück darstellte.

Die Erinnerung daran jagte einen erneuten Schwall heißen Zorns durch Megans Adern. Sie war nicht unfähig, im Gegenteil. Nicht nur, dass ihr diese Arbeit wichtig und sie mit Herzblut bei der Sache war. Sie schien hier auch die Einzige zu sein, die ihren Job ernst nahm und durch ihr Handeln unschuldige Menschen schützte. Denn solch brutale, jähzornige Menschen wie Major hatten auf der Straße nichts verloren. Sie war im Recht und das würden die anderen auch noch einsehen. Dafür würde sie sorgen.

Der Job bedeutete ihr alles. Sie wollte Menschen helfen, sich wieder in die Gesellschaft zu integrieren. Nach einer Verhaftung oder gar einem Knastaufenthalt hatte man es in den USA verdammt schwer. Um nicht zu sagen – ein Leben in der Obdachlosigkeit war so gut wie sicher. Es sei denn, man bekam die richtige Unterstützung. Und die wollte sie den Menschen bieten, die es verdienten. Wie viele wurden zu Unrecht verurteilt oder hatten wirklich gute Gründe für ihre Taten. Wie diese Mutter, die Essen für ihr Baby gestohlen hatte. Oder Megans Dad, der kurz nach ihrem vierzehnten Geburtstag zu Unrecht wegen Mordes angeklagt worden war. Es hatte ihre Familie zerstört, ihr die Jugend genommen. Ihr ganzes Leben verändert.

Das sollte anderen nicht passieren. Dafür kämpfte Megan mit vollem Einsatz und aus dem Grund wollte sie den Job so gut wie eben möglich machen. Würde sie auch. Und zwar so, wie es das Gesetz vorgab, nicht Barns.

Trotzig knöpfte Megan ihre Bluse bis oben zu und warf einen letzten Blick in den Spiegel. Ihre Augen waren noch leicht gerötet, was das Blaugrün der Iris regelrecht leuchten ließ.

Vielleicht sollte ich öfter heulen oder die Lider rot schminken.

Bei dem Gedanken grinste sie. Die Flecken waren aus ihrem Gesicht verschwunden, bald würde sie wieder normal aussehen. Megan strich sich eine blonde Haarsträhne, die sich aus dem Pferdeschwanz gelöst hatte, hinter das Ohr und straffte die Schultern. Vor der Tür zögerte sie und lauschte. Als sie nichts als Stille vernahm, trat sie auf den Flur hinaus und eilte in ihr Büro, wo sie die Motivationswelle bereits wieder verlassen hatte. Zu groß war die Angst, ihren Traumjob zu verlieren.

Megan ging auf direktem Wege zum Aktenschrank, auf dem die Kaffeemaschine stand, und befüllte sich mit zitternden Händen eine Tasse. Den hatte sie jetzt bitternötig.

Gleich würde eine neue Chance vor ihr sitzen, die musste sie nutzen. Mit geschlossenen Augen atmete Megan tief durch und öffnete die Datei ihres nächsten Klienten.

Jay Harvey, sechsundzwanzig, verurteilt wegen Besitzens illegaler Substanzen. Aufgrund der geringen Menge, seines Geständnisses und des Erstvergehens wurde das Strafmaß außergerichtlich auf sechs Monate zur Bewährung festgesetzt.

Nach der nächsten Zeile überkam Megan ein eisiger Schauer. Er war ein Soldat. Wie Tucker, von dem sie sich vor einem Monat getrennt hatte. Der hatte nur die Army im Kopf gehabt, wie scheinbar alle in dem Job.

Ach nein, es war ja kein Job, sondern eine Berufung. Darauf hatte er immer bestanden.

Megan atmete tief durch und gönnte sich einen weiteren Schluck Kaffee.

Sie scrollte zur nächsten Seite, die ein Foto von Harvey zeigte – und verschluckte sich. Ihr nachfolgendes Herzrasen schob sie jedoch nicht nur darauf. Was für ein Charisma! Ohne es benennen zu können, war ihre Neugierde allein durch den Anblick geweckt.

Sie schürzte die Lippen und nickte bedächtig.

Herausforderung angenommen.

Ein Klopfen an der Tür ließ sie zusammenzucken. Ohne aufzusehen, rief sie: »Herein.«

Bitte nicht Barns!

Sie nahm all ihren Mut zusammen und hob den Kopf. Es war nicht ihr Boss. Dennoch raubte ihr der Anblick des Mannes, der mit seinem Körper ihren Türrahmen nahezu ausfüllte, für einen Moment den Atem. Tiefbraune undurchdringliche Augen in einem markanten Gesicht fixierten sie. Eine Narbe teilte die linke Augenbraue. Die dunklen Haare waren bis auf ein paar Millimeter abrasiert, kaum länger als der Dreitagebart. Himmel, der Kerl sah in der Realität noch besser aus als auf den Fotos! Trotz seiner unnahbaren Mimik hatte er auf sie eine wahnsinnige Ausstrahlung.

»Mein Name ist Jay Harvey. Ich bin etwas früh.« Seine tiefe Stimme ging ihr durch Mark und Bein.

Räuspernd setzte sich Megan aufrecht hin und warf einen raschen Blick auf die Uhr. Es war eine Viertelstunde vor dem vereinbarten Termin. Das hatte bisher keiner ihrer Klienten geschafft.

Sie deutete auf die Sitzgruppe links neben ihm. »Bitte, kommen Sie rein und schließen Sie die Tür. Da können Sie sich setzen, ich bin gleich für Sie da.«

Er ließ sich auf den Holzstuhl in der Ecke gleiten, geschmeidig wie eine Raubkatze.

Megan wandte sich wieder dem Bildschirm zu, begriff aber nicht ein Wort von dem, was da stand. Ihr Gehirn erinnerte sie an einen löchrigen Käse. Nur warum? Machte Harvey sie derart nervös? Oder war es die Angst, ihre Arbeit zu verlieren, wenn sie erneut …? Vielleicht sollte sie sich den Rest des Tages freinehmen und erst mal zu Verstand kommen.

Den Teufel würde sie tun. Sie hatte sich ihren Problemen immer gestellt. Das würde sie jetzt garantiert nicht ändern!

Ohne den Kopf zu bewegen, schielte sie zu Harvey herüber. Er sah sich gründlich im Raum um, schien jeden Zentimeter zu inspizieren. Perfekt, umso länger konnte sie ihn beobachten. Nicht nur sein Gesicht, sondern auch sein Körper konnte sich sehen lassen. Unter dem Stoff des schlichten schwarzen Shirts zeichnete sich die Muskelbewegung seiner Schultern ab, als er die Arme vor der Brust verschränkte.

Es war nicht nur das, was ihre Innereien rumoren ließ. Seine ausdruckslose Wachsamkeit hatte nichts mit dem kindlichen Stolz eines frisch gebackenen Soldaten gemein. Vor ihr saß ein Mann, der seit Jahren im Job war und unweigerlich viele grausame Dinge gesehen und erlebt haben musste. Schreckliche Ereignisse, die ihn abgehärtet hatten und es ihr schwer machen würde, an ihn heranzukommen. Ihr blieb nichts anderes übrig, als zu hoffen, dass es funktionierte.

Harvey machte sie nervös. Mehr als ihr lieb war. Warum saß da nicht ein einfacher Junkie, der froh über ihre Unterstützung war?

Erst jetzt bemerkte Megan, dass ihr Proband sie ebenfalls ansah. Ihr stockte der Atem. Zeitgleich wurde ihr bewusst, dass sie sich selbst verrückt machte. Verdammt, wo war ihre Seriosität?

Mit zusammengepressten Lippen wandte sich Megan ab und stand auf. Auf dem Weg zur Sitzgruppe klammerte sie sich an der Thermoskanne fest wie an einem Rettungsanker. Ein angenehm holziger Duft mit einem Hauch Vanille schlug ihr aus Harveys Richtung entgegen.

»Möchten Sie etwas trinken?« Sie starrte auf die Kanne und ärgerte sich über ihre auffällig hohe Stimme.

»Nichts. Danke.«

Höflich ist er. Wenigstens das.

Hüstelnd setzte sie sich ihm gegenüber und trank einen Schluck.

»Geht's Ihnen gut? Sie zittern.« Sein Gesicht zeigte nicht den Hauch einer Regung.

Wieder durchfuhr Megan ein Schauer. Er hatte recht, wobei sie es nicht mal selbst bemerkt hatte. Wieso sah er das, verdammt?

»Ich habe noch nichts gegessen, Entschuldigung.« Zumindest nicht in den letzten zwei Stunden, was sie wohlweislich verschwieg.

Seine Miene ließ keine Vermutung zu, ob er ihr die Ausrede abnahm oder nicht.

Megan zog den Notizblock von der Tischmitte zu sich heran und zögerte, ehe sie den Kugelschreiber in die

Hand nahm. Wenn sie jetzt noch mehr schlotterte als eben, würde er es auf sich beziehen und sie hatte verloren.

Sie musste sich zusammenreißen. Erneut rief sie sich zur Ruhe und hob den Kopf, um ihm in die Augen zu schauen. Fest entschlossen, seinem Blick standzuhalten.

»Gut, Mister Harvey. Mein Name ist Megan Sterling ... das wissen Sie sicher.« Was redete sie denn da? Offensichtlich machte sie die Tatsache, dass sie es nicht vermasseln durfte, nervöser als angenommen. Harvey war ihre Chance. Wenn sie ihn knackte, hatte sie gewonnen. Den Macho-Kollegen und vor allem Barns gegenüber. Darauf musste sie sich konzentrieren.

Sie richtete sich auf und straffte die Schultern. »Ihr Vorname ist Jay. Ist das eine Abkürzung?«

»Steht das nicht alles in Ihren Papieren?«

Sie hob die Augenbrauen. »Das ist richtig. Nur, so leid es mir tut, wir müssen das noch mal durchgehen. Hat man Sie nicht darüber aufgeklärt, was hier passiert?«

»Doch, dass Sie mir erzählen, wie weit ich mich von zu Hause entfernen darf und wann ich mich hier zu melden habe.«

»Dazu kommen wir später. Erst muss der Papierkram passen. Also, noch mal. Ist Jay Ihr richtiger Vorname?«

»Korrekt.«

»Sie sind am 27.7.1997 in Chicago, Illinois, geboren, wohnen mit ihrer älteren Schwester zusammen hier in Lawrence, Kansas, und haben noch einen drei Jahre älteren Bruder, der in Kanada lebt. Ist das richtig?«

Ohne eine Miene zu verziehen, nickte er knapp. »Korrekt. Verheiratet, zwei Kinder, beides Jungs. Schuhgröße ...«

»Augenblick!« Stirnrunzelnd sah sie auf. »Von wem reden Sie?«

»Von meinem Bruder. Offensichtlich müssen Sie ja alles ganz genau wissen. Also, er fährt einen Ford Explorer, ist gelernter ...«

»Stopp!«

Entweder Sie zeigen mir bei dem nächsten Klienten, dass Sie es besser können, oder Sie werden sich nach einer anderen Stelle umsehen müssen.

Die Worte ihres Chefs hallten durch Megans Gehirn. Und schon vergeigte sie es wieder.

Wut kroch unaufhaltsam in ihren Adern hoch, vermischt mit Enttäuschung. Er wollte sie also auf den Arm nehmen? Das konnte er vergessen. Von ihm ließ sie sich nicht auf der Nase herumtanzen. *Er* würde nicht der Grund sein, warum sie ihren Traum aufgeben musste. Kein Soldat!

Megan warf ihm einen finsteren Blick zu. »Erstens geht es hier um Sie und nicht Ihren Bruder. Zweitens wäre es am unkompliziertesten, wenn Sie einfach nur meine Fragen beantworten würden. Denn drittens sind wir dann umso schneller fertig.«

Er sah ihr fest in die Augen, sagte jedoch nichts. Nach wie vor zeigte er keinerlei Regung, was ihren Gefühlsmix in Unsicherheit verwandelte. Sie hatte keine Ahnung, wie sie ihn einschätzen sollte, und konnte seinem Blick nur mit Mühe standhalten.

Oder auch nicht – Megan wandte sich ihrem Zettel zu und atmete tief durch. »Gut, kommen wir zum Tathergang. Würden Sie mir erzählen, was genau ...?«

»Jetzt wird's lächerlich«, unterbrach er sie. Sogar während dieser Unterstellung blieben seine Stimme und die gesamte Ausstrahlung die Ruhe selbst. »Sie haben den Bericht der Cops, das Urteil und was weiß ich noch alles. Lesen Sie es einfach nach und dann ist gut. Aber bitte nach unserem Treffen, ich habe nicht ewig Zeit.«

Megan musterte ihn. Passend zu diesem Moment verschwand die Sonne hinter dicken Wolken und tauchte das Zimmer in nahezu schauriges Dämmerlicht. Als könnte er das Wetter steuern und sie dadurch einschüchtern.

Harvey schien die ganze Sache nicht ernst zu nehmen, respektierte nicht, wer sie war: die Einzige, die ihm aktuell half. Allerdings war er auch der Einzige, der *ihr* helfen konnte, was die Situation noch absurder machte. Sie musste sich durchsetzen.

»Da irren Sie sich. Ich habe lediglich eine kurze Zusammenfassung, das Urteil und den Bewährungsbeschluss vorliegen. Alles andere möchte ich gern von Ihnen hören.«

Er sah sie an. Und schwieg.

Sie schluckte den aufkeimenden Ärger herunter. Es würde zu nichts führen und sie sollte es nicht bereits am ersten Tag ausreizen.

Mit zusammengepressten Lippen nahm sie sich die Kurzfassung der Cops vor. Las sie durch und sah Harvey an, der nach wie vor keine Miene verzog.

»Hier steht, dass bei einer geplanten Razzia in der Bar *Whiskey Hut* in Lawrence etwa fünf Gramm Koks in

Ihrer Jackentasche gefunden wurden. Der Handel damit konnte Ihnen später weder nachgewiesen noch widerlegt werden. Sie haben angegeben, es ausschließlich für den Eigenbedarf genutzt zu haben, ist das richtig?«

»Jedes Wort.«

»Dennoch war Ihr Drogentest negativ. Wie erklären Sie das?«

»Am wahrscheinlichsten ist wohl, dass ich das Zeug noch nicht genommen habe. Immerhin steckte es noch in meiner Tasche. War's das? Alles, was da steht, ist korrekt. Ich würde jetzt wirklich gern gehen.«

Resigniert hob Megan die Hände und ließ sie auf ihren Schoß fallen. »Okay, wie Sie wollen. Verschieben wir das. Vielleicht können Sie sich bis zum nächsten Termin ein paar Gedanken machen, was Sie mir erzählen möchten. Und, nur zum Verständnis: Je mehr Sie mir verraten, desto besser kann ich Ihnen helfen, Sie ins Leben da draußen zu integrieren.«

Er stand auf, während in der Ferne ein Donner grollte.

»Mister Harvey, ich darf Sie daran erinnern, dass Sie die Stadt nicht verlassen dürfen?«

»Ist mir bekannt. Was noch?«

Megan blinzelte. »Ich habe das Gefühl, dass Sie es eilig haben. Dabei wissen Sie seit drei Tagen von unserem Termin, der sogar ...« Sie warf einen Blick auf die Uhr. »... erst in zwei Minuten offiziell beginnt. Darf ich fragen, was Sie vorhaben?«

»Nur zu.«

Megan wartete. Vergebens. Der Typ war unglaublich. »Also, langsam reicht es mir. Wenn ich eine Frage stelle, erwarte ich eine Antwort.«

»Die haben Sie bekommen.«

Die nächsten Worte presste Megan betont höflich hervor, um sich selbst zu beruhigen. »Mister Harvey, was haben Sie vor, sobald Sie hier raus sind?«

»Ich werde in mein Auto steigen und nach Hause fahren. Keine Angst, ich habe nicht vor, heute noch mal rauszugehen.«

»Warum dann die Eile?«

»Um vier kommt ein wichtiges Football-Spiel. Das will ich sehen.«

Es dauerte einen Moment, bis die Worte bei ihr angekommen waren. Dann traf sie es wie ein Blitzschlag, der nichts mit dem Wetter zu tun hatte. Megan krallte ihre Hände in die Lehnen und ärgerte sich über sich selbst. »Es geht um Ihre Zukunft. Ich will Ihnen helfen. Ein Fehler und Sie sitzen. Das versaut Ihre gesamte berufliche Laufbahn.«

»Das hat es sowieso schon. War's das?«

Langsam ließ sie sich zurücksinken. Warum hatte sie ihn nicht einfach gehen lassen?

Sie griff in das Schränkchen neben sich und holte einen Plastikbecher hervor, den sie vor ihm auf den Tisch knallte.

»Drogentest. Alle drei Tage. Die Toilette ist links den Flur runter, zweite Tür rechts. Sie haben zwei Minuten, sonst gehe ich das nächste Mal mit.«

Wow, nicht mal darauf reagierte er. Kommentarlos verschwand er mit dem Becher und schloss leise die Tür hinter sich.

Megan vergrub das Gesicht in den Händen. Erst jetzt wurde ihr bewusst, dass ihr Herz einer Kalaschnikow alle Ehre machen könnte. Ihre Handflächen waren schweißnass. Mit gekrauster Nase wischte sie diese an der Jeans ab und atmete so tief ein, wie es eben ging.

Harvey konnte als Jobretter nicht ungünstiger sein. Sie hatte gelernt, Mimik und Gestik zu lesen. Darin war sie gut, dadurch wusste sie ihre Gegenüber einzuschätzen.

Nicht bei ihm. Da war nichts. Nur diese starre, nichtssagende Maske. Dennoch blieb ihr nichts anderes übrig, als sich zusammenzureißen. Wie auch immer sie das schaffen sollte.

Megan erschrak, als er wieder hereinkam. Waren die zwei Minuten etwa schon um?

Es waren eineinhalb. Offensichtlich hatte er es wirklich eilig.

Er hob den zur Hälfte gefüllten Becher an. »Wohin?«

Sie deutete auf ein kleines Körbchen, das neben dem Schreibtisch stand.

Nachdem er es dort abgestellt hatte, sah er sie an. »Und jetzt?«

»Jetzt gehen Sie nach Hause und kommen Freitag um zehn Uhr wieder her. Dann bringen Sie bitte etwas mehr Zeit mit. Und kommen Sie pünktlich, ich werde keine Minute eher anfangen.«

Er nickte knapp und verschwand. Ohne ein Wort. Was sie auch nicht mehr wunderte.

Sie sackte in sich zusammen und schloss die Augen. Ihr Magen flatterte ähnlich stark wie ihre Hände. Womit hatte sie das verdient?

Ein einzelner Gedanke löste sich aus dem Chaos in ihrem Kopf, setzte sich fest. Harvey war ihre Chance.

Wenn sie einen wie ihn knackte, hatte sie endgültig gewonnen. Daran würde sie sich jetzt klammern und alles dafür tun.

Dennoch würde sie nach ihm nie wieder einen Soldaten betreuen.

Kapitel 2

Jay

Während er zu seinem Auto eilte, riss Jay sein Handy aus der Tasche und drückte die Wahlwiederholung. Eine Frauenstimme meldete sich.

»Jay, geht es dir gut?«

Als würde eine Dampfwalze seine Eingeweide plätten, nagte das schlechte Gewissen an ihm. Seine Schwester sollte Besseres zu tun haben, als sich um ihn zu sorgen, verdammt!

Mit aufeinandergepressten Kiefern schwang er sich auf den Sitz. »Jap. Komme jetzt nach Hause.«

Sally seufzte. »Denk daran, du darfst dir keinen Fehler erlauben. Pass auf, dass du nicht zu schnell fährst.«

»Ich komm schon klar.« Damit beendete er das Gespräch.

Er krallte seine Hände um das Lenkrad, atmete tief durch und gab gezwungen langsam Gas. Immer wieder erwischte er sich dabei, dass er das Tempolimit überschritt. Das fehlte noch, wegen so einer Lappalie in den Knast zu gehen, weil er damit seine Bewährungsauflagen verletzte. So ein Bullshit. Wobei – diesen Quatsch waren sie gar nicht durchgegangen. Vielleicht hätte er nicht so drängen sollen.

Dann eben beim nächsten Mal. Jetzt durfte er keine Zeit verlieren. Die Wolken wurden dichter, das Grummeln kam zügig näher.

Scheiß drauf!

Er trat das Gaspedal voll durch, der rasende Puls brachte seine Trommelfelle zum Vibrieren. Mit zitternder Hand erhöhte er die Musik auf volle Lautstärke, um das Grollen zu übertönen. Starrte auf die Straße vor ihm, blendete alles andere mühsam aus.

Eine rekordverdächtige Viertelstunde später bog Jay in Lawrence von der Chieftain Road auf die schmale Straße ab, die nach einer halben Meile in seiner Auffahrt mündete. Der dunkle Himmel tauchte die einsame Gegend in ein beklemmendes Dämmerlicht. Unwillkürlich musste er an einen Horrorfilm denken. Beinahe rechnete er damit, dass die zwei irren Brüder aus *Muttertag* aus dem Wald traten, der seinen Weg flankierte. Wobei ihm die beiden Spinner lieber wären als die Realität. Selbst hier, abseits der Zivilisation, mitten im Nirgendwo. Dann hätte er wenigstens etwas Handfestes vor sich.

Ungebremst driftete er die viel zu lang geratene, kurvige Auffahrt entlang, die Kieselsteine spritzten in alle Richtungen hoch. Erst kurz vor dem Garagentor brachte er die Reifen zum Stehen. Er sprang aus dem Auto und stürmte ins Haus. Knallte die Haustür hinter sich ins Schloss, stützte sich keuchend daran ab und atmete mehrmals tief durch. Er war in Sicherheit. Langsam lockerten sich seine angespannten Muskeln, er konnte wieder freier atmen.

Mit immer noch zitternden Händen rieb sich Jay das schweißnasse Gesicht und ging betont langsam in die

Küche, wo Sally die dicken Vorhänge zugezogen und damit das Unwetter ausgesperrt hatte.

Dort lehnte er sich mit verschränkten Armen an den Kühlschrank und hörte in sich hinein. Sein Puls beruhigte sich ebenso wie der Druck in der Magengegend. Der Stress fiel von ihm ab. Er hatte es geschafft.

Die Klospülung dröhnte durch den Flur, wenig später gesellte sich Sally mit besorgter Miene zu ihm. Er stieß sich ab und zog sie in seine Arme.

»Alles okay, Kleine?«

Sie nickte und stemmte die Hände gegen seine Brust, um ihm in die Augen sehen zu können. »Ja, aber wie geht's dir?«

Ein schiefes Grinsen trat auf sein Gesicht. »Blendend.«

»Wie die Blitze, vor denen du gerade noch geflohen bist, ja? Deine Witze waren schon mal besser.«

»Echt? Ich fand den super.«

Sie schüttelte den Kopf. »Du machst mich fertig, weißt du das?«

Er wurde ernst. »Ja, das weiß ich. Und das kotzt mich an.«

Einen kurzen Moment stockte Sally, dann verzog sie genervt das Gesicht. »Das meinte ich nicht und das weißt du auch.«

»Nicht?« Unschuldig hob er die Brauen.

»Blödmann! Verarsch mich nicht. Ich mache mir Sorgen um dich.«

Jay holte sich kopfschüttelnd ein Wasser aus dem Kühlschrank und sah sie erneut an. »Na, wie gut, dass ich schon groß bin.«

Für den Spruch kassierte er einen Fausthieb. »Mann, lass dein Getue! Du weißt, was ich meine. Draußen geht gerade das Gewitter los. Du hast es nur ganz knapp bis nach Hause geschafft und machst jetzt einen auf Mister Obercool. Hallo, ich bin deine Schwester! Hör auf, mir gegenüber den Seal raushängen zu lassen!«

Jay stellte die Flasche wieder weg, hielt Sally an beiden Schultern und sah ihr in die rehbraunen Augen. »Kleine, ich komme klar. Ich bin dankbar, dass ich dich habe, aber das heißt nicht, dass du mir den Hintern pudern musst. Okay? Lebe dein Leben, mir geht's gut!«

Wie auf Kommando grollte draußen der Donner und ließ ihn zusammenzucken.

Sally schürzte die Lippen und verschränkte ihrerseits die Arme vor der Brust. »Süß. Wirklich süß.«

»Nicht wahr?« Das verzückte Lächeln wollte ihm nicht gelingen, also gab er es auf. Sie hatte recht und das nervte ihn. Es war frustrierend, von jemandem abhängig zu sein, selbst wenn es eine Blutsverwandte war. Damit bürdete er ihr eine riesige Last auf, und das nur, weil er sich hin und wieder benahm wie ein Dreijähriger in einem brennenden Haus. Der Ex-Seal als Weichei, das am Rockzipfel der Schwester hing und bestenfalls noch einen Schnuller brauchte. Peinlicher ging es nicht mehr.

»Ich brauch 'nen Kaffee. Du auch?«

Sie nickte. »O ja. Hast du bei der Bewährungshelferin eigentlich auch den Seal raushängen lassen?«

Jay hob eine Augenbraue. »Ich hab mich von meiner besten Seite gezeigt.«

»O Gott, die Arme. Sie wird dich hassen.«

Er verkniff sich ein Lachen, was ihm aber direkt wieder verging. Sally hatte recht. Das würde sie tatsächlich, was ihn mehr belastete als es sollte. Nur anders als mit diesem sturen Verhalten wäre er da nicht so schnell rausgekommen.

»Weiß sie von deinen Schwierigkeiten?«

Er warf einen Blick über die Schulter zu ihr. »Warum sollte sie?«

»Sie wird es herausfinden.«

Ihm stockte der Atem, für einen Moment war er wie erstarrt. Jay fixierte Sallys Gesicht, ohne sie wirklich wahrzunehmen. In seinem Kopf spielte sich ein Film ab, wie Sterling mit dem Finger auf ihn zeigte und sich vor Lachen nicht mehr halten konnte. Und dann begann, ihn konsequent fertig zu machen. Weil er ein verfluchtes Weichei geworden war.

Schwäche zu zeigen ist für einen Seal das Todesurteil. Und das wird kein schneller Tod werden. Egal, was passiert, egal, was sie dir antun – bleib stark und sage kein Wort.

Die Worte, die ihm während seiner Ausbildung von sämtlichen höherrangigen Offizieren in regelmäßigen Abständen eingebläut worden waren, begleiteten sein Kopfkino wie ein Mantra. Immerhin weckten sie ihn nun aus seiner Starre.

Jay fuhr herum und funkelte Sally an. »Ach ja? Wie soll sie davon erfahren? Außer uns beiden weiß keiner was davon und das wird verdammt noch mal so bleiben!«

Abwehrend hob seine Schwester die Arme. »Hey, ich will dir nichts. Entspann dich. Ich hab nichts gesagt und das werde ich anderen gegenüber auch niemals tun.«

Er fuhr sich mit den Händen über das Gesicht und sah sie entschuldigend an. »Ich weiß, Kleine. Sorry, wollte dich nicht blöd anmachen.« Zwinkernd fügte er hinzu: »Außerdem gibt es genügend andere Macken an mir, die erwähnenswerter wären.«

Ihre Mundwinkel zuckten. »Stimmt. Vor allem wirst du nie lernen, dass ich über ein Jahr älter bin als du. Oder warum nennst du mich immer *Kleine?*«

»Weil ich dich um mehr als einen halben Kopf überrage?«, erwiderte er schmunzelnd.

Lachend wehrte er ihre Faust ab, die sie gern mal auf seinem Oberarmmuskel platzierte. Mit einer nahezu hundertprozentigen Trefferquote.

Er wandte sich um und bereitete nachdenklich Sallys heißgeliebten Milchschaum zu.

Seine Gedanken wanderten zu seiner Bewährungshelferin. Obwohl er sie als selbstbewusst genug einschätzte, seine blöden Sprüche problemlos zu kontern, hatte sie einen verunsicherten Eindruck auf ihn gemacht. Nur den Auslöser verstand er nicht. Theoretisch dürfte sie nicht mal von seinem ehemaligen Seal-Status wissen, da es durch seine Einsätze geheim gehalten werden musste. Sonst hätte er ihre Unsicherheit zumindest *etwas* nachvollziehen können.

Vielleicht hatte sie andere Gründe, die nichts mit ihm zu tun hatten. Allerdings sprachen ihre Blicke dagegen. Seltsame Frau. Und doch war sie ihm sympathisch.

Er hielt Sally das fertige Getränk hin. »Hier. Und jetzt mal ehrlich – hätte ich es Sterling ernsthaft sagen sollen? Also, den wahren Grund, warum ich schnell wegmusste?«

»Was hast du denn jetzt gesagt?«

»Hab das Football-Spiel vorgeschoben, das ich gerade verpasse.«

Sie runzelte die Stirn. »Welches Football-Spiel? Heute läuft doch gar keins.«

»Oh, schade. Dann können wir uns ja einen Film reinziehen.«

Der nächste Schlag landete auf seiner Schulter. Toll, wieder ein blauer Fleck. »Du bist ja schlimmer als die Jungs!« Murrend rieb er sich die Stelle, während Sally laut auflachte. »Weichei.«

Treffend formuliert.

Die Betitelung versetzte Jay einen Stich, was er aber nicht zeigte. Stattdessen zwang er sich zu einem Grinsen und folgte seiner Schwester ins Wohnzimmer.

Seit ihre Eltern vor zehn Jahren einen tödlichen Unfall erlitten hatten, waren sie beide ein Herz und eine Seele. Und er war dankbar dafür, denn außer ihr würde er sich niemals jemandem anvertrauen.

Niemals!

Kapitel 3

Megan

Kurz vor Feierabend platzte Barns in Megans Büro. Er trug seine Jacke und hielt einen ranzigen Aktenkoffer in der Hand. Offensichtlich war er auf dem Weg zum Auto.

Dorthin hätte er gern ohne diesen Umweg gehen können …

»Sterling, sehen Sie zu, dass Sie morgen früh um halb neun hier sind und Zeit haben.«

Um halb neun? Vor zehn Uhr vermied Megan Termine, wann immer es ihr möglich war. Was Barns mit Sicherheit wusste. Klar, triezen, das konnte er wie ein Profi. Es war so typisch.

»Ich fange um acht Uhr an, natürlich werde ich dann hier sein. Bekomme ich noch einen neuen Probanden?«

Ihr Chef zog die Mundwinkel auseinander. Seine Augen funkelten. Ein Schauer überkam sie, ließ sie frösteln. Er plante etwas. Und das würde für sie nicht gut ausgehen.

Barns schüttelte den Kopf. »Keinen neuen. Sie kennen ihn bereits.«

Eine böse Vorahnung beschlich sie. Nein! Das war nicht möglich … oder doch?

Megan hielt die Luft an, als Barns weiterredete. »Ich habe den Richter davon überzeugen können, dass Sie überreagiert haben. Major ist wieder auf freiem Fuß und schenkt Ihnen Ihre letzte Chance. Versauen Sie es noch mal mit ihm, sind Sie hier schneller raus, als sie gucken können.« Er sah sie an, schien ihren Schockzustand in vollen Zügen zu genießen. »Halb neun ist er hier. Ziehen Sie einen Rock an. Aber nicht zu kurz, bei Ihren Stampfern. Und die Bluse schön weit offenlassen. Nur so sehe ich noch die Chance auf Erfolg.« Mit diesen Worten verließ er das Zimmer.

In Megan zog sich alles zusammen. Sie sackte vornüber und ließ seine Worte Revue passieren. Das konnte er unmöglich gesagt haben. Nicht, dass sie Barns so etwas nicht zutrauen würde, aber sie war deutlich genug gewesen, als sie Major abgeliefert hatte. Die Cops konnten den doch nicht wieder rauslassen!

Ausgerechnet sie hatte dieses prügelnde Monster wieder am Hals. Und sollte dann noch einen Rock anziehen – Barns hatte sie doch wirklich nicht mehr alle.

Ihr Chef wollte sie fertig machen. Diesmal richtig. Sie dazu bringen, einzuknicken. Aufzugeben.

Megan richtete sich auf. Atmete tief durch. Nein. Damit kam er nicht durch. Sie würde ihm jetzt zeigen, was so ein *unfähiges, dummes Püppchen,* wie er sie gerne bezeichnete, draufhatte.

Vielleicht saß Major ja bis morgen früh auch schon wieder ein. Der hatte sich null im Griff, ein falscher Blick reichte, um ihn gewalttätig werden zu lassen. Er hätte gar nicht erst entlassen werden dürfen.

Megan wunderte sich, wie zur Hölle Barns das geschafft hatte. Was hatte er den Cops erzählt, dass sie ihn wieder auf freien Fuß gelassen hatten? Das würde sie herausfinden. Sie startete den Rechner, den sie bereits heruntergefahren hatte, und klickte die Akte an. Las ihren Bericht über Majors Fehlverhalten und warum sie ihn wieder zu den Cops gebracht hatte.

Er hatte vor ihrem Büro einen Mann provoziert, der ihn einfach nur angesehen hatte. Megan war zufällig dabei gewesen, da sie nach dem Termin mit ihm ihre Mittagspause hatte machen wollen.

Der Mann hatte zu ihnen herübergesehen, ganz normal, wie in Gedanken. Sie war sich sicher, dass er sie nicht mal wirklich wahrgenommen hatte. Bis Major brüllend zu ihm gestapft war, sich dicht vor ihn gestellt und die Fäuste geschwungen hatte. Er hatte ihm Beleidigungen an den Kopf geworfen, die sie noch heute rot anlaufen ließen, wenn sie daran zurückdachte. Immer wieder hatte er geschrien, er solle doch zuschlagen, was sein armes, überfordertes Gegenüber nicht getan hatte. Glücklicherweise hatte er auch keinen Ton gesagt, was Major sonst garantiert als Provokation aufgefasst hätte. Stattdessen war der Mann mit erhobenen Händen rückwärts von ihm weggegangen. Zumindest hatte er das versucht, aber Major hatte ihm förmlich an der Nase geklebt.

Es hatte Megan allen Mut gekostet, dazwischen zu gehen. Gebracht hatte es nichts. Major hatte sie zur Seite geschoben und angefangen, den Mann zu schubsen, sodass sie die Cops gerufen hatte. Die hatten ihn direkt wieder mitgenommen und das war das einzig Richtige gewesen.

Dieser Kerl war gefährlich. Wer direkt nach der Entlassung so anfing, machte garantiert auch zeitnah mit

Waffengewalt weiter. Vermutlich schneller, als man dachte.

Nur schade, dass der Mann ihn nicht angezeigt hatte. Und noch ärgerlicher, dass sie Barns' Bericht zu Majors erneuter Entlassung nicht fand. Dann hätte sie wenigstens gewusst, aus welchem sinnfreien Grund er diese gefordert hatte.

Was hätte das geändert? Sie würde ihren Boss wohl kaum bei den Cops anschwärzen können. Zumal er da einige Freunde zu haben schien, denn sonst würde Major noch einsitzen. Und Barns' Eingreifen nahm ihr die winzigste Chance, etwas gegen Major unternehmen zu können.

Wie sie es auch drehte und wendete – sie musste da durch. Und sie würde sich nicht unterkriegen lassen, egal, was passierte.

Seufzend fuhr Megan den Rechner wieder herunter und machte sich auf den Heimweg. Sie sollte direkt schlafen gehen, damit sie morgen früh fit war.

Daraus wurde nichts. Sobald sie im Bett lag, überkam sie eine innere Unruhe, die ihr jegliches Stillliegen unmöglich machte. Megan versuchte, sich mit sinnfreien Filmen und Serien abzulenken, schwenkte irgendwann auf Hörspiele um, schnappte sich ein Buch, spielte blödsinnige Spiele am Handy. Nichts funktionierte. Was sie am meisten irritierte, war die Tatsache, dass nicht Major, sondern Harvey in ihrem Kopf herumspukte. Dabei war er wirklich das kleinere Problem.

Erst gegen vier Uhr am Morgen fiel sie in einen unruhigen Schlaf.

Kapitel 4

Jay

Mit einem lauten Aufschrei fuhr Jay hoch. Wild sah er sich in alle Richtungen um. Wo war er? Was war passiert? Schweiß und Tränen brannten in seinen Augen, nahmen ihm die Sicht. Hektisch rieb er mit den Handrücken darüber, sah sich erneut um.

Er war zu Hause. In seinem Bett. Allein. Das konnte er im Dämmerlicht der kleinen Nachtlampe an der Tür erkennen. Wie bei einem Kleinkind.

Verfluchte Scheiße!

Erschöpft ließ er sich zurückfallen. Was war nur aus ihm geworden? Konnten nicht wenigstens diese gottverdammten Albträume verschwinden?

Seufzend fuhr er sich mit den Händen über das Gesicht und zuckte zusammen, als die Tür aufgerissen wurde.

»Geht's dir gut?« Sally keuchte, als hätte sie einen Marathon hinter sich, und ließ sich auf seine Bettkante fallen.

Jay nickte. »Sorry, wollte dich nicht wecken.«

Mit erhobener Augenbraue funkelte sie ihn an. »Wenn du dich noch ein einziges Mal für einen Albtraum entschuldigst, bekommen wir Stress.«

Er hob die Brauen. »Hab ich nicht. Nur dafür, dass ich dich geweckt habe.«

Wieder landete ihre Faust auf seiner Schulter, was er mit einem übertriebenen Aufschrei quittierte. Er presste seine Hand auf die Stelle und warf sich zur Seite. »Au, warum schlägst du mich? Du Monster!«

Bei der Betitelung wich das Grinsen schlagartig aus Sallys Gesicht. »Wie bitte? Ich zeig dir gleich, wer hier ein Monster ist!« Erneut landete ihre Faust auf seinem Arm, diesmal aber sanft.

Was war er froh, sie zu haben. Ihre Anwesenheit und Akzeptanz seiner Probleme erleichterten ihm den Umgang damit ungemein. Er konnte sogar schon wieder mit ihr lachen. Bis sein Blick auf die Uhr fiel. Es war halb drei. »Geh schlafen, bevor du mich noch weiter verprügelst. Es ist mitten in der Nacht und du musst nachher arbeiten.«

»Ja, einer muss ja Geld verdienen.«

Autsch. Das war ein Schlag in die Magengrube. Das schlechte Gewissen fraß ihn ohnehin schon auf. Mit zusammengepressten Kiefern atmete er tief durch.

Sally senkte den Blick. »Entschuldige. Ein blöder Spruch, war nicht ernst gemeint. Zumal ich ja nur losgehe, weil es mir Spaß macht.«

Jay lächelte gezwungen und nickte, aber das hatte gesessen. Selbst wenn sie nicht auf ihr Geld angewiesen waren, fühlte es sich an, als würde sie ihn durchfüttern. Allein dieses Empfinden presste sein Ego jedes Mal auf den Nullpunkt, so unberechtigt es auch war.

Seine unehrenhafte Entlassung machte es noch schlimmer. Die Jobsuche war dadurch mehr oder weniger aussichtslos. »Nicht mal die Kohle von Mom und

Dad hält ewig. Jetzt verschwinde und lass mich endlich pennen.«

Sie drückte ihm einen Kuss auf die Wange. »Hab dich lieb.«

»Ich dich auch.«

Sobald sie die Tür hinter sich geschlossen hatte, knallte er die Fäuste auf die Matratze. Zwei Wochen hatte er Ruhe gehabt vor diesen verdammten Albträumen, die ihm seit dem letzten Einsatz nahezu jede Nacht zur Hölle gemacht hatten. All die schrecklichen Bilder, die Erinnerungen … Sie sollten einfach nur verschwinden. Zuletzt hatte sich Jay kaum noch getraut, ins Bett zu gehen.

Die Hoffnung, wenigstens diesen Mist endlich überstanden zu haben, war dahin. Wegen dieses verfluchten Gewitters gestern. Das durfte alles nicht wahr sein. Er war sechsundzwanzig und im Herzen nach wie vor ein Seal. Das würde er immer bleiben. Jay hatte die Ausbildung gemeistert und einige Einsätze mitgemacht. Und zwar erfolgreich! Wann zum Teufel war er zu einem Weichei mutiert? Das war nicht er. Das *wollte* er nicht sein. Aber sollte er nur deswegen zum Seelenklempner gehen? Sich auf die Couch packen und vor einem Fremden einen Seelenstriptease hinlegen? Niemals. Der konnte sich seine Befriedigung bei anderen Schlappschwänzen holen.

Dann schlief er eben nicht. Wofür auch? Sein Tag bestand daraus, Sport zu treiben oder sich Football und Kampfsport in der Glotze anzusehen. Das war alles. Wozu also pennen? Er musste nicht nachdenken, auf niemanden aufpassen.

Allerdings war Bewegung eine super Idee.

Entschlossen stand Jay auf und zog sich an. Leise öffnete er die Tür und lauschte. Von Sally war nichts mehr zu hören. Er schlich durch den Flur und die Treppe herunter, ließ die knatschende Stufe aus und schaffte es geräuschlos bis zur Garderobe. Dort zog er die Laufschuhe an und verschwand durch die Haustür. Draußen warf er einen prüfenden Blick gen Himmel – er war sternenklar. Keine Gefahr für ein erneutes Gewitter. Perfekt.

Die amerikanischen Linden hinter dem schier endlosen Kornfeld standen in voller Blüte. Sogar auf diese Entfernung nahm er den süßlichen Geruch wahr, der vom seichten Wind zu ihm herübergeweht wurde. Tief sog Jay den frischen Duft in die Lunge und joggte los.

Der Feldweg federte seine Schritte sanft ab, das Gras raschelte unter seinen Füßen. Der Weizen neben ihm gab sein typisches Knacken von sich, was Jays Puls herunterfahren ließ. Der Frieden der Natur war genau das, was er jetzt brauchte. Er ließ die Schwere seiner Gedanken wie eine Seifenblase zerplatzen, während der Vollmond die Umgebung in ein gespenstisches Licht tauchte.

Wie aus dem Nichts tauchte ein Schatten vor ihm auf. Den Bruchteil einer Sekunde erstarrte er und atmete erleichtert auf, als er die Eule erkannte, die dicht vor ihm her und dann davonflog. Fasziniert sah er ihr hinterher. Nicht mal der Flügelschlag war zu hören. Bemerkenswerte Tiere.

Ob man deren Können im Seal-Einsatz imitieren könnte? Nicht, dass seine Kameraden laut wären, aber ...

Was machte er sich darüber eigentlich noch Gedanken? Er war kein Seal mehr. Langsam musste er mit diesem Punkt abschließen. Ihm stand ein neues Leben bevor, obwohl er noch nicht ansatzweise wusste, wie es aussehen könnte. Dennoch musste er dringend lernen damit umzugehen, anstatt ständig in der Vergangenheit herumzuwühlen. Sobald er diese scheiß Bewährungsstrafe hinter sich hatte, würde er wegziehen. Ganz neu anfangen.

Nein, würde er nicht. Als könnte er Sally zurücklassen, die immer für ihn da war. Wobei ihn diese Notwendigkeit nach wie vor ankotzte, allerdings schuldete er ihr was. Oder war es sogar besser für sie, wenn sie ihn nicht länger am Hals hatte?

Ach, was wusste er schon. Darüber wollte er auch gar nicht nachdenken. Nicht jetzt. Fakt war, dass er sich in den Griff bekommen musste. Und zwar gestern schon.

Erst mal würde er nun die Natur genießen. Seine Muskulatur war inzwischen aufgewärmt, die Beine trugen ihn wie von allein durch das saftige Gras. Jay sah sich im Mondlicht um, entdeckte in weiter Ferne eine Bisonherde. Je näher er kam, desto hässlicher wurden sie.

Wie sein Verhalten Sterling gegenüber.

Ob er sich entschuldigen sollte? Oder besser die Arschlochschiene weiterfahren? Vermutlich war Letzteres am sinnvollsten. So würde sie seinen Problemen nicht auf die Schliche kommen. Was niemals passieren durfte. Es würde Fragen hageln und alles mühsam Verdrängte wieder hochholen. Kein Bedarf.

Und doch tat ihm sein Verhalten leid, denn trotz ihrer unnötigen Unsicherheit hatte sie irgendetwas an sich, was sie anziehend machte. Was sie wohl von nächtlichen Spaziergängen hielt? Der Gedanke, dass sie ihn nach seinen Albträumen durch die Natur begleiten würde, reizte ihn. Obwohl er in diesen Momenten eigentlich seine Ruhe brauchte. Sonst könnte er auch seinen Kumpel und Ex-Seal-Kollegen Lucas anrufen, der wäre sofort dabei. Daran würde er allerdings nicht im Traum denken, so gern er ihn auch hatte. Aber nicht hier draußen. Der bekam den Mund nämlich nicht mehr zu, wenn er erst mal zu labern angefangen hatte.

Seltsam. Ausgerechnet seine Bewährungshelferin wollte er zu diesen nervenaufreibenden Zeiten an seiner Seite haben. Was stimmte mit ihm nicht?

Sie war ihm sympathisch. Das wurde ihm nun klar. Im Büro hatte er unter Adrenalin gestanden, da war ihm das nicht aufgefallen. Aber im Nachhinein hoffte er inständig, sie würde ihm sein Verhalten verzeihen. Vielleicht gab es ja einen Mittelweg, den er beim nächsten Termin einschlagen konnte.

Oder sie fingen ganz von vorn an. Dann brauchte er nur eine Ausrede für sein Benehmen. Darüber würde er später in Ruhe nachdenken.

Die aufgestapelten Findlinge neben dem Weg erweckten seine Aufmerksamkeit. Die waren von Donald, ihrem direkten Nachbarn. Er war ein alter, verbitterter Witwer. Die Steine hatte er hierher verfrachtet, kurz bevor seine Frau gestorben war. Wann er die wohl verarbeiten wollte? Und wofür? Ob er ihm seine Hilfe anbieten sollte? Dann hätte er endlich eine sinnvolle Aufgabe.

Ein Rasseln schreckte Jay auf.

Fuck!

Er versuchte zu stoppen, einen Schlenker einzubauen ... zu spät. Noch bevor er die Klapperschlange neben dem Steinhaufen im Mondlicht erkannte, zog ihm ein brennender Schmerz durch den Unterschenkel. Das Mistvieh hatte zugebissen.

Verflucht! – Okay, ruhig bleiben.

Das Tier war aggressiv, vermutlich trächtig. Er durfte es nicht noch mehr reizen.

Konzentrier dich. Einatmen, Luft anhalten, ausatmen. Die 4-7-8-Methode, wie du es gelernt hast. Ganz entspannt.

Langsam, aber stetig reduzierte sich sein Herzschlag, machte den Schmerz etwas erträglicher. Seine antrainierte innere Ruhe in Gefahrensituationen kam ihm jetzt zugute. Im Zeitlupentempo trat Jay einige Schritte zurück, ohne das Tier aus den Augen zu lassen. Es beobachtete ihn genau, folgte jeder seiner Bewegungen. Bloß nicht stolpern, sonst würde sie sich noch mal auf ihn stürzen. Langsam tastete er sich weiter nach hinten, bis ihm das Korn in den Hintern stach. Jetzt vorsichtig zur Seite weg.

Das Rasseln hatte nachgelassen. Wenn er keinen Fehler machte, ging zumindest von dem Vieh keine Gefahr mehr aus.

Vom Biss allerdings umso mehr. Hitze zog an seinem Schienbein hoch, es spannte schon jetzt. Wenn er zurückrannte, würde sich das Gift noch schneller im Körper verteilen. Die Alternative wäre allerdings, sich hier hinzulegen und auf jemanden zu warten. Bis dahin würde ihm kein Gegengift mehr helfen. Was er zu Hause hatte und sich nur fix spritzen müsste. Also los.

Langsame, regelmäßige Bewegungen. So hatte er es bei der Army gelernt. Genauso war ihm klar, dass er die betroffene Extremität ruhigstellen sollte. Weder das Eine noch das Andere war möglich. Der Weg zog sich schier endlos hin, die Sicht verschwamm zusehends. Seine Unsicherheit nahm zu. Schaffte er es bis nach Hause? Falls nicht, war es das mit ihm. Bis er hier entdeckt werden würde, wäre er mausetot. Sollte er doch Gas geben?

Nein. Er musste Sally wecken, damit sie ihm das Gegenmittel brachte und ihn abholte. Oder doch besser Lucas? Dann müsste er Sal nicht so einen Schrecken einjagen. Allerdings wäre der vom anderen Ende der Stadt aus zu lange unterwegs.

Sterling? Bullshit. Was stimmte nicht mit ihm?

Also doch Sally wecken.

Schweren Herzens griff er in die Tasche. Und erstarrte. Ein eisiger Schauer durchfuhr ihn. Hektisch tastete er auch die anderen Taschen ab. Und fluchte. Wie dämlich war er eigentlich? Warum zum Teufel hatte er sein Handy nicht dabei? Damit wäre alles okay, aber nein, das hatte der unverwundbare Idiot ja nicht nötig.

Wieder einmal wurde ihm bewusst, dass er nicht allein leben konnte. Irgendjemanden brauchte er. Und wenn es für so etwas war.

Vollidiot!

Mehrmals war er kurz davor, eine Pause zu machen. Die konnte er sich aber nicht erlauben. Immer wieder stolperte er, verlor zusehends die Kontrolle über seine Beine. Angst rebellierte in seinem Magen, drohte sich in Panik zu verwandeln. Er musste dagegen ankämpfen. Nur irgendwie nach Hause kommen. Mit jedem Schritt kam er ihm näher, das klappte schon. Er hatte bereits ganz andere Hürden gemeistert, da würde ihn so ein dämlicher Schlangenbiss doch wohl nicht umbringen!

Verbissen kämpfte sich Jay weiter. Seine Sicht ließ zunehmend nach, er bekam kaum noch Luft. Mehrmals stürzte er, rappelte sich mit immer größerer Mühe wieder auf. Überlegte, auf allen vieren nach Hause zu kriechen. Die Beine hatten kaum noch genug Kraft, ihn zu tragen.

Reiß dich zusammen, nur noch ein paar Meter! Stell dich nicht so an, du Weichei!

Er schwankte weiter, rieb sich die Augen. Gegen die verschwommene Sicht half es nicht. Angestrengt verengte er sie zu schmalen Schlitzen, aber auch das verhinderte die flackernden Blitze in seinem Sichtfeld nicht.

Seine Lunge streikte immer mehr, jeder Atemzug kostete ihn viel zu viel Kraft, die er für die Beine brauchte. Sein Kopf dröhnte, selbst das Denken fiel ihm zunehmend schwer.

Jays Herz legte einen weiteren Zahn zu, als ihm bewusst wurde, wie eng es werden würde. Die Zweifel nahmen zu, ganz kurz dachte er daran, aufzugeben. Aber nein. Er hatte dem Tod häufiger in die Augen gesehen, aber immer gekämpft bis zum Letzten. Genau das würde er jetzt auch machen. Er war ein Seal! Wenn auch nur noch in seinem Herzen. Aber das war doch das, was zählte.

Er sammelte seine letzten Kraftreserven. Und schaffte es. Schweißnass erreichte Jay die Haustür. Zog mit bebenden Fingern den Schlüssel aus der Tasche, ließ ihn fallen, verfehlte das Schloss. Immer wieder wurde ihm schwarz vor Augen. Nein, verdammt! Nicht so kurz vor dem Ziel!

Endlich schaffte er es, die Tür zu öffnen, und taumelte ins Haus. Stützte sich an der Wand ab, immer wieder knickten die Knie unter ihm ein. Ob er sich die Nadel so setzen konnte?

Ehe er sich entscheiden konnte, kam Sally angerannt. »Wo warst du? Was ist passiert?«

»Klapperschlange.« Mehr brauchte er nicht sagen. Fluchend lief sie in die Küche, wo das Gegengift lagerte.

Jay kämpfte sich mit letzter Kraft zum Sofa und ließ sich erleichtert darauf fallen, legte das Bein erhöht auf ein Kissen. Allein das, und dann auch noch das Hosenbein hochzuziehen, kostete ihn unglaublich viel Kraft. Und er bereute es sofort. Den Anblick hätte er sich besser geschenkt.

Frustriert stöhnte er auf. Rund um die Bisswunde war seine Haut bereits dunkelviolett verfärbt. So ein Dreck! Er wollte nicht ins Krankenhaus, aber ob da eine Dosis des Gegengifts reichte? Er bezweifelte es.

Sally kam angerannt, setzte sich auf den Wohnzimmertisch und spritzte ihm das Zeug, während ihm der kalte Schweiß in die Augen rann. Wenigstens eine Ausrede, warum er die kaum aufhalten konnte.

»Danke.« Der Versuch eines Lächelns misslang. Seine Zunge fühlte sich inzwischen auch geschwollen an, was ihm Angst machte.

Sally legte ihre Hand auf seinen kalten, schweißigen Arm. »Wie weit warst du?«

»Donalds Acker. Dem ersten. Also, nicht allzu weit.« Gott, er lallte, als hätte er vier Promille intus. Das Reden strengte ihn unglaublich an, aber das durfte er sich nicht anmerken lassen. Sal sorgte sich auch so schon genug.

»Das halte ich für ein Gerücht. Wenn ich mir dein Bein so ansehe, war es sogar *wesentlich* zu weit.«

»Hab mir Zeit gelassen für den Rückweg. Ich werde brav hier liegen bleiben.«

Sally nickte, die Miene strotzte vor Sarkasmus. »Genau. Sobald ich von der Arbeit nach Hause komme, kratze ich deine Überreste weg und verfüttere sie an die Geier. Vergiss es, mein Lieber.« Sie stand auf und eilte wieder in Richtung Küche. Seine schwachen Versuche sie aufzuhalten, ignorierte sie.

Verdammt!

Dieses Gift raubte ihm beängstigend viele Kräfte, er war wirklich zu lange herumgelaufen. Sein Schädel dröhnte, außerdem nahmen die Sehstörungen weiter zu. An dem Mist würde er noch seinen Spaß haben.

Genervt schloss er die Augen, der Schwindel und die Kopfschmerzen bereiteten ihm Übelkeit. Das war alles zum Kotzen – im wahrsten Sinne. Dennoch versuchte er, wach zu bleiben. Mit dem Gift im Körper wurden seine Albträume sicher noch unerträglicher.

Als es an der Haustür klopfte, schreckte er auf. War er eingeschlafen? Draußen war es stockfinster, es musste noch mitten in der Nacht sein. Da kam niemand ohne Hintergedanken!

Sally war bereits auf dem Weg zur Tür. Sie machte die doch wohl jetzt nicht ernsthaft auf! Wenn ihr jemand an die Wäsche wollte ...

Er musste hinterher. Viel zu mühsam quälte er sich in die sitzende Position und wurde von einer üblen Schwindelattacke heimgesucht. Egal, er musste parat stehen, sollte sie Hilfe brauchen. Schwankend kämpfte er sich in den Stand, hielt sich am Tisch fest. Schaffte ein paar Schritte – und verlor den Kampf gegen die Dunkelheit.

Kapitel 5

Megan

Himmel, was nervte der blöde Wecker. War es ernsthaft schon so spät? Stöhnend drehte sie sich auf die Seite und schlug mit geschlossenen Augen auf die Uhr ein, bis sie endlich Ruhe gab. Nur noch zwei Minuten.

Wieder piepte es. Diesmal ihr Handy. Ihre Kollegin Mary war dran und brachte ihre Trommelfelle mit dem schrillen Gezeter zum Vibrieren.

»Wo bleibst du? Der Boss hat dich doch eh schon auf dem Kieker. Wenn der mitkriegt, dass du zu spät kommst ...«

Megan fuhr in ihrem Bett hoch und rieb sich die brennenden Augen. Was zur Hölle war hier los?

Ein Blick auf die Uhr ließ sie alle Müdigkeit vergessen. Fluchend sprang sie aus den Federn und rief ins Telefon: »Ich hab die Bahn verpasst! Komme, so schnell ich kann!«

Hektisch legte sie auf und sah zu, dass sie in die Klamotten kam. Flott die Zähne putzen, Deo, Haare kämmen und los.

Glücklicherweise hatte Megan nur zwei Termine und ansonsten lediglich Schreibkram zu erledigen. Vorausgesetzt ... O Shit. Erst jetzt erinnerte sie sich daran, dass

Major ihr erster Termin war. Gott, was war das für ein bescheidener Tag! Jetzt schon!

Wenigstens erwischte sie die nächste Bahn. Konnte die nicht schneller fahren, verdammt? Vielleicht sollte sie sich doch wieder ein Auto zulegen und es mit dem Fahren versuchen. Obwohl sie stark bezweifelte, dass es funktionieren würde. Schon der Gedanke brachte ihren Herzschlag auf Touren.

Das Gefühl, zehn Meter gegen den Wind zu stinken, besserte ihre Laune nicht. Aber heute mussten ihre Mitmenschen da durch.

Um kurz nach halb neun erreichte Megan keuchend das Büro. Super. Wenn sie Major so gegenübertrat, hatte sie direkt verloren. Sie ging durch die Eingangstür und stellte erleichtert fest, dass niemand im Flur war. Für ein paar Sekunden schloss sie die vor Schlafmangel brennenden Augen und atmete einige Male tief durch. Sie wischte sich über das Gesicht, straffte die Schultern und marschierte los. Dabei rief sie sich immer wieder zur Ruhe und Professionalität auf. Egal, wie unausgeschlafen sie war – sie durfte sich keinen Fehler erlauben. Wobei sich die Müdigkeit lediglich auf ihre Augen auswirkte, innerlich brodelte das Adrenalin in ihren Adern. Kein Wunder, bei dem Probanden, der ihr nun bevorstand.

Mit einem letzten Durchatmen legte Megan die Hand auf die Klinke und drückte sie entschlossen herunter. Trat in ihr Büro – und hätte am liebsten losgebrüllt.

Major wartete bereits auf sie. Auf ihrem Stuhl. So ein ... Unwillkürlich ballte sie die Fäuste, presste die

Lippen zusammen. Aber halt, sie durfte sich nichts anmerken lassen. Seriöses Arbeiten, alles andere funktionierte bei dem Kerl nicht.

»Guten Morgen.« Megan bemühte sich um einen neutralen Tonfall.

Forschen Schrittes ging sie zum Schreibtisch und warf demonstrativ ihre Tasche darauf. »Ihr Platz ist auf der anderen Seite des Tisches.«

»Sind Sie sicher?« Süffisant lächelte Major sie an und tippte sich mit dem Zeigefinger gegen die glattrasierte, eingefallene Wange. »Nach dem, was Sie sich vorgestern erlaubt haben, könnte man meinen, dass Sie da nicht hingehören.«

Im ersten Moment überlegte Megan, ob sie Barns vor sich sitzen hatte. Mit dem Unterschied, dass sie bei diesem Kerl hier am längeren Hebel saß. Er würde sie nicht fertig machen.

Trotz der inneren Unruhe und Wut über seine Unverschämtheiten zuckte sie lediglich die Schultern. »Darüber können wir reden, wenn Sie auf Ihrem Platz sitzen. Also, bitte.« Kurz deutete sie in die Richtung und ging zur Kaffeemaschine, ohne den Probanden weiter zu beachten. Befüllte sie mit Wasser und stellte die Kanne an ihren Platz.

Aus den Augenwinkeln beobachtete Megan, wie sich Major auf ihrem Stuhl drehte wie ein Kleinkind. Unwillkürlich wünschte sie sich Harvey an seiner Stelle her. Trotz seiner Unverschämtheiten war er immer korrekt gewesen. Gegen diesen Kerl war Harvey ein Goldstück. Auch sonst ...

Was gab das denn jetzt? Wieso spukte er in ihrem Kopf herum? Sie hatte ganz andere Probleme!

Hastig verdrängte sie den Gedanken, steckte die Filtertüte in den Halter und begann, das Kaffeepulver einzufüllen. Erst als sie auf Start drückte und sich mit finsterer Miene umdrehte, stand Major endlich auf und ging betont langsam um den Schreibtisch herum. Dabei ließ er die Hand über die Tischplatte gleiten, hielt inne und besah sich die Fingerspitzen. »Sie könnten mal Staub putzen.«

Kotzbrocken!

»Soll ich Ihnen ein Tuch geben? Vielleicht kommen Sie nicht auf dumme Gedanken, wenn Sie zur Abwechslung einer sinnvollen Tätigkeit nachgehen.«

Seine angeekelte Miene erwiderte Megan bemüht ausdruckslos. Vielleicht gab er ja jetzt Ruhe zu diesem Thema.

Sie setzte sich auf ihren Stuhl und wäre am liebsten wieder aufgesprungen. Er war warm. Vorgewärmt von diesem Mistkerl. Innerlich schüttelte es sie, aber sie schaffte es auch weiterhin, sich nichts anmerken zu lassen. »Dann erzählen Sie mal. Was hat Sie vorgestern zu einer derart dummen Tat getrieben?«

Gerade im Begriff sich zu setzen, hielt er inne. Halb gebückt sah er hoch, seine Augen wirkten, als wolle er daraus Eiszapfen auf sie schießen. »Haben Sie mich gerade als dumm bezeichnet?«

»Nein. Ihre Handlung. Sie sind auf Bewährung draußen. Ich habe Ihnen bereits erklärt, dass Sie sich so was nicht im Entferntesten erlauben können. Also war diese Tat sogar *sehr* dumm. Es sei denn, Sie fühlen sich im Knast wohl, denn beim nächsten Aussetzer werden Sie dort bleiben.«

Wieder trat dieses widerliche Lächeln auf sein Gesicht. »Wie Sie sehen, kann ich mir so was sehr wohl erlauben. Sonst würden Sie jetzt schließlich nicht in den Genuss meiner Anwesenheit kommen. Außerdem muss ich mir von niemandem etwas sagen lassen.«

Megan lehnte sich zurück und faltete die Hände auf dem Bauch. »Mir scheint, Sie haben mich nicht verstanden. Aber ich erkläre es Ihnen gern noch mal. Erstens: Die Chance, die mein Boss Ihnen gestern gegeben hat, ist Ihre letzte. Erlauben Sie sich eine weitere sonst wie geartete Kleinigkeit, wird nicht mal er etwas machen können. Zweitens nehme ich Ihre Bezeichnung *sagen lassen* als Stichwort. Denn das trifft es sehr gut. Sie haben einen *Mund.* Und, mit Verlaub, auch eine ziemlich große Klappe.« Sie beugte sich vor, sah ihm fest in die Augen. »Das heißt, Sie können sich durchaus mit Worten zur Wehr setzen. In den meisten Fällen ist das erlaubt, die Grenzen sind da sehr hochgesteckt. Nicht aber die bei körperlicher Gewalt. Also erklären Sie mir doch bitte, warum Sie sich so gern prügeln. Oder anderen wehtun. Was Sie, wie gesagt, auch mit Worten wunderbar hinbekommen. Wieso schreiten Sie immer zum Äußersten, was Ihnen wohlweislich eine Strafe einbringt?«

Er musterte sie, schien nachzudenken. Erstaunlich.

Schließlich verschränkte er die Arme vor der Brust. »Dann geben Sie mir also die Erlaubnis, andere mit Worten fertig zu machen. Interessanter Ansatz für eine Bewährungshelferin. Und Sie sind sicher, dass der Job richtig für Sie ist?«

Megan schnaubte. Wut loderte dicht unter der Oberfläche, gleich würde sie ausbrechen. Was vielleicht gar nicht schlecht war, um sich endlich einen Hauch von Respekt zu verschaffen. Sie könnte in Majors Augen aber auch von Überforderung zeugen. Somit sollte sie sich besser im Griff behalten.

»Für diese Theorie haben Sie so lange gebraucht? Abgesehen davon war es keine Erlaubnis, sondern ein erster Schritt in die richtige Richtung.« Bei ihm musste sie wirklich aufpassen, er verdrehte jede ihrer Aussagen so, wie es für ihn am besten hinkam. Dennoch hatte sie sich den Spruch nicht verkneifen können.

Er grinste kalt.

»Mister Major, es liegt ein *sehr* langer Weg vor Ihnen. Da ich Ihnen nicht zu viel zumuten möchte, beginnen wir damit, dass Sie Ihre Fäuste in den Taschen behalten. Ihre Aggressionen sind sehr ausgeprägt, daher werden Sie zunächst lernen, sie auf Ihre Worte umzulenken. Was schon schwer genug und auch sehr unbefriedigend sein wird, aber eine andere Möglichkeit sehe ich bei Ihnen nicht.«

Er verengte die Augen zu schmalen Schlitzen. »Überlegen Sie sich gut, wie Sie mit mir reden.«

Megan schauderte. »Drohungen sind kein guter Ansatz. Suchen Sie nach Alternativen. Des Weiteren würde ich mir wünschen, dass Sie sich eine Sportart suchen, die Sie auslastet. Dort können Sie einen Großteil Ihres Frusts abbauen, ohne jemanden zu verletzen.«

Major lehnte sich zurück und verschränkte die Arme. »Boxen wäre super.«

Thai Chi wäre da wohl besser.

Megan überlegte, den Gedanken laut auszusprechen, ließ es aber. Es würde nichts bringen. »Solange Sie auf den Trainer hören, von mir aus auch das.« Dort würde er es mit erfahrenen Kampfsportlern zu tun haben, die sich hoffentlich zu wehren wussten. Also, warum nicht?

Die Kaffeemaschine röchelte, endlich war sie fertig. Megan stand auf und goss sich einen Pott voll. »Wollen Sie auch was trinken?«

»Ja. Sie dürfen mir einen Kaffee mit drei Stückchen Zucker, zwanzig Milliliter Milch und vierzig Milliliter Wodka zubereiten. Drei Mal rechtsrum rühren, vier Mal linksrum.«

Innerlich quittierte Megan die Provokation mit einem derben Fluch, der ihr niemals über die Lippen kommen würde. Wobei – bei dem Gegenüber konnte sie das nicht sicher ausschließen. Sie goss eine Tasse voll und stellte sie nebst Zuckerschale und Milchkännchen auf den Tisch.

»Bitte.«

Er sah auf die Tasse und dann zu ihr. »Der Kaffee ist nicht fertig.«

»Doch. Nur Ihre Extrawünsche nicht. Ich glaube aber, mit Ihren achtundzwanzig Jahren schaffen Sie das schon allein.« Sie setzte ihren eigenen Pott an und genoss den ersten Schluck des Tages. Während sie Major beobachtete, der sich tatsächlich selbständig Zucker und Milch in die Tasse kippte, ließ sie das bisherige Gespräch Revue passieren und war zufrieden. Sie war ruhig und sachlich, aber doch direkt gewesen. Und das vor ihrem ersten Kaffee. Vielleicht bekam sie es ja tatsächlich hin, den Idioten wieder einigermaßen in die Spur zu bringen. Um vor allem Barns zu zeigen, dass sie ihren Job beherrschte.

»Mister Major, setzen wir da an, wo wir eben aufgehört haben. Ich werde Ihnen Adressen von Anti-Aggressionstrainern heraussuchen. Sie können sich einen aussuchen. Morgen um zwölf habe ich den Termin auf meinem Schreibtisch.«

»Sonst was?«

»Sonst haben Sie erneut gegen Bewährungsauflagen verstoßen. Was das für Sie bedeutet, habe ich Ihnen an unserem ersten Tag hinreichend erklärt. Oder haben Sie dazu noch eine Frage?«

»Ja.« Seine Augen funkelten, was den Druck in ihrem Magen erhöhte. »Sieht Ihr Boss das genauso?«

»Es sind die Regeln der Bewährung. Mister Barns hat in Ihnen offensichtlich Potenzial gesehen, das mir entgangen ist. Aber sogar er hat Grenzen. Die sollten Sie nicht ausreizen. Noch weitere Fragen?«

Major schwieg. Musterte sie von oben bis unten. Mit einem dieser widerlichen Blicke, die notgeile Männer draufhatten. Er hatte die vollen Lippen leicht geöffnet, die Lider der weit auseinanderstehenden Augen waren bis auf die Hälfte gesenkt. Eine Gänsehaut überkam Megan, kurzzeitig kam ihr die Galle hoch. Sie schluckte sie herunter, widerstand mit Mühe dem Drang, aufzustehen und sich mit irgendetwas anderem zu beschäftigen. Und sie schaffte es, ihren Blick auf ihn gerichtet zu lassen.

Den erwiderte Major jetzt abschätzig. »Mir scheint, Sie unterschätzen Ihren Boss. Er kann sehr wohl unterscheiden, bei wem es sich lohnt, etwas Zeit und Geduld zu investieren.« Er deutete mit dem Finger auf sich und lenkte ihn dann in ihre Richtung. »Und bei wem nicht.«

Fast hätte sie gewürgt. Nicht nur wegen seiner erneuten Unverschämtheit, sondern weil er recht hatte. Lange würde sie Majors Art nicht mehr ertragen. Gott, sie wollte Harvey hier haben. Sofort! Was wäre er für eine Wohltat im Gegensatz zu diesem Ekel.

»Ich denke, Mister Barns ist lange genug in dem Job, um das richtig einschätzen zu können. Er ist nicht Ihr Freifahrtschein.« Jedenfalls hoffte sie das inständig.

Major legte den Kopf schief. »Sie wissen aber schon, dass Sie auf seiner Abschussliste stehen?«

Ein eisiger Schreck durchfuhr sie. Was wurde hier gespielt, verdammt? Ein Kloß hatte sich in ihrem Hals gebildet. Sie räusperte sich, um ihn loszuwerden, was ihr nur zum Teil gelang. »Machen Sie sich um mich keine Sorgen. Es geht hier um Sie.«

Er beugte sich vor. »Ich kann Ihnen helfen.«

Megan wurde heiß und kalt. Das lief in die falsche Richtung. Sie musste das Thema wechseln. Dringend! »Bevor Sie jetzt etwas sagen, das Sie bereuen würden – wir werden uns morgen nach einem Job für Sie umsehen. Vorausgesetzt, Sie haben sich im Griff und es kommt nie wieder zu einer Schlägerei. Ansonsten sehe ich schwarz für Sie. Damit ist unser Treffen für heute beendet.«

»Ich habe meinen Kaffee noch nicht ausgetrunken.«

»Dann ändern Sie das. Ich habe zu tun.« Megan wandte sich demonstrativ ihrem Bildschirm zu. Die Anspannung hielt sie nicht länger aus, ohne einen Fehler zu machen. Außerdem war ja wirklich alles gesagt.

Tatsächlich trank Major brav seinen Kaffee aus. Den Blick hielt er konstant auf sie gerichtet, aber das kannte sie bereits von ihm. Er war der unangenehmste Zeitgenosse, der ihr jemals untergekommen war.

Trotz ihrer derzeitigen Nervosität frohlockte sie innerlich. Sie hatte sich für ihre Verhältnisse super geschlagen und war ruhig geblieben. Bei jeder Provokation. Ja, sie konnte stolz auf sich sein. So würde sie es schaffen.

Major stellte die Tasse ab und erhob sich. Gleich hatte sie es überstanden.

Er kam zum Schreibtisch und beugte sich vor. »Ich habe einen Deal vorzuschlagen.«

Mit erhobener Augenbraue sah sie auf. »Ach ja?«

»Ja. Ich sorge dafür, dass Sie ihren Job behalten. Im Gegenzug blasen Sie mir einen.«

Ihr stockte der Atem. Das war doch wohl nicht sein Ernst!

»Raus. Verschwinden Sie aus meinem Büro! *Sofort*!«

Er grinste sein süffisantes Grinsen. Und verschwand.

Megan zitterte am ganzen Körper. Ihre Eingeweide rebellierten, das Herz schlug so schnell, dass es stolperte.

Sie hatte es versaut. Die Kontrolle verloren. Keine Ansage gemacht. Herrgott, das konnte sie doch nicht auf sich sitzen lassen!

Aber nein, sie hatte genauso reagiert, wie er es erwartet hatte. Geschockt.

Nun wusste er, wie er sie knacken konnte. Er hatte sie im Griff. Das war ihr Ende als Bewährungshelferin.

Kapitel 6

Jay

Ein Piepen schreckte ihn auf. Wo kam das her? In seinem Bauch brodelte es. Das sichere Zeichen dafür, dass hier etwas ganz und gar nicht stimmte. Mit wild klopfendem Herzen bemühte sich Jay um Ruhe. Versuchte, den früheren Erinnerungen zu trotzen, die sich in ihm auftaten. Er musste sich auf die letzten konzentrieren. Bevor er … ja, was? Eingeschlafen war? War das alles?

Nein.

Es war das gleiche Gefühl wie damals, während seiner Gefangenschaft. Ruhig zu bleiben hatte jetzt obere Priorität. Sobald die Gegner bemerkt hatten, dass er wach geworden war, hatte die Folter begonnen.

Jay war noch nicht so weit, musste erst wissen, was hier vor sich ging. Sich schlafend stellen, solange es eben möglich war. Was die innere Unruhe zu verhindern wusste.

Er musste seine antrainierte Atemtechnik nutzen. Unauffällig. Sie durften es nicht mitbekommen. Vier Sekunden einatmen, sieben Sekunden anhalten, acht Sekunden ausatmen.

Währenddessen lauschte er, doch das penetrante Piepsen klingelte zu laut in seinen Ohren und übertönte alle anderen Geräusche. Seine Muskeln verkrampften sich.

Konzentrier dich! Bemerkt der Gegner ein winziges Zeichen von Schwäche, hast du verloren. Mehr kannst du Idiot gerade nicht zeigen! Jetzt ist nur noch Schadensbegrenzung möglich. Und dringend notwendig! Reiß dich zusammen, Weichei!

All sein Wissen, wie er sich in Gefangenschaft zu verhalten hatte – alles, was ihm bis vor wenigen Monaten in Fleisch und Blut übergegangen war –, es half ihm nicht. Nicht mal die Atemtechnik gelang. Die Angst wurde immer größer. Wie gern würde er sich umsehen, aber er musste die Augen noch geschlossen halten. Sie durften nicht bemerken, dass er nicht mehr schlief!

Um sich nicht aufzurichten, krallte er die Hände in den harten Stoff unter sich. Was auch nicht unauffälliger war und genauso wenig förderlich.

Es war zu spät, sein Gegner hatte garantiert gesehen, dass er wach war. Jay musste die Lage checken. Wo war er? Was wollten sie von ihm? Wer waren *sie*?

Er riss die Augen auf. Regelmäßig aufflackernde Lichtblitze blendeten ihn. Nahmen ihm die Sicht. Wie damals. Bilder vom letzten Einsatz drängten sich vor sein inneres Auge. Wiederholte es sich?

Nein, nein, nein! Das durfte nicht passieren! Seine Atmung wurde zunehmend hektisch, ihm brach der Schweiß aus.

Die Lichtblitze färbten sich blutrot. Das Piepen wurde immer durchdringender.

Ein Sprengkörper! Sie haben mich neben eine Bombe gekettet! Es piept schneller als eben ... Fuck! Die Bombe steht kurz vor der Detonation!

Jay fuhr hoch und sah an sich herab. Sein Dog Tag hing nicht um seinen Hals. Wo war das Mistding, verdammt? Er war im Einsatz, da brauchte er die Erkennungsmarke! Wie würde sonst Sally über seinen Tod informiert werden können, wenn die Bombe ihn gleich in seine Einzelteile zerrissen hatte?

Ein Grund mehr, es hier rauszuschaffen. Wenigstens war er nicht gefesselt, stattdessen erkannte er Kabel und Schläuche. Was jagten sie in ihn rein? Geistesgegenwärtig griff er nach einem davon, riss ihn sich vom Körper. Sofort umfassten Hände seine Arme und hielten ihn fest.

Nein!

Er musste hier weg! Jetzt! Sie alle mussten weg, hier flog jeden Moment alles in die Luft!

Jay riss die Arme aus den festen Griffen und schlug um sich, landete jedoch keinen Treffer. So schnell konnten sie doch nicht sein!

Eine Stimme drang durch den dichten Nebel in sein Bewusstsein. Ließ ihn innehalten. Er kannte sie.

Sally! Scheiße, die hatten auch sie! Sie musste hier raus!

»Du musst hier weg! Sofort!« Seine Stimme war nicht mehr als ein Krächzen, sein Herz raste, ein Druck in der Brust erschwerte ihm die Atmung. Hatte sie ihn gehört?

»Nein, Großer, es ist alles in Ordnung! Wir sind nicht in Gefahr. Alles ist gut, hörst du?« Ihre Stimme veränderte sich, nahm an Schärfe zu. »Kann mal jemand diesen verfluchten Monitor abstellen? Das hab ich doch eben schon gesagt, verdammt!«

Mit wem sprach sie? Und wieso Monitor?

Die Panik wich Verwirrung. Jay sah sich blinzelnd um, suchte verzweifelt nach einem Anhaltspunkt. Irgendwas, das ihm sagte, was hier los war. Wenigstens war seine Lunge von diesem Druck befreit. Gierig sog er die Luft ein. Auch sein Gehirn schien langsam aus seiner Starre zu erwachen.

Konzentrier dich!

Er sah zur rechten Seite, wo ein Mann und eine Frau in blauen Kasaks ziemlich irritiert aus der Wäsche blickten. Links von ihm erkannte er seine Schwester. Sie hatte diesen Blick aufgesetzt. Wie immer, wenn er ...

Nein! Bitte nicht!

Sein Blick fiel auf das Blinken hinter ihr, das inzwischen wieder gelb war. Und von einem Bildschirm kam.

Er lag im Krankenhaus. Sally war bei ihm und es ging ihr gut. Alles war okay.

Oder auch nicht.

Fuck!

Das konnte nicht sein Ernst sein! Fassungslos schloss er die Augen und ließ sich zurücksinken. Worst Case konnte man das wohl nennen. Verflucht!

Mit zitternden Händen wischte er sich über das schweißnasse Gesicht, wobei er ein Pflaster an der Stirn bemerkte. Wieso war das da?

Sally sagte etwas, er verstand den Sinn hinter den Wörtern aber erst nach und nach.

»Können Sie uns bitte allein lassen? Nur ein paar Minuten.«

Mit den Händen auf dem Gesicht lauschte Jay den Schritten und wartete auf das Klicken der Tür. Erst, als sie ins Schloss gefallen war, ließ er die Arme sinken. Er starrte an die Decke. »Das ist jetzt nicht passiert, oder?«

»Doch. Sie wollten nicht auf mich hören, als ich gesagt habe, sie sollen den Monitor ausmachen. Hier auf der Intensivstation haben die scheinbar keinen Ausschalter.«

»Ist weder deine noch deren Schuld.«

Sie streichelte seinen Arm. »Geht's wieder?«

Er nickte und sah an sich herab. Strippen klebten an seiner Brust und am Arm, von der linken Hand tropfte Blut. Da hatte er sich vermutlich eine Infusionsnadel rausgerissen.

Warum das Ganze? Was machte er hier?

Die verfluchte Klapperschlange. Jetzt fiel ihm alles wieder ein. Und nun war ihm klar, wer zu Hause geklopft hatte. »Wieso hast du die Sanis gerufen?«

»Weil es dir beschissen geht? Du kannst Fragen stellen. Und jetzt sag du mir mal, warum du aufgestanden bist. Du musst doch bemerkt haben, dass dein Kreislauf nicht mitgespielt hat!«

»Offensichtlich nicht.«

Er würde ihr garantiert nicht erzählen, dass er für sie aufgestanden war. Um sie zu retten. Das hätte sie nicht gewollt und dadurch hatte er alles noch viel schlimmer gemacht. Denn er hätte ihr nicht helfen können, wenn es nötig gewesen wäre. Das kotzte ihn an. Allerdings war das kein Thema, über das er reden wollte.

Stattdessen streckte er sein Bein unter der Decke hervor. Der komplette Unterschenkel war stark gerötet, um den Biss herum hatte sich eine ausgeprägte Blase gebildet. Kein leckerer Anblick. Eilig steckte er es wieder zurück. *Mistvieh.*

»Wie lange war ich weg?«

»Ungefähr vier Stunden. Sobald du im Krankenhaus warst, hast du dich hin und her gewälzt, darum mussten sie dich für das CT sedieren.«

Großartig. Peinlicher ging es echt nicht. »Sorry.«

Sally runzelte die Stirn. »Wofür?«

»Weil ich dich mit meinem Verhalten blamiert habe.«

Seine Schwester stemmte die Hände in die Seiten. »Jetzt hör mir mal zu. Wenn du dich noch ein einziges Mal für eine Panikattacke entschuldigst, prügle ich dich windelweich!«

»Du ...«

Netterweise platzten in diesem Moment die beiden von eben ins Zimmer. Wenigstens jetzt hatten sie ein gutes Timing.

Die Frau nickte ihm zu. »Mein Name ist Jensens, ich bin Ihre zuständige Ärztin. Geht es Ihnen besser?«

»Fabelhaft.« Abgesehen davon, dass er auf der Stelle im Erdboden versinken wollte. Um weiteren Fragen aus dem Weg zu gehen, schob er sein Bein wieder hervor.

»Was war da gerade mit Ihnen los? Das war keine gewöhnliche Reaktion auf ...«

»Die Wunde ist am Bein«, unterbrach er sie harsch.

»Das weiß ich, aber ...«

Dieses Mal ließ sie Sallys demonstratives Räuspern verstummen. Die Ärztin sah von ihr zu Jay und wandte sich doch dem Bein zu.

Jay presste die Kiefer fest zusammen. Er hatte Angst, denn er hatte sich überhaupt nicht mehr im Griff. Niemals hätte er sich im Beisein von Fremden so gehenlassen dürfen. Bei einem Feind wäre das sein Ende gewesen.

Für einen kurzen Moment schloss er die Augen und schluckte.

»Haben Sie Schmerzen?«, erkundigte sich der Typ neben der Ärztin, der anscheinend ein Pfleger war.

Und erneut hatte er Gefühle gezeigt.

Fuck!

»Nein.« In dem Moment drückte die Ärztin auf die Wunde. Er zuckte zusammen. Konnten die nicht einfach verschwinden, bis er mit seinen beschissenen Emotionen wieder klarkam?

Jensens richtete sich auf und wandte sich an den Pfleger. »Patrick, holen Sie Novalgin.«

»Ich brauche nichts!« Herrgott, jetzt zickte er schon rum wie ein Mädchen.

Immerhin blieb der Kerl mit einem Schulterzucken neben der älteren Ärztin stehen, die nun ihre Brille auf die leicht ergrauten Haare schob. »Mister Harvey, es war sehr unvernünftig, mit dem Schlangenbiss noch so weit zu laufen.«

»Ich hätte auch da sitzen bleiben und die Schlange in den Schlaf streicheln können. Dann würde ich dem Krankenhaus allerdings kein Geld bringen, also freuen Sie sich lieber.«

Das Gesicht der Ärztin färbte sich rot, die Augen funkelten. Als sie den Mund öffnete, kam Sally ihr zuvor. »Er hatte kein Handy dabei und die Gegend ist einsam. Vor allem nachts.«

Die Ärztin stemmte die Hände in die Hüften. »Ein Grund mehr, ein Handy bei sich zu tragen!«

Jays Puls jagte in die Höhe, das Gepiepe des Monitors machte es nicht besser. Immerhin wusste er nun, wo es herkam. Entsprechend blieb seine Stimme entspannt. »War's das mit der Belehrung?«

Jensens musterte ihn, tiefe Furchen hatten sich auf ihrer Stirn gebildet. Schließlich zog sie sich das Stethoskop vom Nacken. »Setzen Sie sich bitte auf, ich muss Sie abhören.«

Er gehorchte kommentarlos und ließ sie machen.

Schließlich trat sie zurück und sah ihn ernst an. »Mister Harvey, Sie haben Glück. Sowohl das Gegenmittel als auch das Antibiotikum scheinen gut anzuschlagen. Ihre Temperatur ist genauso zurückgegangen wie die Schwellung am Bein. Haben Sie Kopfschmerzen?«

»Nein.«

»Schwindel? Sehstörungen? Übelkeit?«

»Nein, es geht mir bestens.« Immerhin konnte er noch lügen.

Sie verzog den Mund. »Das wundert mich, denn Sie sind frontal mit dem Kopf gegen den Tisch geknallt, als Sie unvernünftigerweise von Ihrem Sofa aufgestanden sind.«

Er warf einen kurzen Blick auf Sally, deren Wangen sich rosig verfärbten. Alte Petze. »Tja, mein Dickschädel kann was ab.«

»Auf den CT-Bildern besteht der Verdacht auf eine minimale Blutung. Wir werden gleich ein Kontroll-CT machen und dann sehen wir weiter. Aber erst nach der erneuten Antibiotikagabe.«

Patrick räusperte sich. »Ähm, legen Sie die neue Nadel?«

»Was ist mit der alten? Die war doch ganz frisch.«

Jay sah auf den inzwischen verkrusteten Einstich an seiner Hand. »Da bin ich wohl dran hängengeblieben.«

»Dann passen Sie auf, dass das nicht noch mal vorkommt!«

Wow, die Jensens war ja richtig angepisst. Und noch nicht fertig. Sie wandte sich zum Pfleger um. »Wie soll ich einen Zugang legen, wenn keiner hier ist?«

Was war das denn für eine Hexe? Jay wartete, bis Patrick aus dem Zimmer geeilt war und setzte sich dann auf. »Können Sie mir mal verraten, was der arme Kerl dafür kann, wenn ich Scheiße baue?«

»Wie meinen Sie das?«

»Sie lassen Ihren Frust an ihm aus, nachdem Sie ihm nicht mal geantwortet haben, ob Sie die Nadel legen. Ist jetzt nicht die feine Art.«

»Ich lasse an niemandem Frust aus!«

Jays Mundwinkel hoben sich zu einem Grinsen. »Darum schreien Sie jetzt auch mich an. Klar. Jetzt mal ernsthaft. Ich habe super Venen, wo liegt also das Problem?«

»Ich habe noch andere Patienten!«

»Das tut mir leid.«

Ihr Mund klappte auf und wieder zu. Wie ein Karpfen auf dem Trockenen. Tja, wer sich blöd verhielt, musste mit dem Echo leben. Würde er jetzt wohl auch, falls er sie richtig einschätzte. Er tippte insgeheim auf drei Versuche, ihm eine neue Nadel zu legen. Nicht, weil sie es nicht konnte. Zumal man bei seinen Venen wirklich nicht daneben stechen konnte. Sondern einfach, um Dampf ablassen zu können.

Es wurden vier Versuche. Der Arm war dunkelblau angelaufen und kribbelte wie ein Ameisenhaufen, als sie endlich fertig war, so eng hatte sie ihn abgeschnürt. Wenn sie allerdings gehofft hatte, dass er herumjammern würde, hatte sie sich geschnitten. Den Gefallen tat er ihr nicht.

Einen letzten Spruch konnte er sich dennoch nicht verkneifen. »Jetzt, wo Sie sich an mir ausgelassen haben, lassen Sie bitte die anderen Patienten und das Personal hier in Ruhe, okay? Ich stehe zur Verfügung, bin es gewohnt, den Boxsack zu spielen.«

Sie riss die Augen auf. »Also ... Das ... So was ist mir ja noch nie untergekommen!«

»Dann wurde es wohl mal Zeit.«

Wutschnaubend stürmte die Ärztin aus dem Zimmer. Patrick hingegen nickte ihm grinsend zu, ehe er der Hexe hinterhereilte.

Jay ließ sich erschöpft zurücksinken. Seit wann fiel ihm das Diskutieren so schwer?

»Du bist ein Arsch. Das weißt du, oder?«

Er sah Sally an. »Jap. Nur hat die es verdient.«

»Sie hat dich gerettet!«

»Was ihr Job ist. Es gibt aber keinen Grund, so mit anderen Leuten umzugehen. So was kann ich nicht ab.«

Sally seufzte. »Ja, ich weiß. Und du hast recht, trotzdem hättest du ein bisschen netter sein können.«

»Das hätte sie nicht kapiert.«

»Dir ist echt nicht zu helfen.« Sie grinste in sich hinein.

Jay schloss die Augen. Er war hundemüde. Und diese fragliche Blutung im Kopf machte ihm Sorgen. Nicht, dass er noch länger hierbleiben musste. Oder gar von der Hexe aufgeschnitten wurde. Nein, kein Bedarf. Er konnte nur hoffen, dass es eine Fehlinterpretation gewesen war. Oder sich lediglich sein Dachschaden präsentierte.

Sally riss ihn aus den Gedanken. »Willst du schlafen? Soll ich dich allein lassen? Oder baust du dann wieder Scheiße?«

Mit übertrieben aufgerissenen Augen presste er die Handflächen auf seine Wangen. »Tu ich doch nie! Nein, Quatsch, geh ruhig. Du musst kein Händchen halten.«

»So meinte ich das nicht, ich bleibe gern. Hab eh nichts mehr vor.«

»Das solltest du ändern. Reicht, wenn einer von uns in diesem Mief hausen muss.«

Sie lachte auf. »Ich sehe schon, du bist wieder ganz der Alte. Na gut, dann gehe ich einkaufen und schaue mal auf der Arbeit nach dem Rechten. Heute Abend komme ich noch mal vorbei, ja?«

»Okay. Bringst du mein Handy mit?«

Sie griff in die Tasche und hielt es ihm hin. Dankbar drückte er ihr einen Kuss auf die Wange.

»Brauchst du sonst noch was?«

»Ja, ein Ladekabel. Und EarPods.«

Auch das zauberte sie aus der Tasche, drückte ihm die Hörer in die Hand und steckte das Kabel in die Steckdose.

»Bist die Beste.«

Sally griff sich an die Brust und schnappte nach Luft. »Das aus deinem Munde! Ich fühle mich geehrt!«

Jay lachte auf. »Jetzt hau schon ab.« Dann konnte er wenigstens etwas Musik hören. Das würde ihn ein wenig runterholen.

Sobald sie die Tür hinter sich geschlossen hatte, rieb er sich das Gesicht und starrte an die Decke. Ließ die letzten Minuten Revue passieren. Was für ein Scheiß. Eine Panikattacke im Krankenhaus hätte niemals passieren dürfen. Das war doch nicht er! Seine Gefangenschaft war keine zwei Jahre her und da hatte er sich perfekt im Griff gehabt. Und jetzt das?

Es frustrierte ihn, ließ ihn an sich selbst zweifeln. Er wollte so nicht sein. Er war es gewohnt, sich immer und zu jeder Zeit unter Kontrolle zu haben. Dass er das plötzlich nicht mehr konnte, verunsicherte ihn nicht nur, es machte ihm Angst. Allein der Gedanke löste Herzrasen aus.

Er zuckte zusammen, als sein Handy klingelte. Hektisch riss er es vom Nachtschränkchen und sah auf das Display. Es war Lucas. Sofort hob sich seine Laune, während er überrascht abhob.

»Hey, cool, dass du anrufst. Wie sieht's aus an der Front?«

Lucas lachte auf. »Ich höre Neid. Aber es ist tatsächlich ziemlich ruhig im Moment. Seit 'ner knappen Woche kein Einsatz, dafür diverse Extrarunden Training am Stützpunkt. Du verpasst also nicht viel.«

»Mhm«. Treffer. Neid traf es perfekt und er hasste dieses Gefühl. Es war einfach falsch, in jeder Lebenslage. Außerdem wäre er aktuell sowieso nicht einsatzfähig. »Sicher die Ruhe vor dem Sturm.«

»Denke ich auch. Wie geht's dir? Warst schwer zu erreichen die letzten Wochen.«

Ja, absichtlich. Er mochte Lucas echt gern. Aber jedes Gespräch mit ihm erinnerte ihn daran, dass seine Seal-Zeit vorbei war. Was ihm höllisch wehtat, der Job fehlte ihm ungemein. Sogar zwanzig Schlangenbisse wären ihm lieber als die jetzige Situation. Dieser Anruf war jedoch eine willkommene Abwechslung.

»Stimmt. Hatte viel um die Ohren. Aber jetzt ist alles geklärt. Halbes Jahr Bewährung, dann bin ich mit der Strafe durch.«

Lucas schwieg einen Moment. »Na ja, *durch* ist relativ. Du fehlst uns hier. Den Scheiß hättest du dir echt schenken können.«

Jay presste die Kiefer aufeinander. »Hinterher ist man immer schlauer.«

»Komm schon, du wusstest, was dir blüht, wenn du erwischt wirst.«

»Jap. Wie geht's den anderen? Alle fit und unverletzt?« Er hatte absolut keine Lust, über den Grund seiner Entlassung zu reden.

»Ja, alle munter. Wenn es ruhig bleibt, könnte ich dich mal besuchen kommen.«

»Klar, gerne. Hier im Krankenhaus ist es echt langweilig.«

Lucas sog scharf die Luft ein. »Wieso Krankenhaus? Machst du heimlich weiter mit dem Training? Oder dem Drogenscheiß?«

Wie von allein schoss Jays Blick gen Zimmerdecke. »Klar. Hab an einer Klapperschlange meine Reaktionsfähigkeiten geübt und verloren.«

»Oh, fuck. Schlimm?«

»Geht schon wieder. Denke, dass ich bald hier rauskomme.«

Lucas lachte leise auf. »Ist aber auch typisch für dich.
Ohne Drama kannst du nicht, oder?«

Jay grinste. »Nee, langweilig kann jeder.«

»Okay, pass auf. Wenn nichts dazwischenkommt,
kann ich dich morgen besuchen kommen. Ich melde
mich aber vorher noch mal.«

»Klingt super. Grüße die Jungs.«

»Mach ich glatt. Bis morgen.«

Jay legte auf und lehnte sich zurück. Ein fieser Druck
hatte sich auf seine Eingeweide gelegt. Dieser verdammte Job fehlte ihm mehr, als er sich bisher einge-
standen hatte. Aber er würde dem nie wieder nachgehen. Damit musste er klarkommen. Wie mit so vielen
anderen Dingen auch.

Jay musste sich dringend ablenken. Mit verkniffener
Miene steckte er sich die EarPods in die Ohren und startete seine Lieblingsmusik. Direkt mit den ersten Tönen
ging es ihm besser. Musik hatte eine beruhigende Wirkung auf ihn. Dankbar lehnte er sich zurück und
schloss die Augen.

Ohne jedes Zutun wanderten seine Gedanken zu seiner Bewährungshelferin. Er musste den Termin bei ihr
wohl absagen, obwohl er das gar nicht wollte. Insgeheim freute er sich sogar auf einen Besuch bei Sterling.
Diesmal hoffentlich ohne Gewitter, sodass er sich von
seiner netten Seite zeigen konnte. Vielleicht hasste sie
ihn dann ja etwas weniger.

Nach kurzer Irritation darüber, wie wichtig ihm ihre
Sympathie war, beschloss er, dass es durchaus schlimmere Themen in seinem Kopf gab. Er stellte sich vor,

wie sie hier bei ihm sitzen würde. Mit ihren faszinierend türkisfarbenen Augen und dem langen blonden Haar. Wenn sie lächelte, sah sie sicher niedlich aus.

Seine Gedanken wanderten weiter. Wie wohl ein Date mit ihr ablaufen würde?

Gott, er hatte definitiv zu viel Zeit zum Nachdenken. Aber diese Art von Gedanken gefiel ihm, also ließ er seiner Fantasie freien Lauf.

Kapitel 7

Megan

Nach dem zweiten Termin mit einem jungen Junkie, den Megan mehr schlecht als recht hinter sich gebracht hatte, versuchte sie sich erfolglos am Schreibkram. Der Bericht über den Ersteindruck von Harvey wartete. Was sollte sie da bitte schreiben? Dass er unverschämt gewesen war? Die Sache nicht ernst genug nahm? Es passte, dennoch fühlte es sich falsch an. Irgendetwas hinderte sie daran, negativ über ihn zu schreiben. Warum, wusste sie selbst nicht.

Alternativ könnte sie über Major schreiben, aber dann würde sie sich erbrechen. Das war zu frisch, sein widerliches Verhalten musste sie erst sacken lassen, ehe sie wieder darüber nachdenken konnte.

Megan wünschte sich in ihr Bett, wagte es jedoch nicht, heimzufahren. Schließlich hatte sie noch keinen Feierabend. Andererseits wollte sie nicht hierbleiben, nicht dass sie noch Barns über den Weg lief. Den würde sie am liebsten nie wiedersehen, denn Major hatte sich garantiert mit ihm unterhalten.

Tief seufzend rieb sich Megan die müden Augen. Das Läuten ihres Handys ließ sie zusammenzucken. Ihr Puls schoss auf hundertachtzig. Mindestens.

Barns.

Mit Sicherheit war er das. Sollte sie es einfach klingeln lassen?

Nein, das wagte sie nicht. Alternativ würde er gleich hier auf der Matte stehen und sie noch mehr zusammenfalten. Dann lieber am Handy, das sie notfalls zur Seite legen konnte, wenn er es mal wieder übertrieb.

Mit schweißnassen Händen zog Megan es aus der Handtasche und sah darauf. Fremde Nummer, nicht Barns. Gott sei Dank.

Sie räusperte sich und hob ab. »Sterling.«

»Harvey. Ich muss den Termin für Freitag verschieben.«

Ihr Herz setzte für einen Schlag aus, erleichtert sackte sie in sich zusammen. Wer hätte gedacht, dass sie sich jemals über seinen Anruf freuen würde.

Sie atmete tief durch, brauchte einen Moment, um sich zu sammeln. »Gibt es dafür einen triftigen Grund?«

»Reicht ein Krankenhausaufenthalt?«

Megan sah auf und runzelte die Stirn. »Krankenhaus? Sind Sie rückfällig geworden?«

Für eine Sekunde herrschte Ruhe am anderen Ende der Leitung. Als er antwortete, blieb seine Tonlage unverändert. »Das Gegengift hat gut angeschlagen, ich kann morgen wieder nach Hause. Danke der Nachfrage. Trotzdem darf ich Freitag noch kein Auto fahren, also würde ich, wie gesagt, gern den Termin verschieben.«

Das durfte nicht wahr sein! »Sie wissen, dass ich melden muss, wenn Sie Drogen genommen haben? Das bedeutet, dass Sie gegen die Bewährungsauflagen verstoßen haben.« Mit geschlossenen Augen rieb sie sich die Schläfe. Das konnte nicht wahr sein. Sie hatte bei ihm als Proband versagt. Zumindest Barns' Meinung nach. Nun hatte er seinen Willen.

Musste immer alles schieflaufen, verdammt? In ihrem Magen baute sich ein Druck auf, der ihr die Galle aufsteigen ließ.

Mühsam schluckte sie die herunter, während Harvey endlich antwortete.

»Zählt Schlangengift auch dazu?«

Megan versuchte zu verstehen, was er ihr gerade gesagt hatte, aber ihr Gehirn streikte. Sie konnte nur daran denken, dass sie es auch mit diesem Probanden vermasselt hatte. »Ist das eine neue Partydroge?«

»Ja, für Leute, die auf Schmerzen stehen. Ganz frisch verabreicht, direkt aus dem Schlangenmaul. Wirkt super, sollten Sie auch mal versuchen.«

O mein Gott, ich muss wirklich schlafen gehen. Langsam wird es peinlich.

»Mister Harvey, können Sie bitte beim nächsten Mal klar und deutlich erzählen, was passiert ist? Auch für dumme Bewährungshelferinnen wie mich?«

»Hab ich. Davon abgesehen, dass ich Sie lediglich für übermüdet und hin und wieder etwas unverschämt halte. Aber ich bezweifle, dass Sie dumm sind.«

»Herzlichen Dank.« Wow, ihre Stimme triefte vor Sarkasmus. Wobei sich Megan fragte, ob er sie mit dem Schlangenbiss auf den Arm nahm. Zutrauen würde sie es ihm. »In welchem Krankenhaus liegen Sie? Ich habe gerade Zeit und werde zu Ihnen kommen.«

Dann würde sie ja sehen, was Sache war. Harvey täuschte sie nicht! Außerdem entkam sie so ihrem Boss, was sie als Hauptgrund für diesen Hausbesuch der besonderen Art vorschob.

Ohne zu zögern gab er ihr sämtliche Daten, die sie benötigte. Im ersten Moment vergaß sie mitzuschreiben. Saß mit offenem Mund einfach nur da und lauschte seiner tiefen Stimme. Wie gut, dass er sie so nicht sehen konnte.

Megan meldete sich bei einem Kollegen ab und genoss die Bahnfahrt zum Lawrence Memorial Hospital mit geschlossenen Augen. Die Durchsage ihrer Haltestelle riss sie aus dem Halbschlaf. Sobald sie bei Harvey fertig war, würde sie direkt in ihr Bett fallen. Das war so sicher wie die Nackenschmerzen nach einem Metalkonzert.

Mit brennenden Augen und dröhnendem Kopf schleppte sie sich die Krankenhausflure entlang. Warum tat sie sich das an? In diesem Zustand war sie in einer äußerst schlechten Position. Eine Unterhaltung mit Harvey war ohnehin eine Herausforderung, doch heute würde es zwangsläufig im Desaster enden.

Zimmer 223. Da sollte er liegen – hoffentlich war es kein Mehrbettzimmer. Es reichte, wenn sie sich vor ihm blamierte, da brauchte sie keine weiteren Zuhörer. Diese dürften bei einem beruflichen Gespräch ohnehin nicht dabei sein, was bedeutete, dass der Besuch umsonst wäre.

Vor der Tür hielt sie inne und atmete mit geschlossenen Augen einige Male tief durch. Dann straffte sie die Schultern, klopfte und trat ein, ohne eine Antwort abzuwarten. Kurz wurde sie vom gleißenden Sonnenlicht geblendet, das durch die Fensterfront ihr gegenüber fiel. Sie blinzelte, verzichtete aber darauf, sich stöhnend den Kopf zu halten. Wenn das so weiterging, würde der heute noch explodieren.

Als sie vorsichtig wieder aufsah, blickte sie auf das Fußende eines einzelnen Bettes, das links hinter der Wand zum Bad versteckt stand. Nur eins, Gott sei Dank.

Nach zwei weiteren Schritten konnte sie hinter diese Wand sehen. Und blieb stocksteif stehen. Da stand er. Lediglich mit Retroshorts bekleidet faltete er ein Shirt auseinander, das er wohl anziehen wollte. Schon diese kleinen Bewegungen zeigten ein deutliches Muskelspiel in seinen Armen. Seiner Schulter. Seinem von kleineren Narben übersäten Rücken. Megan schaffte es nicht, den Blick von ihm abzuwenden.

Harvey drehte sich um und nickte ihr zu. »Sie sind früh.«

Dass er sie angesprochen hatte, realisierte sie kaum. Zu sehr faszinierte ihn sein Aussehen. Er war braungebrannt, hatte kein Gramm zu viel Fett, dafür eine ausgeprägte Muskelmasse. Einziges Manko an seinem Körper waren die vernarbten Schusswunden knapp unterhalb der Schulter und dem Oberschenkel. Wobei – war das ein Manko? Eher nicht. Sie machten ihn nur noch interessanter. Wo er die wohl herhatte?

Erst jetzt bemerkte Megan seinen abwartenden Blick. Hatte er eine Frage gestellt?

»Äh, bitte?«, hakte sie sicherheitshalber noch mal nach.

»Wenn Sie den Biss suchen, der ist etwas tiefer.«

Unwillkürlich glitt ihr Blick auf seine gut gefüllten Retroshorts. Okay, das hatte er sicher nicht gemeint. Sie blinzelte, das Blut schoss ihr ins Gesicht.

Reiß dich zusammen!

Megan senkte den Blick weiter und entdeckte das eigentlich Unübersehbare. Den massiv geschwollenen und geröteten Unterschenkel. Eine Blase zog sich über das halbe Schienbein. Kein schöner Anblick, es sah jedoch definitiv nach einem Schlangenbiss aus.

Harvey sah sie völlig ausdruckslos an. »Wollen Sie noch mehr sehen, oder darf ich mich anziehen?«

Arroganter ...

Sie war selbst schuld. Was starrte sie ihn auch an wie ein pubertierender Teenie? »Selbstverständlich dürfen Sie sich anziehen.«

Megan konnte nicht anders und schielte auf das Muskelspiel seiner Schultern, als er sich das Shirt über den Kopf zog. Einen derart perfekt auf ihren Geschmack abgestimmten Oberkörper bekam sie nun mal nicht alle Tage zu sehen.

Jetzt ließ er sich auf die Matratze sinken und legte die Beine hoch, was sie wieder erdete. Megan zog sich einen der Plastikstühle heran und setzte sich mit etwas Abstand neben das Bett.

An jedem anderen Tag hätte sie gefragt, ob es okay wäre. Nicht heute. Sie musste sitzen. Dringend.

»Sie sehen müde aus«, stellte Harvey fest.

»Sie wirken auch nicht gerade wie das blühende Leben.«

Er grinste! So schnell hätte sie keine Regung von ihm erwartet.

»Ich hab meine Berechtigung. Immerhin liege ich im Krankenhaus.«

Ihre ohnehin geröteten Wangen nahmen noch mehr an Leuchtkraft zu. Wie unsensibel war sie bitte? »Es tut mir leid. Mir geht es heute tatsächlich nicht so gut, was allerdings keine Entschuldigung für den blöden Spruch ist.«

Harvey hob eine Augenbraue und verschränkte die Arme vor der Brust. »Ihnen geht's echt beschissen, oder? Sie brauchen sich nicht für einen Konter auf meinen blöden Spruch zu entschuldigen. Im Gegenteil, den erwarte ich sogar.«

Das konnte doch nicht mehr wahr sein. Wollten sie heute alle fertig machen? Warum zeigte er plötzlich nette Ansätze? Damit kam sie nicht klar. Nicht jetzt.

»Mister Harvey, ich würde gerne das Gespräch von gestern fortsetzen. Ich nehme an, heute müssen Sie nicht dringend nach Hause.«

Sein Kopf schoss in Richtung Fenster. Hatte er einen genervten Blick vor ihr versteckt? Wenn, dann ließ er sich nichts anmerken. »Nein, heute habe ich Zeit.«

»Gut. Also, Sie sind tatsächlich aufgrund des Schlangenbisses hier? Nicht wegen Drogen?«

»Korrekt.«

»Wie ist das passiert?«

Er öffnete den Mund – und schloss ihn wieder. Atmete tief durch.

Ihre innere Anspannung nahm ungeahnte Dimensionen an.

Harvey hob die Hände und ließ sie auf die Matratze fallen. »Okay. Ich sehe Ihnen an, dass es Ihnen mies geht, darum halte ich mich zurück. Nur denken Sie in Ihrem eigenen Interesse über die Fragen nach, die Sie demnächst stellen.«

Megan rutschte auf dem Stuhl nach hinten in eine aufrechte Position. Ihre Hände waren schweißnass. »Was möchten Sie mir sagen, Mister Harvey?«

»Wie passiert ein Schlangenbiss? Ich war zur falschen Zeit am falschen Ort. Hab eine Schlange aufgeschreckt, sie schien trächtig zu sein, öffnete das Maul und schnappte zu.«

»Mich interessiert eher das Drumherum.« Sie hielt inne und hob die Hand. »Damit meine ich nicht, ob sie im Gras, Gehölz oder sonst wo gelegen hat.«

Sein Grinsen bekam einen belustigten Touch. »Sie lernen schnell. Ich war joggen. Leider ohne Handy, aber in Gedanken vertieft. Bin ihr zu nahe gekommen und dann war es schon zu spät. Die zweieinhalb Meilen musste ich zurücklaufen, da die Gegend sehr einsam ist und somit keine Hilfe zu erwarten war. Dementsprechend lange konnte sich das Gift ausbreiten und darum bin ich hier. Aber, wie gesagt, morgen komme ich schon wieder raus.«

»Sie sind so weit nach Hause gelaufen? Nach dem Biss?« Allein der Gedanke an die Schmerzen, die er gehabt haben musste, ließ Übelkeit in ihr aufsteigen.

»Ich hatte keine Wahl. Wäre ich da sitzengeblieben, hätte ich mindestens fünf Stunden auf Hilfe warten müssen.«

»Wie kommen Sie darauf?«

»Ich weiß, wann mein Nachbar diese Strecke fährt. Tag für Tag. Das hätte zu lange gedauert.«

»Und sonst hätte Sie niemand sehen können? Von einem Wanderweg aus, einer Straße, irgendwas?«

»Nein.« Harvey kratzte sich am Kopf. »Es war dunkel.«

Megan lehnte sich auf ihrem Stuhl zurück. Seine plötzliche Offenheit irritierten sie. »Wie spät war es denn?«

»Gegen drei.«

Wollte er sie auf den Arm nehmen? Megan presste die Lippen aufeinander und stand auf. »Mister Harvey, so wird das nichts mit uns. Schade, ich hatte die Hoffnung, Sie könnten sich heute mehr auf mich einlassen.«

Ohne eine Miene zu verziehen, nickte er bedächtig. »Wo genau liegt Ihr Problem?«

»Mein Problem sind Sie, Mister Harvey.«

Erneut nickte er. »Okay. Inwiefern?«

»Ich lasse mich einfach ungern für dumm verkaufen.«

»Wann habe ich das gemacht?«

Megan stemmte die Fäuste in die Hüften und beugte sich vor. Immerhin schaffte sie es, nicht loszuschreien. »Um drei Uhr ist es hell. Es ist mitten am Tag!«

Wieder grinste er. Jemanden derart Unverschämtes hatte sie wirklich selten erlebt.

»Sie wissen aber schon, dass wir in den vierundzwanzig Stunden täglich zwei Mal drei Uhr haben, oder?«

Megan blinzelte. »Sie wollen mir also erzählen, dass Sie mitten in der Nacht joggen gehen?«

»Exakt.« Harvey sah ihr direkt in die Augen.

Megan stand nur da und starrte ihn an. Versuchte, das Chaos in ihrem Gehirn zu lüften. Ihre Gefühle zu verstehen. Sich in den Griff zu bekommen, in jeglicher Hinsicht. Nahm er sie auf den Arm? Erzählte irgendeinen Müll? Oder war es etwa wirklich die Wahrheit?

Nie zuvor hatte ein Mensch sie derart verunsichert. Nicht mal Major konnte da mithalten. Nur wieso? Harvey war nicht der Erste, der schwer zu lesen war. Und heute öffnete er sich wunderbar. Warum machte sie das so nervös? Weshalb misstraute sie ihm dermaßen? Lag es an ihr?

Megan zuckte zusammen, als er sie ansprach. »Ich glaube, Sie sollten ins Bett gehen. Wenn ich das so sagen darf.«

»Das kann ich immer noch allein entscheiden, Mister Harvey.«

»Richtig. Können Sie. Ist nur ein Tipp, denn Sie sehen echt fertig aus. Übrigens heiße ich Jay. Ich wäre Ihnen dankbar, wenn Sie dieses *Mister Harvey* lassen könnten. Sonst fühle ich mich alt.«

Trieb er es gerade auf die Spitze? Oder drehte sie langsam durch?

Mit einem tiefen Seufzer ließ sie sich wieder auf den Stuhl fallen. Das war alles zu anstrengend für ihr übermüdetes Gehirn. Sie würde einfach so tun, als würde er es ernst meinen. Vielleicht tat er das ja sogar.

»Sie waren also nachts joggen.«

»Jap.«

»Machen Sie das öfter? Treffen Sie sich dann mit jemandem?«

»Ich mache das, wenn ich nicht schlafen kann. Und wäre da noch jemand gewesen, hätte ich Hilfe gehabt.«

Megan nickte. Das klang logisch. Was nicht heißen musste, dass das Treffen nicht schon vorher hätte stattfinden können. Aber ihr fehlte die Kraft, nachzuhaken.

Erneut stand sie auf. »Mister Harvey ...«

»Jay.«

Sie zögerte. Es fühlte sich seltsam an, ihn so zu nennen. Doch auch für diese Art von Gedanken fehlte ihr die Kraft. »Jay, meinetwegen. Sie haben recht, es geht mir heute nicht gut. Wir werden das Gespräch am Montag um ... Sekunde.« Sie wühlte in ihrer Handtasche herum auf der Suche nach dem Kalender. Den sie im

Büro gelassen hatte. So ein Mist! »Ich muss Sie anrufen, mein Kalender ist nicht hier.«

»Sie können am Freitag einen Hausbesuch bei mir machen, wenn Ihnen das lieber ist.«

Blinzelnd rieb sie sich die pochende Stirn. »Gut. Ansonsten melde ich mich. Schönen Tag.«

»Miss Sterling?«

Sie hielt inne und drehte sich genervt um. Sein besorgter Blick hielt sie davon ab, etwas zu sagen.

»Kann ich Ihnen irgendwie helfen?«

Megan öffnete den Mund und schloss ihn wieder. Sie hatte keine Ahnung, was sie darauf antworten sollte. Wollte er sie doch auf den Arm nehmen? Oder war es so offensichtlich, dass der Job sie gerade fertig machte? »Danke, ich bin nur müde«, sagte sie schließlich und eilte aus dem Zimmer, ohne eine Antwort abzuwarten. Dabei war ihr der Grund für die plötzliche Eile schleierhaft.

Wenn sie ehrlich war, hätte sie liebend gern über ihre Probleme mit Barns und Major gesprochen. Zwar nicht mit einem Probanden, allerdings hatte sie sonst niemanden. Ihre einzige Freundin war im Urlaub, ihre Erzeugerin wohnte weit weg in South Dakota. Das war auch gut so. Megan hatte den Kontakt zu ihr abgebrochen, nachdem sie ihren Dad und sie verlassen hatte, als sie nicht mal fünfzehn gewesen war.

Aber dafür ausgerechnet mit Harvey reden? Ihrem Probanden, der sie in den Wahnsinn trieb? Schon der Gedanke daran war lächerlich.

Jetzt wollte sie einfach nur ins Bett. Noch etwas Bahn fahren und dann konnte sie sich unter die warme Decke kuscheln und stundenlang schlafen. Ein Traum.

Kapitel 8

Jay

Stirnrunzelnd sah er ihr hinterher. Was war das denn gewesen? Gut, um ein sicheres Auftreten hatte Sterling sich schon beim letzten Mal vergebens bemüht. Derart seltsam hatte er sie allerdings nicht in Erinnerung. Vor lauter Mitleid hatte er sogar seine Arschloch-Schiene nicht übers Herz gebracht. Na ja, mehr als seine Hilfe anzubieten, konnte er nicht machen.

Jay legte sich zurück und startete seine Musik. Versuchte, sich darauf zu konzentrieren. Seinen Herzschlag zu beruhigen, der auf unerklärliche Art und Weise angestiegen war, sobald sie das Zimmer betreten hatte.

Wobei er dankbar war, dass er nicht mehr auf der Intensivstation lag. Als das CT so weit in Ordnung gewesen war – anscheinend war an der Stelle ein Pixelfehler gewesen –, hatte man ihn zügig auf die Normalstation verlegt. Selbst das war ihm nicht schnell genug gegangen. Bloß weg vom Blinken und Flackern der Monitore. Zwar war seiner zuletzt ruhig geblieben, dennoch hatte ihn die unterschwellige Angst vor einem erneuten Ausschlagen nervös gemacht. Eine Attacke in Sterlings Anwesenheit wäre noch schlimmer gewesen als der Mist heute früh. So was durfte niemals wieder passieren.

Obwohl gerade seine Lieblingsband ihren neuesten Song zum Besten gab, konnte er sich nicht auf die Musik konzentrieren. Ständig schwirrte Megan durch seinen Kopf. Er wollte es nicht wahrhaben, musste sich aber seine Sorge um sie eingestehen. Was sicher an seinem ausgeprägten Beschützerinstinkt lag, der immer einsetzte, sobald eine Frau Schwierigkeiten zu haben schien.

Idiot.

Wie kam er darauf, dass sie ein Problem haben könnte? Vermutlich kündigte sich eine Erkältung bei ihr an oder sie hatte schlecht geschlafen. Es gab etliche Möglichkeiten. Also, ganz piano. Zumal sie sich ohnehin nicht von ihm helfen lassen würde, wie sie eben deutlich gemacht hatte. Was er nach ihrem ersten Treffen verstehen konnte.

Immer wieder sah er ihre Augen vor sich. Das leuchtende Grün, das deutlich ins Türkis ging und ihn an den Indischen Ozean erinnerte. Die vollkommene Mandelform. Sie trafen seinen Geschmack perfekt.

Was es ihm ebenfalls unmöglich gemacht hatte, seine Unnahbarkeit durchzuziehen.

Nein. Es war nicht nur Mitleid gewesen, das ihn zu seiner netteren Seite verleitet hatte, sondern sie selbst. Vor allem, als sie ihn beim Anziehen beobachtet hatte. Eigentlich mochte er so was überhaupt nicht. Bei ihr war diese Abneigung ins Gegenteil umgeschlagen. Sein Bauch hatte derart gekribbelt, wie er es noch nie erlebt hatte. Als sich sein Schwanz allerdings auch einschalten wollte, hatte er doch schnell den Riegel vorgeschoben. Das wäre sonst echt peinlich geworden.

Und warum das Ganze? Nicht, weil sie ihn offensichtlich heiß fand. Im Fitnessstudio war er schon häufig genug angeschmachtet worden, von durchaus ansehnlichen Frauen. Das hatte ihn genervt. Warum nicht bei Megan?

Weil er sie gernhatte. Mehr als ihm lieb war. Er freute sich über ihre Blicke. Nach wie vor.

Jay fuhr sich mit beiden Händen über die Haarstoppel, die dringend mal wieder gekürzt werden sollten. Und nicht nur die. Auch seine Gefühle für diese Frau mussten sofort gekappt werden. Sie war seine Bewährungshelferin und somit ein absolutes No-Go. Ja, er hatte Herzklopfen, sobald er sie sah. Aber das waren lediglich Gefühle, also ein Klacks. Das waren die Panikattacken zwar auch, aber die waren was anderes und außerdem begründet. Solange er die noch nicht in den Griff bekommen hatte, konnte er ohnehin jede Beziehung vergessen. Egal mit wem, denn keine würde irgendwas von dieser Fehlfunktion seines Hirns mitbekommen. Wer Schwäche zeigte, war verletzlich. Es reichte, dass Sally seine Schwachstelle kannte.

Als hätte sie seine Gedanken gehört, rief Sally in diesem Moment an. »Hey, wie geht's dir?«

»Bestens. CT war okay, ich bin auf Normalstation. Morgen werde ich entlassen.«

»Das ist großartig. Wann soll ich dich abholen?«

Augenrollend unterdrückte er ein genervtes Seufzen. So viel zum Thema Unabhängigkeit. »Lucas kommt morgen vorbei, der kann mich mitnehmen. Du musst nicht extra fahren.«

Sally seufzte tief. »Wann denn?«

»So weit waren wir noch nicht.«

»Dann wird es sicher nachmittags oder sogar abends. Komm schon, jetzt zier dich nicht so. Ich bin deine Schwester, ich hole dich gern ab. Nimm doch einfach mal Hilfe an, wenn du sie bekommen kannst.«

Nimm doch mal *Hilfe an ... Alter, wie oft denn bitte* noch?

Er verkniff sich diese Frage und blieb nach außen hin entspannt. »Alles gut, wirklich. Ich weiß auch noch gar nicht, wann genau ich hier rauskomme. Du musst dir nicht den ganzen Tag freihalten.«

»Jay, jetzt hör auf! Ich habe den Rest der Woche Urlaub. Wenn du im Krankenhaus deine Ruhe willst, okay. Aber ich lasse nicht zu, dass du mit dem Bein die weiten Strecken zu Fuß zurücklegst. Dann kannst du nämlich direkt dableiben.«

»Meinem Bein geht's prima, selbst der Doc war begeistert. Und jetzt entspann dich, Mom. Ich hatte nicht vor, bis nach Hause zu laufen. Wie gesagt, Lucas wird mich mitnehmen.«

»Ha ha. Sehr witzig, ehrlich. Du weißt genau, wie das enden wird. Er wird in deinen Augen zu spät kommen, sodass du vorher gehst. Was in einer erneuten Krankenhauseinweisung endet, weil du es übertrieben hast. Einfach, weil dir nach dem Herumliegen die Bewegung fehlt. Was ich bis zu einem gewissen Punkt nachvollziehen kann, nur ...«

Er ließ das Handy auf den Bauch sinken und starrte die Zimmerdecke an. Da war sie schon. Eine ihrer schier endlosen Moralpredigten. Mit halbem Ohr achtete er darauf, wann ihr Gelaber endete, hörte jedoch nicht zu. Stattdessen fragte er sich, wie Megan an Sallys Stelle reagieren würde. Als Freundin oder zumindest jemandem, die sich gut mit ihm verstand. Der er wichtig wäre.

Allein dieser gedankliche Zusammenhang ließ Schmetterlinge in seinem Bauch tanzen. Was ihn massiv nervte. Er musste die Gefühle für diese Frau loswerden. Sofort, bevor er sich in irgendetwas hineinsteigerte.

Freitag würde er wieder den Hornochsen aus der ersten Sitzung mimen. Sein Arschlochverhalten tat ihm zwar leid, dennoch musste er es zwingend wiederholen. Nur das halbe Jahr, das sie gemeinsam durchziehen mussten, was sich verdammt lang …

Was zum Teufel war er für ein Egoist? Damit würde er ihr wehtun!

Vollidiot!

Eventuell könnte er …

»*Jay!*«

Er zuckte zusammen. Verflucht, Sally hatte er völlig vergessen. Das war ihm noch nie passiert.

Eilig riss er das Handy ans Ohr. »Sorry, war kurz abgelenkt.«

»*Kurz?* Bis wohin hast du es mitbekommen?«

Mist!»Ich vermute mal, bis zum Ende deines Anschisses.«

»Welcher Anschiss?«

Fuck!

Jay schloss die Augen und presste Daumen und Zeigefinger gegen den Nasenflügel. Zoff mit Sally war das Letzte, was er gebrauchen konnte. »Dass ich zu viel mache mit dem Bein.«

Sie schwieg. Kein gutes Zeichen. Gar kein gutes …

»Willst du mich verkackeiern?«

Um nicht zu sagen, eine Katastrophe.

Verfluchte Scheiße!

»Nein.«

»Du hast mir die ganzen … *vier* Minuten nicht zugehört?«

Vier Minuten? So lange hatte Sally mit der Wand gequatscht? Das gab richtig Stress. »Hast du 'ne Kurzzusammenfassung?«

»Ja. Du kannst mich mal!«

Das Tuten in seinem Ohr ersparte ihm wenigstens die Antwort. Dennoch zog sich sein Magen zusammen wie ein Stück Plastik im Feuer. Das hatte er mächtig versaut. Wenn sie so reagierte, hatte sie ihm gerade irgendwas Nettes gesagt. Und er hatte sie ignoriert. Tja, das sprach wohl für sich. Freundlichkeit hatte er schlicht nicht verdient.

Jay ließ das Handy auf die Decke fallen und knallte die Faust auf die Matratze. Wut kochte in seinen Adern. Über sein Verhalten und vor allem darüber, dass er zu einer solchen verdammten Memme mutiert war. Er hasste seine Panikattacken, die Abhängigkeit. Wollte seine Freiheit zurück, die er sein Leben lang gehabt und als normal abgetan hatte. Bis zu jenem Moment, der alles zerstört hatte.

Ohne dass er es verhindern konnte, schossen ihm Bilder durch den Kopf, die er nie wieder sehen wollte. Nicht mehr sehen *durfte.* Sein Herzschlag nahm die Geschwindigkeit eines Maschinengewehrs an, die Lunge verkrampfte sich. Nein. Keine Panikattacke. Nicht jetzt! Es gab nicht den geringsten Auslöser dafür, das durfte so nicht passieren!

Schreie drangen in sein Hirn. Unerträglich qualvolle Schreie. Sie waren nicht real, existierten nur in seinem Kopf. So viel verstand er noch, dennoch trieben sie ihn in den Wahnsinn. Er schwang die Beine aus dem Bett, stand auf, lief zum Fenster. Bilder vor seinem inneren Auge rissen ihn immer wieder aus der Realität. Blutig, grausam, jenseits der Schmerzgrenze – selbst der Anblick. Verzweifelt fokussierte er seine Konzentration auf den Schmerz im Unterschenkel. Und doch kam ihm der Raum zunehmend kleiner vor. Die Wände kamen näher. Drohten, ihn zu zerquetschen.

Er musste hier raus. Sofort!

Auf gummiartigen Beinen wankte er zur Tür, riss sie auf. Und rannte einem Doc in die Arme. Nein, verdammt! Nicht das auch noch!

»Wo wollen Sie denn so eilig hin?«

»Kurz raus.«

Der Arzt hob die Hand, schob ihn mit sanfter Gewalt zurück. Jays Kiefer mahlten. Die Luft wurde immer knapper, sein Körper bebte. Seine Atmung jagte mit dem Puls um die Wette.

»Nicht jetzt«, presste er hervor und stieß ihn von sich. Stürmte an ihm vorbei, den Flur herunter. Stolperte, fing sich mit Mühe. Weiter! Ganz schnell hier weg.

Der Schmerz! Konzentrier dich darauf!

Aber er war nicht mehr da. Zu weit war seine Panik vorangeschritten. Er musste es nach draußen schaffen, bevor er vollends durchdrehte! Immer drei Stufen auf einmal nehmend hastete er die Treppen hinunter bis ins Erdgeschoss, übersprang die Geländer, wenn es eben passte. Rempelte eine Krankenschwester zur

Seite, ohne es richtig zu registrieren, und näherte sich endlich dem rettenden Ausgang.

Vor seinem inneren Auge öffnete sich die Tür bereits, ebnete ihm den Weg in die Freiheit. Ein Anflug von Erleichterung bahnte sich ihren Weg durch die Panik, begann, sie zurückzudrängen. Die Schraubzwinge um seine Lunge löste sich.

Bis sich kurz vor dem Ziel ein Security Mann in seinen Weg stellte. Es reichte, verdammt!

Jay hob die Hände, warf ihm einen flehenden Blick zu. »Alles okay. Brauche nur Luft.«

Der Kerl zögerte, was Jay nutzte. Er stürmte an ihm vorbei, durch die Glastür in die Freiheit.

Sauerstoff. Freiraum. Endlich.

Zögernd verlangsamte er das Tempo und kam zum Stehen. Jay verschränkte die Finger hinter dem Kopf und atmete tief durch. Ein. Pause. Aus. Er schloss kurz die Augen und ließ die Arme sinken, stützte sich auf den Oberschenkeln ab. Langsam, aber stetig reduzierte sich der Druck im Brustkorb ebenso wie der Puls.

Bis sich eine Hand auf seine Schulter legte. Reflexartig machte er einen Satz nach vorn und fuhr mit erhobenen Fäusten herum. Und sah in die aufgerissenen Augen des Security-Mannes.

Erleichtert ließ er die Arme sinken und war heilfroh, dass sich das Chaos in seinem Kopf langsam lichtete. Bloß nichts anmerken lassen! »Erschrecken Sie mich doch nicht so.«

»Ich wollte nur sehen, ob alles in Ordnung ist.« Die Stimme des Kerls war zittrig.

Jay war sich beinahe sicher, dass er seinen ersten Tag hier hatte, und freute sich diebisch über die wiedererlangte Fähigkeit des logischen Denkens. Er hatte es geschafft.

»Mir geht's gut. Neu hier? Hab Sie noch nicht gesehen.«

Er nickte eifrig. »Ja, heute erstmals allein.« Einen Moment hielt er inne und presste die Lippen zusammen. »Merkt man das?«

Konnte er ihm die Wahrheit sagen? Das würde den armen Kerl fertig machen. Auch diese Erkenntnis so kurz nach seiner Fast-Attacke faszinierte ihn. Auf andere aufzupassen war scheinbar sein Thema, es verhalf ihm zu einem klaren Verstand. Beruhigend zu wissen.

»Nein. Einen Tipp hab ich trotzdem: Wenn Ihr Bauch sagt, dass jemand aufgehalten werden muss, dann hören Sie darauf. Ohne zu zögern. Sie können besser hundert Mal zu oft eingreifen als ein Mal zu wenig.« Dass er dankbar für diese Zweifel war, verschwieg er geflissentlich.

Der junge Mann verschränkte die Arme vor der Brust und bemühte sich um eine finstere Miene, die ziemlich lächerlich aussah. Was Jay ihm natürlich nicht sagte.

»War das Absicht von Ihnen? Hat man Sie zum Testen auf mich angesetzt?«

»Nein, keine Angst. Es ist mir nur aufgefallen. Die Unsicherheit ist anfangs auch völlig normal. Man will eben alles richtig machen.«

Der Kerl nickte. »Sind Sie vom Fach?«

Es wäre eine Job-Alternative, die er im Hinterkopf behalten sollte. »Nicht wirklich. Ich bin Soldat. Uns geht's oft ähnlich.«

Seine Augen leuchteten auf. »Oh, spannend! Wo sind Sie stationiert? Kennen Sie die Seals? Von denen wollte ich immer mal einen kennenlernen! Wie lange sind Sie dabei? Waren Sie schon ...«

»Woah, langsam!« Jay lachte befreit auf. Das Interesse des jungen Mannes an seinem Lieblingsthema tat gut, der letzte Rest der inneren Unruhe verschwand zusehends. »Ich erzähle Ihnen gern was, dafür sollten wir uns allerdings an den Eingang stellen. Nicht, dass Ihnen was entgeht. Und ja, ich kenne ein paar Seals. Kaum zu glauben, aber die sind todlangweilig. Wollten Sie auch zur Army?«

Jay genoss das Gespräch. Es nahm ihm den Druck, lenkte ihn ab. Das panische Feuer in ihm war nur noch ein Glimmen, das bald erloschen sein würde. Außerdem hatte er das Gefühl, dem jungen Kerl ein wenig Sicherheit vermitteln zu können, indem er ihm einige Tricks aus dem Leben eines Soldaten verriet. Es fühlte sich gut an. Endlich wurde er wieder gebraucht, tat etwas Sinnvolles. Und wenn es nur Reden war. Das nannte sich wohl Win-win.

Hätte er das mit Sterling doch auch ...

Kapitel 9

Megan

Wieder war es ihr Smartphone, das Megan endgültig aus dem unruhigen Schlaf riss. Nur mit Mühe schaffte sie es, die Augen offenzuhalten, während sie fahrig die Nachricht anklickte. Sie kam von Major. Wollte er den Termin absagen? Nicht, dass sie etwas dagegen gehabt hätte.

Ehe sie die Wörter erkennen konnte, musste sie einige Male blinzeln. Auch danach war es anstrengend, aber sie verstand wenigstens den Sinn dahinter.

Und war von jetzt auf gleich hellwach. Megan fuhr in ihrem Bett hoch, ließ das Handy auf die Decke fallen, als hätte es plötzlich Feuer gefangen. Das konnte nicht sein. *Durfte* nicht sein! Hatte sie einen Magneten für Probleme am Hintern kleben? Das war doch nicht mehr normal!

Sie musste sich verlesen haben. Mit zitternden Fingern hob sie es wieder hoch, rieb sich sicherheitshalber die brennenden Augen und las erneut. Wort für Wort, langsam und gründlich.

Hallo Miss Sterling. Sie denken jetzt sicher, ich will Sie verarschen, vor allem nach gestern. Das Verhalten tut mir übrigens leid. Aber ich brauche Ihre Hilfe. Jetzt.

Ich bin da in was reingeraten, was ich nicht wollte. Es war keine Absicht! Wird mir aber keiner glauben. Nur Sie können mir helfen. Jetzt! Bitte! David Major

Es hatte sich nichts verändert. Dieser Idiot hatte schon wieder Mist gebaut und erwartete von ihr, dass sie ihn da rausholte. Woraus? Sie hatte keine Ahnung. Es folgte lediglich eine Adresse, zu der sie kommen sollte.

Nein. So lief das nicht. Erst musste sie wissen, was passiert war. Auf ihren Anruf reagierte er nicht, darum schrieb sie ihm zurück.

Sie wissen, dass ich melden muss, wenn Sie Mist gebaut haben. Das war es dann mit Ihrer Bewährung. Ich kann Sie auch nirgends herausholen, das ist nicht mein Job.

Sie schickte die Nachricht ab und ließ sich zurücksinken. Es war ein wahrgewordener Albtraum. Kaum hatte sie wenigstens für ein paar Minuten geglaubt, den Kerl einigermaßen im Griff zu haben, baute er Mist. So eine Kacke. Was sollte sie denn jetzt machen? Vielleicht konnte sie ihn ja doch unauffällig rausreißen. Je nachdem, was er angestellt hatte. Das würde sie beide retten. Wenn er wenigstens antworten würde!

Megan wartete noch einen Moment und verschwand dann unter der Dusche. Zwar war es erst kurz nach fünf, an Schlaf brauchte sie jedoch nicht mehr denken. Und sollte sie wirklich zu dieser Adresse fahren ...

Niemals. Damit würde sie sich strafbar machen. Zumindest, falls sie versuchte, etwas zu vertuschen. Das kam nicht infrage. Für Barns und die anderen vielleicht, aber nicht für sie.

Sie saß bereits bei der zweiten Tasse Kaffee, als Major endlich antwortete.

Bitte, Sie müssen mir helfen. Ich werde es auch wieder gut machen. Alles Weitere klären wir dann, aber ich brauche Sie jetzt hier. Allein! Bitte!

Super. Nein! Das konnte sie nicht bringen. Mit wem er sich wohl gerade herumtrieb? Sicher übles Gesindel. Dann sollte sie als Frau allein dahin? Garantiert nicht.

Megan richtete sich auf und tippte:

Ich kann nicht kommen. Schicke jetzt die Cops zu Ihnen. Nur die können Ihnen helfen.

Die Antwort kam prompt.

Nein! Auf keinen Fall die Cops. Dann ignorieren Sie das hier, ich werde schon irgendwie überleben. Hoffe ich.

Ein eisiger Schauer durchfuhr sie. Offensichtlich war er wirklich in Gefahr und brauchte Hilfe. Aber doch nicht ihre!

Erneut versuchte Megan, ihn telefonisch zu erreichen. Er drückte sie weg. Wenn sie nur wüsste, was da los war.

Wie aus dem Nichts schoss Harvey in ihre Gedanken. Was er wohl in einer solchen Situation machen würde? Urplötzlich wünschte sie sich, sie hätte sein Angebot angenommen und sich alles von der Seele geredet. Dann könnte sie ihn fragen, was sie nun machen sollte.

Was dachte sie denn da? Energisch verbannte sie ihn in die hinterste Ecke ihres Gehirns. Sie hatte gerade ganz andere Sorgen.

Es nützte alles nichts. Sie musste die Polizei rufen, es gab keine Alternative.

Das tat sie und nahm ihnen das Versprechen ab, direkt dorthin zu fahren. Nachdem sie aufgelegt hatte, tippte sie:

Die Cops sind unterwegs.

Megan hielt den Finger über der Sendentaste. Und zögerte. Vielleicht konnte sie es so drehen, dass die Officers zufällig dort vorbeigekommen waren.

Gott, was war sie feige. Sie hatte alles richtig gemacht, woher kam dieses schlechte Gewissen? Es war nicht ihre Aufgabe, sich in Gefahr zu bringen, weil ihr Proband Mist baute. Ja, das würde sie ihren Job kosten. Dennoch musste sie handeln.

Sie schickte die Nachricht ab und starrte einen Moment lang auf das Handy in ihrer Hand. Hatte sie sich gerade selbst ins Aus katapultiert? Vermutlich. Aber Major hatte ihr keine Wahl gelassen. Die Kündigung war ihr allerdings nun sicher. Daher sollte sie sich besser schon mal nach einem neuen Arbeitsplatz umsehen.

Seufzend füllte sie ihre Kaffeetasse erneut und setzte sich an den Laptop. Die Stellenanzeigen gaben nichts her. So ein Mist! Nicht ein freier Platz als Bewährungshelfer. Dann musste sie wohl in den Supermarkt gehen.

Oder als Reinigungskraft arbeiten. Etwas anderes konnte sie nicht.

Wieder brannten ihre Augen, was weniger an der Müdigkeit, als vielmehr an den aufsteigenden Tränen lag. Sie machte alles falsch. Und wenn nicht sie, dann ihr Proband. Es war zum Mäusemelken.

Seufzend warf Megan einen Blick auf die Uhr und zuckte zusammen. Halb sieben! So lange heulte sie hier schon herum? Sie rieb sich das Gesicht und schreckte auf, als es an ihrer Tür klingelte. Wer wollte denn um diese Zeit etwas von ihr?

Megan sah durch den Spion – die Cops. Mit dem Versuch eines Lächelns öffnete sie.

Nachdem sie sich vorgestellt hatten, hielt ihr der Ältere einen Zettel unter die Nase. »Miss Sterling, Sie haben uns angerufen und zu dieser Adresse geschickt?«

»Ja, das ist richtig. Kommen Sie doch rein. Wollen Sie einen Kaffee?«

»Nein, vielen Dank.«

Sobald die Tür hinter ihnen geschlossen war, übernahm der Jüngere. »Wir sind hier, weil wir gern die Nachrichten sehen möchten, die Mister Major Ihnen geschickt hat.«

»Natürlich.« Sie öffnete den Chat. Und erstarrte. Er hatte sämtliche Mitteilungen gelöscht. Super. Wie unglaubwürdig machte sie sich jetzt bitte?

»Es tut mir leid ...« Zögernd hielt sie den Männern das Handy hin.

Der Ältere räusperte sich. »Das ist interessant. Miss Sterling, würden Sie uns auf das Revier begleiten?«

»Selbstverständlich, oder können wir das hier ...«

»Nein.«

Ein unangenehmer Druck in ihrer Magengegend ließ sie tief durchatmen. Was hatte sie falsch gemacht? Was hatte Major getan?

»Darf ich fragen, warum nicht?«

»Gegen Sie wurde eine Anzeige wegen Verleumdung gestellt und das möchten wir gern im Verhörraum besprechen.«

»Verleumdung? Anzeige? Wieso …«

»Bitte kommen Sie einfach mit, es geht lediglich um Ihre Aussage.«

Megan zögerte. Da sie jedoch ihrer Meinung nach nichts falsch gemacht hatte, zog sie sich Schuhe und Jacke an, schnappte sich die Handtasche und stieg vor den Augen ihrer neugierigen Nachbarin Jody ins Polizeiauto. Klasse. Der gesamte Wohnblock würde Bescheid wissen, bevor sie das Revier überhaupt erreicht hatten.

Die beiden Cops brachten sie in einen kleinen, fensterlosen Raum und wurden von einer älteren Polizistin, die in eine Parfümflasche gefallen sein musste, abgelöst. Der Gestank nach Orchideen war dermaßen penetrant, dass Megan binnen Sekunden gegen Übelkeit ankämpfte.

Sogar ihr Partner, ein blutjunger Cop, rümpfte immer wieder die Nase. Er zog es vor, an der Wand neben der Tür stehen zu bleiben, während er Megan bat, auf dem Holzstuhl hinter dem wenig einladend wirkenden Metalltisch Platz zu nehmen. An manchen Stellen setzten die Tischbeine bereits Rost an. Es erinnerte sie an angetrocknetes Blut, was ihre Übelkeit nicht besserte. Wie gern hätte sie mit dem jungen Cop den Platz getauscht.

Die Beamtin setzte sich ihr gegenüber, sodass sich Megan gequält so weit gegen die Rückenlehne presste, wie es ihr möglich war.

»Mein Name ist Detective Rose, das ist mein Kollege Officer Parker.« Ihre Stimme war derart piepsig, dass sie Megans Trommelfell in Wallungen brachte. »Bitte nennen Sie Ihren vollständigen Namen und Ihr Geburtsdatum. Sind Sie damit einverstanden, dass wir das Gespräch aufzeichnen?«

Megan stimmte zu und leierte ihre Daten in einem Tempo herunter, als wäre sie auf der Flucht. Was ja auch irgendwie passte. Sie wollte möglichst schnell hier raus.

Rose zog ein Foto aus ihrer Akte, legte es auf den Tisch und schob es zu Megan herüber. »Kennen Sie diesen Mann?«

»Ja, das ist David Major.«

»Gut, Miss Sterling, wie stehen Sie zu Mister Major?«

»Ich bin seine Bewährungshelferin.«

Sie krickelte auf ihrem Notizblock herum, zog einen anderen Zettel hervor und studierte ihn. »Stimmt es, dass Sie ihn erst vor wenigen Tagen bei uns abgeliefert haben, weil er angeblich gegen die Auflagen verstoßen hat?«

»Er *hat* dagegen verstoßen. Also ja, das habe ich.«

»Anscheinend doch angeblich. Meinen Unterlagen zufolge hat Ihr Chef die Sache bereinigen müssen, weil Sie überreagiert haben.«

Megan atmete tief ein. »Das ist Ansichtssache. In meinen Augen ist es ein deutlicher Verstoß, jemand Fremden derart penetrant zur Schlägerei zu provozieren.«

»Nun, manche Verhaltensweisen kann man sicher in den falschen Hals bekommen.« Ehe Megan platzte, fuhr Rose fort. »Wie denken Sie darüber, dass Sie ihn nun weiter betreuen sollen?«

»Was soll ich denken? Es ist mein Job, den ich nach bestem Wissen und Gewissen erledige.«

»Aha.« Wieder schrieb sie etwas auf. »Sie haben uns heute gerufen, nachdem Sie angeblich ominöse Nachrichten von Mister Major erhalten haben, richtig?«

»Nicht nur angeblich.«

»Diese Nachrichten sind nun gelöscht.«

»Ja, aber ich könnte Ihnen erzählen, was drin gestanden hat.«

»Bitte, tun Sie das.«

Sie überlegte. »Mister Major meinte, er wäre in etwas hineingeraten und ich sollte ihn da rausholen.«

»Wo raus?«

»Das habe ich ihn auch gefragt, jedoch keine Antwort erhalten. Meine Anrufe hat er ignoriert, also habe ich zurückgeschrieben. Ich habe diese Frage gestellt und ihn darauf hingewiesen, dass er gegen die Bewährungsauflagen verstößt, falls er Mist gebaut hat, und ich das melden muss.«

»Woher wissen Sie das?«

Irritiert blinzelte Megan. »Ähm, das ist mein Job?«

Rose verschränkte ihrerseits die Arme vor der Brust. »Es ist Ihr Job zu wissen, was Ihr Proband für einen Mist gebaut hat, richtig. Und es ist Ihr Job, genau dieses im Vorfeld zu unterbinden. Ich habe jedoch noch keinen Bewährungshelfer erlebt, der Gedanken lesen kann und weiß, was genau sein Schützling getan hat.«

»Das habe ich auch nie behauptet.«

»Wie kommen Sie dann darauf, dass er gegen Bewährungsauflagen verstoßen hat?«

Wollte die Frau sie verarschen? »Er sagte, er sei in etwas hineingeraten. Was genau würden Sie darunter verstehen?«

»Es geht nicht um mich, sondern um Sie, die sich um ihn kümmern und ihm helfen soll, wenn er darum bittet.«

»Das habe ich gemacht, indem ich Sie gerufen habe.«

»Nein. Damit haben Sie ihm ein großes Problem bereitet.« Sie seufzte. »Miss Sterling, er hatte getrunken und seine Geldbörse in der inzwischen geschlossenen Bar liegengelassen, sodass er kein Taxi bezahlen konnte. Sein Wunsch war es, dass Sie ihn nach Hause fahren. Stattdessen haben Sie für einen ziemlichen Wirbel gesorgt, der ihm durchaus Probleme mit seiner Bewährung bereiten kann. Denn wir haben ihn volltrunken in einem Auto angetroffen. Mit laufendem Motor, da ihm kalt war. Er behauptet, es wäre das Auto eines Freundes, der ihn aufgrund einer ansteckenden Krankheit nicht ins Haus lassen konnte. Sie wissen, was das für ihn bedeutet?«

Das Blut sackte aus Megans Gesicht und schien sich in ihrer Lunge zu sammeln. Zumindest fiel ihr das Atmen zunehmend schwer. Das konnte unmöglich ihr Ernst sein! Warum hatte er das nicht so geschrieben? Nein, hier passte etwas nicht.

»Warum hat er dann so geheimnisvoll getan und sogar die Nachrichten gelöscht? Und wie hätte ich das ahnen können, wenn er nur immer wieder betonte, dass er in etwas hineingeraten ist?«

»Das müssen Sie mit ihm besprechen, sollte er dazu bereit sein. Mich interessiert lediglich, dass er Sie wegen Verleumdung angezeigt hat. Mister Major behauptet, er habe Ihnen die Situation geschildert, wie sie war, und Sie wollten ihn nur wieder hinter Gittern sehen. Dem gehen wir auf den Grund. Wenn Sie mir Ihr Handy überlassen, werden wir versuchen, die Nachrichten wiederherzustellen. Dann sehen wir weiter.«

Megan erstarrte. Das konnte unmöglich ihr Ernst sein! Tiefe Enttäuschung, gepaart mit Wut, überkam sie. Major hatte sie hintergangen. Oder versuchte, den Kopf aus der Schlinge zu ziehen, indem er diese Lüge erfunden und die Beweise vernichtet hatte. So ein …

Wie auch immer. Da er so dumm gewesen war, alles schriftlich zu machen, anstatt anzurufen, würde sich ihre Unschuld sicher mit der Wiederherstellung der Nachrichten klären.

Megans Hände zitterten, als sie das Handy aus der Tasche zog. »Hier, bitte.«

»Danke. Sie sollten sich ein neues zulegen, das hier gilt als Beweismittel. Sie dürfen jetzt gehen, mein Kollege wird Sie nach Hause fahren. Wir melden uns bei Ihnen.«

Megan war zu perplex, um zu fragen, wann sie das Smartphone zurückbekommen könnte. Auf zitternden Beinen erhob sie sich und wankte mit starrem Blick zur Tür, die Officer Parker ihr öffnete. Kaum hatten sie den Raum verlassen, atmete der junge Cop lautstark ein. Megan hingegen nahm die angenehmere Luft hier im Flur nur am Rande wahr. Zu tief saß der Schock, dass sie dermaßen verarscht worden war.

Das Schlimmste war das Gespräch, das ihr gleich mit Barns bevorstehen dürfte. Ein eisiger Schreck durchfuhr sie, hektisch sah sie auf die Uhr. Verflucht. Es war zehn nach neun, sie kam schon wieder zu spät. Wie gestern. Und konnte nicht mal dort anrufen.

Aber sie war ohnehin am Ende.

Kapitel 10

Jay

Der Austausch mit dem Security-Jungen hatte gutgetan. Selbst als Lucas seinen Besuch aufgrund eines Sondertrainings abgesagt hatte, war sein Neid erträglich gewesen. Die Überlegung, bei der Security anzufangen, weckte Hoffnung in Jay. Vielleicht bekam er in dem Bereich eine Chance. Darüber würde er bei nächster Gelegenheit mit Sterling reden.

Sogar in der Nacht hatte das Gespräch noch nachgewirkt – Jay war nicht ein einziges Mal aufgewacht. Gegen halb sechs am Morgen hatte er seit einer gefühlten Ewigkeit endlich wieder ausgeschlafen und entsprechend gute Laune.

Zumal es heute nach Hause ging, und zwar mit der Bahn. Sally musste schon genug Rücksicht auf ihn nehmen, die Fahrt würde er ihr nicht antun. Wozu auch? Er war ja nicht bettlägerig geschrieben.

Das Sportverbot, das der Doc ihm für die nächsten vier Wochen aufs Auge gedrückt hatte, überhörte er geflissentlich. Das würde er niemals überstehen, er brauchte die Bewegung. Es musste ja nicht gleich in einen Marathon ausarten, aber stillgelegen hatte er lange genug. Wie der sinnfreie Ansatz seiner Panikattacke gestern gezeigt hatte, konnte er sich derartige Pausen nicht erlauben. Es hatte keinen wirklichen Auslöser gegeben, und das bereitete ihm nach wie vor ernsthaft Sorgen. Die er jedoch verdrängte, bevor sie ihm die Stimmung wieder versauten.

Als eine Schwester zum Blutdruck und Fieber messen reinkam, saß er fertig geduscht auf der Bettkante, den gepackten Rucksack neben sich. »Wann kann ich hier raus?«

Sie lachte auf. »Da hat es ja jemand eilig. Essen Sie noch in Ruhe Ihr Frühstück, dann wird sich bald einer der Ärzte blicken lassen und die Abschlussuntersuchung durchführen. So lange müssen Sie leider noch durchhalten.«

Na toll. »Okay.«

Warten. Wie er es hasste. Nachdem er das gefärbte Spülwasser namens Krankenhauskaffee heruntergewürgt hatte – ehe es gar keinen gab, trank er eben diese Brühe –, legte er Meile um Meile in seinem Zimmer zurück. Die Schmerzen ignorierte er, während die zunehmende Ungeduld seinen Gemütszustand zusehends in den Keller presste.

Der Doc, den er gestern über den Haufen gerannt hatte, kam knapp zwei Stunden später und musterte ihn mit finsterer Miene. »Mister Harvey, hatte ich Ihnen nicht gesagt, dass Sie das Bein schonen sollen?«

»Von Bettruhe haben Sie nicht geredet.«

»Annähernd sollten Sie die schon einhalten. Zum Klo dürfen Sie aufstehen.« Jay unterdrückte ein Schnauben.

Der Doc hielt inne und musterte ihn. »Wenn ich Sie überhaupt entlassen kann.«

Ein eisiger Schreck durchfuhr ihn. »Was spricht dagegen? Mein Fieber ist runter und das Bein sieht super aus.« Er setzte sich aufs Bett und zog demonstrativ das Hosenbein hoch.

Der Doc besah sich die Wunde gründlich – mit verkniffener Miene. Das durfte nicht wahr sein! Nicht einen Tag länger würde er hierbleiben!

»Sieht doch gut aus, oder?«, hakte Jay nach.

Zunächst kam keine Reaktion, was seinen Puls in die Höhe jagte. Wie gut, dass er nicht mehr am Monitor hing.

Als sich der Doc schließlich einen Stuhl heranzog und neben ihm niederließ, wäre Jay am liebsten mit Sack und Pack davongelaufen.

»Mister Harvey, nicht das Bein macht mir Sorgen.«

Sein Herz setzte für einen Schlag aus. »Sondern? Mein Kopf? Ist da doch eine Blutung?«

Er kannte die Antwort. Wollte er sie hören? Nein. Hatte er eine Wahl? Wohl nicht.

Stirnrunzelnd sah Jay sein Gegenüber an, sein Fuß wippte ohne jegliches Zutun. Der Doc senkte den Blick darauf. Nur kurz. Aber lange genug für ein tiefes Seufzen.

Wie war das doch gleich mit dem Zusammenreißen?
Verfluchte Memme!

»Sind Sie öfter so nervös?«

»Nur wenn ich tagelang sinnfrei rumliegen muss. War’s das?«

»Was war gestern mit Ihnen los?«

Nein. Der Kerl war kein Psychodoc, mit ihm würde er niemals drüber quatschen. Echt nicht! Und mit der anderen Arztvariante ebenfalls nicht, davon mal abgesehen. »Ich weiß nicht, wovon Sie reden.«

»Ich denke doch. Sie sind regelrecht vor mir geflüchtet.«

Wieso interessierte ihn das? »Nichts, was meinen Aufenthalt hier betrifft. Oder meine Entlassung.« Wenig hoffnungsvoll warf er dem Doc einen kühlen Blick zu, der wie befürchtet abgeschmettert wurde.

»Schon auf der Intensivstation schienen Sie eine Panikattacke gehabt zu haben. Falls Sie damit häufiger Probleme haben, kann ich Ihnen Adressen von ...«

Jay fuhr hoch. »Stopp. Jetzt hören Sie mir mal zu. Auf der Intensiv bin ich gerade aus der Narkose erwacht, hatte keine Ahnung, wo ich war und was passiert ist. Ich bin Soldat, ich hab ein paar weniger schöne Dinge erlebt. Da erschrickt man schon mal in so einer Situation. Das gestern war eine persönliche Sache, die Sie einen feuchten ... die Sie nichts angeht.«

Erneut wurde er von den Blicken des Arztes förmlich durchsiebt, bis dieser endlich aufstand. »Gerade Ihre Erfahrungen als Soldat beunruhigen mich dabei. Aber gut, ich kann es Ihnen nur anbieten. Ich unterschreibe die Papiere, dann können Sie gehen.«

Jay nickte, unfähig zu antworten. Konnten sie sich nicht alle aus seinem Leben raushalten? Er brauchte keinen weiteren Babysitter, Sally reichte völlig.

Sobald die Tür hinter dem Weißkittel geschlossen war, sackte er in sich zusammen. Er musste dringend an sich arbeiten.

Die Schwester brachte ihm die Papiere und noch eine Packung Antibiotika, die er eilig im Rucksack verstaute. So schnell er konnte, verließ Jay das Zimmer – und stockte. Dieser nervtötende Arzt stand auf dem Flur, redete mit einer Kollegin, die er dabei allerdings nicht ansah. Sondern ihn.

Hatte der nichts Besseres zu tun, verdammt? Mit deutlich reduzierter Geschwindigkeit und einem gezwungenen Lächeln nickte Jay ihm zu, während er die beiden passierte. Nur mit Mühe schaffte er es, sein gemäßigtes Tempo beizubehalten. Nicht, dass der Kerl ihn noch mal zurückhielt. Das würde er eher machen, wenn er in Hektik …

»Mister Harvey!«

Verdammt!

Sein erster Impuls war die Flucht zu ergreifen, aber er schaffte es, sich zurückzuhalten. Mit angespanntem Kiefer drehte er sich um. »Hab ich was vergessen?«

»Ihre Schwester hat eben angerufen. Sie fährt jetzt los, um Sie zu holen.«

Großartig. Wieso zum Teufel hatte Sally sich nicht direkt bei ihm gemeldet? Weil sie angepisst war. Und ihm nicht vertraute. Zurecht. »Danke.«

Jay drehte sich um und legte doch einen Zahn zu. Vor den Augen des Arztes würde er ihr nicht absagen, das stand fest. Hatte der eigentlich keine anderen Probleme? Seit wann kümmerten sich die Weißkittel derart um ihre Patienten? Das war ja wie in einer schlechten Soap.

Sobald Jay das Treppenhaus erreicht hatte, sah er sich noch mal um und war fast erstaunt, nicht verfolgt worden zu sein. Er zog das Handy aus der Tasche und wählte Sallys Nummer. Sie ging nicht dran. Was wohl bedeutete, dass sie im Auto saß. Das konnte nicht ihr Ernst sein! Musste er jetzt wirklich auf sie warten?

Nein. Die Strecke bis zur Bahn würde er sich nicht nehmen lassen. Er brauchte die Bewegung und hatte Sally nicht herbestellt. Eilig tippte Jay eine Nachricht ins Handy, dass er bei der U-Bahn auf sie warten würde, und marschierte los. Er überlegte, einen Umweg zu machen, entschied sich aber dagegen. Wenn er ehrlich war, reichte ihm der direkte Weg. Seine Kondition ließ traurigerweise bereits nach dieser winzigen Auszeit zu wünschen übrig. Sein Unterschenkel pochte ebenfalls. Er durfte es auf keinen Fall übertreiben. Sollte er doch auf Sal warten?

Nein, dafür war er bereits zu weit gegangen.

Eine Viertelstunde später konnte er den Eingang der Station sehen. Bis sich Sally ihm in den Weg stellte. Mit verkniffenem Mund funkelte sie ihn an, ergriff kommentarlos seinen Arm und zerrte ihn mit sich zum Wagen. Jay ließ sie machen, ihm fehlte die Kraft für eine Diskussion. Insgeheim war er sogar dankbar dafür, dass er nicht weiterlaufen musste.

Bis zu dem Moment, als sie sich in den Verkehr eingeordnet hatte.

»Sag mal, willst du mich verarschen?«

Jay unterdrückte ein Seufzen. Erfahrungsgemäß artete diese Art von Gespräch in einen Riesenzoff aus. Was ihn normalerweise nicht groß störte, aber seine Nerven lagen blank. Das hatte nichts mit Sally oder ihrer Zickerei zu tun, sondern vor allem mit seiner Panikattacke von gestern. Immer noch weckte sie eine Nervosität in ihm, wie er sie nie zuvor erlebt hatte. Da konnte er den Streit mit der einzigen Person, die ihm wirklich nahestand, überhaupt nicht gebrauchen. Er musste sich zurückhalten, es nützte nichts.

»Nein.«

Sally schwieg, offensichtlich erwartete sie eine Erklärung. Die er ihr allerdings nicht lieferte. Sie kannte ihn gut genug, um sich die Antwort problemlos selbst zusammenreimen zu können.

Stattdessen lehnte Jay den Ellenbogen an die Scheibe und den Kopf auf die Hand. Dabei ignorierte er Sallys Blick und sah stur auf die Straße. Einer musste schließlich auf den Verkehr achten, wenn sie es schon nicht tat.

»Jay, ich habe dir gesagt, dass ich dich abholen werde. Ich habe frühzeitig auf der Station angerufen, damit du auf mich wartest. Was muss ich noch tun?«

»Nichts. Du machst schon zu viel.«

»Weil du mir keine Wahl lässt!«

Sein Kiefer verkrampfte sich. Niemand hatte sie gezwungen, ihn zu fahren, sie hätte gern zu Hause bleiben können. Wenn er ihr das jedoch vorhielt, würde sie auf der Stelle platzen. Und er auch. Sally mit ihrem verfluchten Helfersyndrom. So was konnte echt nerven.

Wohlweislich schwieg er.

»Rede endlich!«

Diese Wortwahl war das, was er brauchte. Sein innerer Seal stieg in ihm hoch, verdrängte die aufsteigende Wut.

Er ließ den Arm sinken und platzierte ihn neben dem anderen auf den Oberschenkel. Sämtliche Muskeln waren angespannt, den ausdruckslosen Blick hielt er geradeaus gerichtet. Seine Konzentration legte er auf die Atmung. Entspannt, tief. Sally sprach weiter, er hörte nicht hin. Er wusste ohnehin, was sie sagte. Nichts, was ihn in diesem Moment interessierte.

Warum nutzte er diese Übung eigentlich nie bei Gewitter? Das würde er demnächst ausprobieren. Vielleicht konnte er dann endlich von seiner Abhängigkeit zu Sally wegkommen. Allein klarkommen. Ohne den Mama-Ersatz im Nacken, den er mit seinen sechsundzwanzig Jahren und diversen Erfahrungen, die wohl niemand machen wollte, definitiv nicht benötigen sollte.

»*Jay.*«

Er zuckte zusammen. Nur ein bisschen, doch das reichte, um seine Zweifel hervorzurufen. Die Unsicherheit in diese Technik. In sich selbst.

Seine Fassade fiel von ihm ab. Er machte keine Anstalten, es aufzuhalten. Vor seiner Schwester war es ohnehin nicht möglich. Sie knackte ihn *immer* binnen kürzester Zeit.

»Sally, lass mich einfach in Ruhe. *Bitte.*«

»Erst, wenn ich weiß, was der Mist soll!«

Welcher Mist? Wovon redete sie? »Wir reden zu Hause.«

»Nein, verdammt! Ich will *jetzt* wissen, was Sache ist!«

Himmeldonnerwetter! »Während der Fahrt streitet man sich nicht.«

»Jay, du gehst mir dermaßen auf den Senkel mit deinen klugen Sprüchen!«

Er rieb sich den Nacken und schwieg weiter beharrlich. Bei der nächstbesten Gelegenheit riss Sally das

Lenkrad nach rechts, raste ein Stück den Feldweg entlang und legte eine Vollbremsung hin, die Jay fast ins Armaturenbrett beißen ließ.

Wutschnaubend fuhr sie herum und fuchtelte mit dem Finger vor seiner Nase hin und her. »Ich will auf der Stelle wissen, was du mit dieser Sterling angestellt hast!«

Er runzelte die Stirn. »Wieso Sterling? Nichts.«

»Jay, sie ist diejenige, die dir helfen kann. Du brauchst sie. Warum versaust du es dir mit ihr? Das bist nicht du, zum Teufel nochmal!«

»Ich hab nichts getan! Sie war bei mir, wir haben einen neuen Termin vereinbart. Das ist alles. Was behauptet sie? Und wieso weißt du überhaupt davon?«

Sally verengte die Augen zu schmalen Schlitzen. Musterte ihn. Und warf die Hände in die Luft. »Okay. Okay, du hast gewonnen. Wenn du meinst, mich jetzt auch noch belügen zu müssen, hört es echt auf. Dann sieh zu, wie du allein klarkommst. Verarschen lasse ich mich nicht, mein Lieber. Steig aus.«

Bis vor zwei Minuten hätte er einen Luftsprung gemacht, aber jetzt war er wie versteinert. Fassungslos starrte er sie an. »Sag mal, geht's noch? Wieso sollte ich dich anlügen?«

»Das ist eine berechtigte Frage. Sag du es mir!«

»Hab ich nicht nötig und das weißt du.«

Jay konnte sehen, wie Sally mit sich kämpfte. Sie kannte ihn gut genug, also warum das Getue?

»Jay, erklär mir bitte, wieso du erst jetzt bei der Frage hochgehst und nicht eben schon.«

Super. Er holte tief Luft. »Weil ich dir nicht zugehört habe.«

Das erwartete Feuerwerk blieb aus. Stattdessen wendete Sally nach kurzem Zögern das Auto und fuhr kommentarlos weiter. Was noch wesentlich schlimmer war als ein ordentlicher Ausraster. Sie war gekränkt und enttäuscht. Seinetwegen. Das hatte sie nicht verdient.

»Es tut mir leid. Aber dieses Reinpfuschen in mein Leben nervt einfach to...«

»*Reinpfuschen in dein Leben*?«, schrie sie los.

»Nein, du verstehst das falsch. Ich meinte damit ...«

»Ich weiß, wie du es meintest. Und jetzt hältst du besser deine dämliche Klappe.«

Da waren sie endlich mal einer Meinung.

Kapitel 11

Megan

»In mein Büro. Sofort.« Das nachfolgende Tuten im Hörer löste Megans verkrampfte Lunge – sie konnte wieder atmen. Was direkt in eine Hyperventilation auszuarten drohte. Es war so weit. Sie musste ihre Papiere abholen. Wer hätte gedacht, dass es ihr derart schwerfallen würde? Unabhängig von den anstehenden Geldproblemen tat es weh, den Job zu verlieren. Nein, er war nicht immer einfach. Schon gar nicht ihr Boss. Doch sie liebte Herausforderungen und die bekam sie hier täglich.

Das wollte sie nicht missen, dennoch half es nichts. Sie musste ein letztes Mal zu Barns. Dankbar für die aufsteigende Wut über die Ungerechtigkeit, die hier abging, ging sie zu seinem Büro. Blieb vor der Tür stehen, schloss die Augen und atmete tief durch.

Sie würde jetzt da reingehen, versuchen, sich sein Gemoser nicht nahegehen zu lassen, und ihm die Meinung geigen. Richtig Dampf ablassen.

Oder auch nicht. Wie sie ihn kannte, ließ er sie nicht mal zu Wort kommen.

Alternativ könnte sie jemanden suchen, der sich mit diesem Thema auskannte, und sowohl gegen die Kündigung als auch die Anzeige angehen. Von der Abfindung würde sie ein paar Wochen überbrücken können.

Ja, das war ein perfekter Plan.

Erneut tief durchatmend straffte Megan die Schultern und klopfte an. Sie wartete auf sein genervtes »Ja« und trat ein. »Sie wollten mich sprechen?«

»Setzen.«

Wow, Barns war mal wieder die Höflichkeit in Person. Der Zorn in ihren Adern nahm stetig zu, was sie dankbar annahm. Sie hatte nichts zu verlieren, jetzt war endgültig Schluss mit der Duckmäuserei. »Danke, ich stehe lieber.«

Mit erhobenen Brauen sah er auf. Blinzelte. Seine Hände verharrten über der Tastatur, auf der er bis gerade getippt hatte.

Innerlich frohlockte Megan angesichts dieses winzigen Erfolgs.

Barns zuckte mit den Schultern und tippte weiter. Offensichtlich brauchte ihr – noch – Boss mehr Zeit, um sich zu fangen. Er hackte munter weiter auf den Tasten herum, bis es Megan zu bunt wurde.

»Soll ich später wiederkommen?«

Wieder sah er hoch, diesmal mit finsterer Miene. »Ich sagte bereits, dass Sie sich setzen sollen.«

»Davon vergeht die Zeit nicht schneller.« Ups. Wenn das mal nicht übertrieben gewesen war. Das Blut kroch ihr in die Wangen. Dennoch hielt sie seinem musternden Blick bemüht ungerührt stand.

Barns faltete die Hände über dem Bauch. »Miss Sterling, was genau ist mit Mister Major vorgefallen?«

Fast wäre ihr herausgerutscht, dass er das doch wohl am besten wissen sollte. Dann jedoch entschied sie sich dazu, erst mal zu erzählen und abzuwarten. Wider Erwarten hörte er zu. Unterbrach sie kein einziges Mal. Als sie geendet hatte, kratzte er sich am Kinn und nickte. »Gehen Sie an die Arbeit. Major wird heute nicht kommen.«

»Wieso nicht?«

»Wird er Ihnen beim nächsten Mal erzählen.«

Das war alles? Das konnte doch nicht sein! Oder sollte sie ihn doch mit ihrem Verdacht konfrontieren?

Megan zuckte zusammen, als Barns sie anfuhr. »Haben Sie nichts zu tun? Husch, raus hier!«

Okay, nein. Sie würde ihn nicht darauf ansprechen. Erst musste sie darüber in Ruhe nachdenken. Leise schloss Megan die Tür hinter sich und wankte wie auf Watte zu ihrem Büro. Den festen Halt hatte sie verloren, an seiner Stelle erfüllte sie Argwohn. Wieso durfte sie weiterarbeiten? Hatte er sie doch nicht reingeritten? Lag es an ihrer gespielten Selbstsicherheit? Nein, hier war etwas faul. Gewaltig.

Mit nach wie vor rasendem Herzen setzte sie sich hinter ihren Schreibtisch. Öffnete eine der unzähligen Dateien, die sie noch bearbeiten musste. Sie verstand zwar kein Wort von dem, was da geschrieben stand, aber so sah es wenigstens aus, als würde sie arbeiten, wenn Barns gleich hier hereinplatzte. Dass er das tun würde, war für sie so sicher wie die Tatsache, dass sie Harvey zu gerne als Unterstützer an ihrer Seite hätte.

Harvey – wie kam der jetzt in ihren Kopf? Sie hatte weiß Gott andere Sorgen, da passte er zusätzlich nicht auch noch rein. Oder hatte sie eine Sitzung mit ihm verschwitzt?

Megan hatte keine Ahnung, für wann sie sich das nächste Mal verabredet hatten. Ihr Kopf war gänzlich leer. So konnte sie nicht arbeiten, sie brauchte frische Luft. Dringend. Wenn ihr sogar Termine entfielen, war es weit genug gekommen.

Im Aufstehen zog sie sich ihren Kalender heran. Harvey war eingeklammert. Klar, sie wollte zu ihm nach Hause kommen. Wann? Blieb es bei Freitag? Jedenfalls nicht heute, dessen war sie sich sicher. Alles andere würde ihr schon einfallen, sobald ihr Hirn nicht länger blockiert war.

Da sie keine Sitzung mehr hatte, jetzt, wo Major ausfiel, würde sie eine Runde laufen gehen. In der Hoffnung, ihr Gehirn wieder in die richtige Spur zu bringen.

***

Zu Hause angekommen, legte Megan ihre Handtasche auf die Garderobe und streifte die Pumps von den Füßen. Ihr alltägliches erleichtertes Aufstöhnen in diesen Momenten fiel heute aus. Sie registrierte kaum, wie befreiend es war, barfuß zu laufen.

Erneut dachte sie über die letzten Stunden nach. Die Polizei, Major, ihren Boss. Wo war der Sinn dahinter? Alles war hausgemachter Blödsinn. Einzig die Theorie, dass man ein falsches Spiel mit ihr getrieben hatte, würde es erklären. Das konnte und wollte sie jedoch nicht glauben. Außerdem hätte sie dann jetzt ihre Papiere in der Hand, denn es wäre ein gefundenes Fressen für Barns. Hatte sie aber nicht, und anstatt sich zu freuen, trieb es sie in den Wahnsinn.

Frustriert stapfte Megan in ihr Schlafzimmer und zog sich Sportzeug an. Sie würde so lange laufen, bis sie vor lauter Sauerstoffmangel umkippte. Hauptsache sie bekam den Druck aus ihrem Kopf, der jeglichen klaren Gedanken verhinderte.

Entschlossen schlüpfte sie in die Sportschuhe, steckte ihren Schlüssel und die Geldbörse ein und machte sich auf den Weg zum Bus.

Eine gute halbe Stunde später erreichte Megan ihren Haltepunkt, etwa eine viertel Meile hinter der Abbiegung zu Harveys Haus. Sie stieg aus und checkte, wann sie zurückfahren musste. Ihr blieben entweder zwei oder vier Stunden. Sie peilte Letzteres an, würde das allerdings spontan entscheiden.

Die nächste Möglichkeit, vom Highway ins Grüne zu kommen, war ausgerechnet an der Einmündung zu Harvey, falls sie die Adresse richtig im Kopf hatte. Das würde aber aussehen, als würde sie ihn kontrollieren.

Megan schlug die andere Richtung ein und musste zähneknirschend zwanzig Minuten lang an dieser vielbefahrenen Straße entlanglaufen. Das würde ihr gleich nicht noch mal passieren. Sie sprintete über die Fahrbahn und wechselte auf einen Feldweg. Dort legte sie ein gemütliches Lauftempo hin, in dem sie gut durchhalten würde. Sie wollte die klare Luft und die Stille der Natur möglichst lange genießen.

Die Sonne tauchte die Wiesen und Felder in goldenes Licht, streichelte sanft ihre Haut. Vor ihr lag ein dichter Wald, durch den ihr Weg führen würde. Allein, abgeschirmt von der nervigen Außenwelt. Herrlich.

Ein Adler erhob sich majestätisch aus den Baumwipfeln, seine kräftigen Schwingen trugen ihn mit unbekümmerter Leichtigkeit durch die Lüfte. Ein wunderschönes Tier. Wie gern würde sie mit ihm tauschen. Abgesehen vom Fliegen war er stark und selbstbewusst. Daran haperte es bei ihr aktuell. Wenn sie doch nur wüsste ... wie man nervige Gedanken abstellte, Himmel noch mal!

Tief seufzend wandte sie sich wieder dem Wald zu, den sie in diesem Moment erreichte. Er war dunkel, die Baumkronen der riesigen Linden bildeten ein Dach, das kaum Sonnenstrahlen durchließ. Dennoch fühlte es sich nicht bedrohlich für sie an. Eher so, als würde die Natur sie beschützen. Was vielleicht an dem herrlichen Duft der Blüten lag, oder an dem eintönigen, beruhigenden Summen der Bienen, die sich daran zu schaffen machten.

Wie naiv sie war. Sobald sie an Harveys Kontakt mit der Schlange dachte, wurde ihr ganz anders.

Harvey. Himmel noch mal, wieso spukte er immer wieder in ihrem Kopf herum? Er war nicht mehr das Problem, das sie den Job kosten könnte, sondern Major. Über den sollte sie sich aufregen, der hatte es wenigstens verdient.

Und über ihre Naivität. Obwohl sie nichts falsch gemacht hatte. Wenn er aber wirklich mit Barns unter einer Decke stecken sollte, hatte er einen Freifahrtschein.

Majors letzten Worte, bevor sie ihn aus ihrem Büro geworfen hatte, schossen ihr durch den Kopf.

Wenn Sie mir im Gegenzug einen blasen.

Ekel fuhr ihr durch den ganzen Körper, Megan verkrampfte. Sie stolperte über eine Wurzel, fing sich gerade eben. Das hatte sie davon, wenn sie ihre Gedanken nicht im Griff hatte! Hätte sie doch wenigstens ihr verdammtes Handy! Dann könnte sie sich mit Musik ablenken.

Jetzt blieb ihr immerhin die Natur und auf die konzentrierte sie sich mit allen Sinnen.

Kapitel 12

Jay

»Könntest du mir jetzt freundlicherweise erzählen, was du eben gesagt hast? Ich war in Gedanken, es tut mir leid.«

Sally schnaubte und bog zügig auf ihre Auffahrt ab. »Dein Problem.«

»Meckere hinterher nicht, ich hätte es nicht versucht.«

»Natürlich werde ich das! Denn ich habe minutenlang auf dich eingeredet und du hast es ignoriert. Warum sollte ich mich dann noch mit dir unterhalten wollen? Eine Wand ist ein angenehmerer Gesprächspartner. Da weiß ich wenigstens vorher, dass ich mir den Mund umsonst fusselig rede.«

Jays Kiefer mahlten. Das hatte er richtig verbockt. Und Sally gönnte ihm keine zweite Chance.

Kaum hatte sie eingeparkt, stieß er die Tür auf und schnappte sich seine Tasche. Verschwand kommentarlos im Haus und zog sich auf direktem Weg in sein Schlafzimmer zurück. Dem einzigen Raum, in dem er seine Ruhe hatte, denn hier war Tabuzone für seine Schwester. So wie er in ihrem nichts zu suchen hatte.

Jay legte sich aufs Bett und atmete tief durch. Mit verschränkten Armen starrte er an die Zimmerdecke. Es nagte an ihm, dass er nicht wusste, was sie gesagt hatte.

Zumal es um Sterling ging. Wann hatten sie Kontakt gehabt? Wo? Warum? Und vor allem: Worüber hatten sie geredet? Hatte Sally wieder etwas breitgetreten?

Es trieb ihn in den Wahnsinn, es nicht zu wissen. Und es niemals herauszufinden, weil er nicht zugehört hatte. Ihren Dickschädel konnte selbst er nicht knacken.

Er musste Sterling selbst fragen. Anders würde er nicht an die Infos kommen. Wie er so was hasste! Zumal er Sally durchaus zutraute, ihn verarscht zu haben.

Gott, er brauchte einen Kaffee.

Jay humpelte in die Küche, präparierte die Maschine und kümmerte sich dann um seine Schmutzwäsche.

Von Sally war nichts zu hören und zu sehen. Sicher hatte sie sich auf ihr Zimmer zurückgezogen. Wunderbar, das Sofa war ihm tagsüber ohnehin lieber. Wer legte sich auch am helllichten Tag ins Bett?

Jay zog seine Lieblingstasse von *Metallica* aus dem Schrank, füllte sie mit genießbarem Kaffee, der ihm im Krankenhaus echt gefehlt hatte, und machte es sich im Wohnzimmer bequem.

Er hielt keine Minute durch, bis sich eine innere Unruhe in ihm ausbreitete. Frustriert stöhnte er auf und warf sich auf die Seite. Das nervte. Alles. Er wollte sich bewegen, Kraftsport machen, laufen gehen. Dieses Stillliegen trieb ihn langsam, aber sicher in den Wahnsinn.

Unwillkürlich zuckten seine Beine. Schlimmer durfte es nicht werden, er hatte sich ja gar nicht mehr im Griff.

Er fuhr hoch, setzte sich auf die Sofakante. Ballte die Fäuste und atmete mit geschlossenen Augen tief durch.

»Alles klar?«

Jay zuckte zusammen, als wäre neben ihm eine Bombe hochgegangen, und funkelte Sally an. »Musst du mich so erschrecken?«

Sie blieb stehen und musterte ihn. »Jay, ist alles okay bei dir?«

»Natürlich ist alles okay! Du redest nicht mit mir, ich kann mich nicht bewegen, geschweige denn arbeiten. Ich mutiere zur Memme – alles bestens. Danke der Nachfrage.«

»Inwiefern mutierst du zur Memme?« Stirnrunzelnd ließ Sally sich im Sessel nieder und zog die Beine an.

Seufzend rieb er sich das Gesicht und starrte auf den Tisch. »Ich werde schreckhaft und nervös, was man mir deutlich anmerkt. Du weißt, was das für mich bedeutet.«

»Nein.«

Theatralisch warf er die Arme in die Luft. »Mein Gott, du kennst mich! Ich lasse mich äußerlich nie aus der Ruhe bringen! Und was mache ich jetzt? Eben genau das. Das ist scheiße!«

»Jay, du bist hier weder im Einsatz noch sonst wie in Gefahr. Du darfst dich verhalten wie jeder normale Mensch, der keine Seal-Ausbildung hinter sich hat. Außerdem bin *ich* es, die bei dir ist. Ich kenne dich in jeder Lebenslage, also hör auf, dich mir gegenüber verstellen zu wollen.«

Er schwieg. Wusste nichts darauf zu sagen. Klar hatte sie recht. Aber es ging ihm nicht darum, dass er hier zu Hause keine Seal-Allüren an den Start legen musste, sondern dass er es nicht mehr *schaffte.* Nicht mal, wenn er es darauf anlegte. Das bereitete ihm Angst.

»Jay, es ist okay. Du bist nicht im Training, hast sogar einen Tag komplett liegend verbracht. Das geht auf die Psyche, gerade bei jemandem wie dir, der immer über alles die Kontrolle haben will. Vor allem über sich selbst und seinen Körper. Manchmal funktioniert das halt nicht, aber das ist nicht schlimm. Denn es wird zurückkommen. Sobald du körperlich wieder fit bist.«

Mit geschlossenen Augen atmete er tief durch. »Ja, wird schon.« *Nicht.*

»Ja, wird es. Das ist übrigens genau das, was ich eben versucht habe, dir zu sagen. Dass es so kommen wird, und ich für dich da sein werde. Und dass sich das alles einspielt, sobald du dich wieder auspowern darfst.«

Erstaunt hob Jay die Brauen, sah seine Schwester jedoch wohlweislich nicht an. So rückte sie also mit der Sprache raus. Er musste nur einen auf Weichei machen. Vielleicht war das doch gar nicht so falsch. Manchmal. Wenn er selbst entscheiden konnte, wann und wie.

Jetzt allerdings fühlte er sich hilflos. Das machte ihn wahnsinnig. Bei all den Verletzungen und sogar in der Gefangenschaft hatte er sich vollständig im Griff gehabt. Gut, es waren nur zwei Tage gewesen, dennoch – er würde beide Hände dafür ins Feuer legen, dass er auch längere Zeit überstanden hätte, ohne einzuknicken. Heute konnte er das vergessen. Seit der einen Sache. Dem Grund für seine Panikattacken und Albträume. Sie hatte alles zerstört.

In diesem Moment war er froh, nicht länger als Seal zu arbeiten. Denn das wäre im Ernstfall komplett schiefgegangen. Allein das klassische flackernde Licht, das gern zur Folter genommen wurde, hätte ihn erledigt.

Ja, er war ein Schwächling. Scheinbar musste er damit leben. Was wohl die schlimmste Folter war, die man ihm antun konnte.

»Sorry, ich muss hier raus.«

Jay stand auf und schwankte ins Schlafzimmer. Sallys begleitenden Rufe brauchte er gar nicht ignorieren, die drangen ohnehin kaum zu ihm durch. Zu tief war er in Gedanken versunken, als er sich, einem Automatismus nachgebend, die Jogginghose anzog, das Shirt tauschte und sich auf den Weg in den Flur machte, wo seine Laufschuhe standen.

»Was hast du vor?« Sallys Stimme klang eher besorgt als vorwurfsvoll, sodass er ein Lächeln versuchte. Mit mäßigem Erfolg.

»Keine Sorge, ich laufe nicht. Aber einen Spaziergang brauche ich jetzt. Ich hab auch mein Handy mit.«

Erstaunlicherweise schwieg sie und ließ ihn gehen. Vielleicht war ihr endlich bewusst geworden, dass sie ihn nicht aufhalten konnte. Hoffentlich.

Jay schlug den Weg vom letzten Mal ein. Den mochte er, dort war nie viel los. Die bissige Schlange war sicher weitergezogen, außerdem musste man in dieser Gegend überall mit einer rechnen. Diesmal konnte er sich ja notfalls abholen lassen.

Dennoch konzentrierte er sich auf den Weg und blendete seine Umgebung aus. Denn noch mal ins Krankenhaus wollte er nun wirklich nicht. Bei seinem Glück würde die Schlange in das rechte Bein beißen, sodass er beidseitig humpelte. Das Bild vor seinem inneren Auge entlockte ihm ein Grinsen. War sicher ein lustiger Anblick.

Die Sonne brannte in seinem Nacken. Jay genoss die Wärme, das wohlige Gefühl, als sich die Entspannung immer weiter in ihm ausbreitete. Herrlich.

So wanderte er weiter, hing seinen Gedanken nach und erschrak, als er einen Blick auf die Uhr warf. Es waren bereits eineinhalb Stunden vergangen. Er horchte auf sein Bein, das ganz schön pochte. Verdammt, er musste umdrehen. Es nützte nichts.

Erst jetzt wurde er sich den düsteren Wolken am Horizont bewusst. Ein eisiger Schauer ließ ihn erzittern.

Bitte nicht!

Hoffentlich war es nur Regen!

Blödsinn. Zu dieser Jahreszeit steckte hierzulande viel zu häufig ein Gewitter dahinter – garantiert auch diesmal.

Er würde es nicht nach Hause schaffen, bis das eventuelle Unwetter angekommen war, und auch Sally würde zu spät mit dem Auto hier sein. Wenn sie damit überhaupt auf dieser Stolperstrecke fahren konnte. So ein verfluchter Mist! Er brauchte einen Unterschlupf. Jetzt. Einen Ort, an dem er sich vor vermeintlichen Blitzen verstecken konnte. Hektisch drehte er sich um die eigene Achse. Weit hinten auf dem Acker sah er einen Unterstand. Allerdings wirkte er aus der Ferne ziemlich marode. Ob der einem Sturm standhalten würde?

Auf der Suche nach einer Alternative drehte er sich erneut im Kreis. Und fuhr wieder herum. Was wollte diese Frau hier? Und woher kannte er ... Heilige Scheiße! Schlimmer konnte es echt nicht mehr werden. Was zum Teufel machte Sterling hier?

Sie schien ihn noch nicht gesehen zu haben, vielleicht schaffte er es unbemerkt bis zum Unterstand. Allerdings konnte er sie schlecht im Gewitter allein lassen. Sollte tatsächlich eins aufkommen. Klar, stattdessen seine Bewährungshelferin neben sich sitzen zu haben, wo er bestenfalls eine ausgewachsene Panikattacke bekam, war ein super Plan. Richtig gut durchdacht.

In dem Moment fiel sie mit einem Aufschrei vornüber in den Dreck. Und blieb liegen.

Verdammt!

Jay vergaß alles. Die Angst, die Schmerzen, sein Laufverbot. Er spurtete zu ihr und verlangsamte sein Tempo erst, als er sie erreicht hatte. »Haben Sie sich verletzt?«

»Mein Fuß!« Sie hatte die Augen zugekniffen, das Gesicht war schmerzverzerrt. Es tat ihm in der Seele weh, sie so zu sehen.

Jay hockte sich neben den Knöchel, den sie sich hielt, und zog sanft ihre Hand weg. »Zeigen Sie mal.«

Er spürte ihren Blick auf sich, sah, wie sie sich verkrampfte. Sterling hatte ihn erkannt. Da mussten sie jetzt wohl beide durch, sie brauchte Hilfe.

»Der ist jetzt schon geschwollen. Können Sie aufstehen? Ich bringe Sie erst mal zum Unterstand da vorne und rufe dann jemanden an, der uns abholt.«

Sterling bemühte sich und kam mit seiner Hilfe ächzend zum Stehen. Als sie allerdings versuchte aufzutreten, schossen ihr die Tränen in die Augen. »Lassen Sie mich hier, ich lege mich unter die Bäume. Da bin ich vor dem Regen geschützt.«

»Netter Versuch.« Jay stellte sich rücklings vor sie und klopfte sich in die Seiten. »Hopp, springen Sie hoch.«

»Bitte was? Aber ...«

»Kein Aber. Oder wollen Sie im Fall eines Gewitters wirklich unter Bäumen hocken? Los, es kommt bald hier an. Und bis zu dem Unterstand sind es noch ein paar Meter.«

»Aber ...«

»Diskutieren können wir später. Hoch jetzt mit Ihnen!«

Es dauerte einige weitere Sekunden, dann sprang sie endlich auf. Und atmete lautstark ein. Sie musste heftige Schmerzen haben, jammerte jedoch glücklicherweise nicht. Er hatte genug damit zu tun, es mit ihrem Gewicht und seinem Bein über die unebene Wiese zu schaffen. Der rettende Unterschlupf wollte einfach nicht näher kommen, im Gegensatz zu den Wolken. Wind kam auf, von jetzt auf gleich. War das ein Grummeln gewesen? Ein Gewitter wäre wirklich Worst Case. Draußen, ungeschützt, in Begleitung seiner Bewährungshelferin. Ganz großes Kino. Was hatte er falsch gemacht, dass er derart bestraft wurde?

Trotz der zunehmenden Unruhe wurden seine Schritte immer schleppender, das Bein brannte wie Feuer. Einzig ihr gepresstes Stöhnen in seinem Nacken trieb ihn voran. Er musste sie in Sicherheit bringen, das hatte oberste Priorität. Und wenn es nur ein Wellblechunterstand mit immerhin drei geschlossenen Seiten war, der wohl als Strohlager diente.

Jay schaffte es. Sein Körper zitterte vor Anstrengung, als er sie vorsichtig auf einen der letzten drei übriggebliebenen Quaderballen gleiten ließ. Mit einem erleichterten Seufzen legte er sich neben ihr auf den Rücken und rieb sich das Gesicht. »Scheiße, ich werde älter«, murmelte er, mehr zu sich selbst. Aber gerade ging es nicht um ihn.

Jay setzte sich auf und sah sie an. »Alles klar?«

Ihre Miene war verkniffen, als sie nickte. Erneut sah er zum Fuß und hätte sich am liebsten die Hand vor die Stirn geschlagen – wären diese nervtötenden Kopfschmerzen nicht bereits zurück. Wieso hatte er ihr den Schuh noch nicht ausgezogen?

Er setzte sich auf das Ballenende und legte die Hände aufs Stroh. »Ich werde Ihren Fuß auf mein Bein legen und dann Ihren Schuh ausziehen. Es wird weh tun, ich verspreche aber, vorsichtig zu sein. Okay?«

Sterling nickte mit zusammengepressten Lippen. Behutsam hob er ihr Bein an und legte ihren Fuß sanft auf seinen Oberschenkel. Er warf einen besorgten Blick auf ihr verkniffenes Gesicht. Als sie mit dem vergeblichen Versuch eines Lächelns nickte, öffnete er das Schuhband und dehnte den Schaft so weit wie eben möglich. Dabei blickte er sie immer wieder prüfend an. Er sah die Angst in ihren Augen. Es tat ihm in der Seele weh. »Ich passe auf.«

Erneut nickte Sterling und krallte die Hände ins Stroh. Sie hielt sich wacker. Er befreite den Fuß, was gar nicht so einfach war, denn die Schwellung hatte es in sich. Von ihr kam lediglich hin und wieder ein gepresstes Stöhnen, womit sie sich seinen Respekt mehr als verdient hatte.

Als er es geschafft hatte, ließ sie sich zurückfallen und atmete tief durch. Eine einzelne Träne lief an ihrer Wange herab. Er musste sich zurückhalten, sie nicht sanft wegzuwischen. Stattdessen ließ er das Bein, wie es war, und lehnte sich auf die Ellenbogen zurück.

»Hochlagern hilft vielleicht etwas«, murmelte er.

Woher kam dieses Kribbeln im Bauch? Das nervte! Sicher lag es an der Angst vor dem Gewitter, das sich inzwischen durch einen lauten Donner angekündigt hatte und unaufhaltsam näher kam. Wobei es sich anders anfühlte als sonst. Vermutlich drehte er gerade durch.

Aber auch Sterling ging es nicht gut. Erneut warf er ihr einen Blick zu. »Geht's etwas besser?«

Sie rieb sich mit dem Ärmel über das Gesicht und stützte sich ebenfalls auf die Ellenbogen. »Ja, etwas. Danke.«

»Sie sind wirklich tapfer.«

Eine dezente Röte trat auf ihre Wangen, betonte das leuchtende Türkis ihrer Augen. Wieder fiel ihm auf, wie hübsch sie war. Der schlecht versteckte Schmerz in ihrem Gesicht nagte allerdings an ihm. Mehr konnte er jedoch nicht für sie tun.

Wobei die Idee, ihren Fuß auf sein Bein zu legen, keine gute war. Sogar ziemlich dumm. Denn das Gewitter, das sicher seine nächste Panikattacke zur Folge haben würde, kam unaufhaltsam auf sie zu.

Kapitel 13

Megan

Gott, war das peinlich. Und doch erwärmte ihr Harveys liebevolle Art das Herz. So hätte sie ihn nach ihrer ersten Begegnung nicht eingeschätzt.

Megan sah auf und musterte ihn. Er atmete tief, hielt zwischendurch die Luft an. Starrte in den bedrohlichen, wolkenverhangenen Himmel. Die Finger hatte er auf das Stroh gepresst, fast so, als würde er gern die Fäuste ballen. Ob sie ihn von etwas abhielt? Andererseits – wer war bei dem Wetter schon gerne draußen? Auch dieser Unterstand bot kaum Schutz vor dem aufziehenden Unwetter. Das Wellblech wackelte bedenklich und knallte immer wieder lautstark gegeneinander, der prasselnde Regen darauf machte es nicht besser. Dennoch saßen sie im Trockenen. Dank Harvey. Seine selbstlose Hilfsaktion rechnete sie ihm hoch an. Schlug ihr Herz darum so fürchterlich schnell?

Harvey saß reglos da, doch sein gesamter Körper schien angespannt zu sein. Die Kiefermuskeln zeichneten sich deutlich im Gesicht ab.

Vielleicht konnte sie ihn mit Ablenkung aufheitern. »Ich bin übrigens Megan.«

Er sah sie an, sein Lächeln wirkte gestellt. »Jay. Aber das hatten wir ja schon.«

»Ich danke dir, Jay. Ehrlich, diese Selbstlosigkeit ist nicht selbstverständlich. Dabei solltest du bei dem Wetter zu Hause sein.«

Schlagartig wandte er sich ab, wieder mahlte sein Kiefer. Ja, sie hielt ihn definitiv von etwas ab.

»Du musst nicht bei mir bleiben. Wenn du mir ein Taxi rufst, reicht das völlig. Mein Handy wurde leider konfisziert.«

Zunächst kam keine Reaktion. Hatte er nicht zugehört? Dann drehte Jay sich jedoch stirnrunzelnd zu ihr um. »Wieso das?«

»Lange Geschichte.« Megan zuckte die Schultern. »Rufst du dann an?«

»Du müsstest durch das Gewitter bis zum Highway laufen. Ein Rettungswagen schafft den Weg hierher nicht. Keine gute Idee.«

»Aber sicher ein Taxi. Vielleicht kann mich der Fahrer stützen, sobald sich das Wetter beruhigt hat.«

»Das werde ich übernehmen. Bis dahin könnten wir etwas schlafen.«

Echt jetzt? Fassungslos starrte Megan ihn an, was er allerdings nicht erwiderte. Scheinbar war ihm der Anblick der rostigen Metallstangen, die das Wellblech hielten, lieber als ihrer. Seine Miene war wieder ausdruckslos, wie bei ihrem ersten Treffen.

Okay, er wollte nicht mit ihr reden. Das musste sie akzeptieren.

Megan legte sich zurück. Ein dumpfer Schmerz zog durch ihre Eingeweide. Diese harsche Reaktion passte nicht. Erst war er so aufopfernd gewesen und dann ...

Jay war Soldat. Natürlich. Es war sein Job, Hilflose zu unterstützen.

Wir lassen niemals einen Kameraden zurück.

Wie oft hatte sie diesen Satz von Tucker gehört. Mit fast schon lächerlichem Stolz im Gesicht. Klar, die Aussage war toll, die Durchführung noch viel mehr. Dennoch wagte sie zu bezweifeln, dass er das jemals ernsthaft durchziehen würde.

Im Gegensatz zu Jay, wie er eben gezeigt hatte. Er wäre ein Traummann, wenn er sich nicht auf der anderen Seite wie ein Mistkerl benehmen würde.

Jays Verhalten verletzte sie mehr, als es dürfte. Megan versuchte, den Schmerz wegzuatmen, was ihr nicht gelang. Er saß zu tief.

»Alles okay?«, fragte Jay und musterte sie besorgt. Gott, er machte sie kirre mit seinen widersprüchlichen Signalen.

»Klar.« Demonstrativ schloss sie die Augen. Er wollte Ruhe? Konnte er haben.

Ein Blitz zuckte über den Himmel, sie konnte ihn sogar durch ihre geschlossenen Lider sehen. Das würde richtig knallen, dessen war sie sich sicher.

Irritiert sah sie auf, als Jay ihren Fuß anhob und aufstand. Hatte sie sich falsch bewegt? Oder ließ er sie jetzt ernsthaft hier allein?

Herrgott, er verunsicherte sie total. Bis ihr sein Humpeln auffiel, als er einige Schritte von ihr wegging. Was war sie für eine Idiotin! Auch er hatte Schmerzen, vor allem, nachdem er sie die ganze Strecke getragen hatte.

»Wie geht's deinem Bein?«

»Bestens.«

Schnaubend schüttelte sie den Kopf. Das musste er gehört haben, aber er sah nicht mal in ihre Richtung. Gut, dann eben nicht. Sie ließ sich zurückfallen und drehte sich auf die Seite, suchte vergeblich nach einer halbwegs schmerzfreien Position.

Und nieste. Oh, bitte nicht! Sie hatte ihre Strohallergie vergessen. Verdammter Mist! Jetzt fiel ihr auch das Brennen in den Augen auf. Sie hatte es auf die Tränen geschoben. Aber die kamen wohl weniger vom Schmerz als von diesem dämlichen Stroh.

Mit einem genervten Stöhnen setzte sich Megan auf und zupfte sich einige Halme aus den Haaren. Sie hob die Arme, um sich über das Gesicht zu wischen – und hielt inne. Ihre Hände waren voll mit dem Zeug.

Jay stand neben den Ballen an der Wand, kratzte sich kontinuierlich am Bein, was er aber gar nicht zu bemerken schien. Stattdessen warf er ihr nun doch einen gehetzten Blick zu. »Alles klar?« Er presste die Worte heraus, seine Stimme zitterte.

Megan runzelte die Stirn. Was war mit ihm los? »Nein.«

»Was ...« Wieder blitzte es. Jay zuckte nicht nur zusammen, sondern verkrampfte sich am ganzen Körper. Für einen kurzen Moment riss er die Augen auf, Panik leuchtete darin auf.

Nein. Das konnte unmöglich sein. Der stahlharte Soldat hatte eine Astraphobie?

Megans erster Impuls, laut loszulachen, löste sich bei seinem Anblick in Luft auf. Falls es wirklich so war, gab es einen Grund für seine Panik. Den gab es immer. Sonst würde sie schließlich noch selbst Auto fahren.

Was es wohl bei ihm war?

Megan würde ihn nicht fragen, denn einem Mann wie ihm fiel es sicher schwer, die eigene Schwäche einzugestehen.

Jay stieß sich von der Wand ab und lief unruhig hin und her. Er sah sich gehetzt um, während sein Körper von einem Zittern geschüttelt wurde.

Hilflos sah sie ihm zu. Sie musste etwas tun, ihn irgendwie unterstützen. Nur wie? Ihr kam keine Idee. Wenn sie ihn jetzt berührte, würde er sich erschrecken.

»Jay, was ist mit dir?«

Kurz hielt er inne und schloss die Augen. Atmete geräuschvoll aus. »Ignorier mich einfach.«

Seine Worte kamen derart gepresst, als würde ein Elefant seinen Brustkorb zusammenpressen. Es versetzte ihr einen Stich. Sie richtete sich weiter auf, wollte zu ihm gehen. Der Schmerz im Fuß, als sie sich vorrobbte, hielt sie zurück. Aber sie musste etwas tun!

Erneut durchzuckte ein Blitz den inzwischen fast schwarzen Himmel und für eine Sekunde wurde es taghell. Megan kniff geblendet die Augen zusammen. Als sie blinzelnd wieder aufsah, war Jay verschwunden.

Kapitel 14

Jay

Es ist stockfinster um mich herum. Warum muss das Nachtsichtgerät ausgerechnet jetzt den Geist aufgeben? Zudem pocht meine Schulter wie bekloppt, seit ich mir vor einer Stunde die Kugel eingefangen habe. Immerhin blieb Alec dadurch verschont.

Nur gut, dass Lucas die Wunde versorgt und das Geschoss nicht allzu viel kaputt gemacht hat. Die Kugel ist brav am Oberarmknochen, knapp unterhalb des Schultergelenks, abgeprallt und hat die Arterie verfehlt. Glück gehabt, so muss ich mir den großen Showdown nicht entgehen lassen. Zwar ist der Arm nicht einsatzfähig – ich vermute einen Haarriss im Knochen – aber das ist zweitrangig.

Konzentriert taste ich mich an der Wand im Flur entlang, begleitet von meinem Team. Ich muss aufpassen, wo ich hintrete, Hindernisse erahnen. Bloß keinen Laut zu viel von mir geben! Ich lausche in die Stille. Sie wird immer häufiger unterbrochen. Kleidung raschelt. Hektisches Keuchen, im ganzen Raum vor uns verteilt. Ich schleiche weiter, atme so flach wie eben möglich. Auf keinen Fall dürfen sie uns zu früh bemerken!

Noch ein paar Schritte, dann haben wir das Zimmer erreicht. Etliche Personen scheinen dort drin zu sein. Uns bleibt nur das Überraschungsmoment.

Zugriff! Dröhnende Rufe. Wütendes Brüllen. Schmerzschreie, die durch Mark und Bein gehen. Lichtblitze durchschlagen die Dunkelheit, begleitet von ohrenbetäubendem Knallen, geben binnen Sekunden den Blick auf ein Trümmerfeld frei. Überall Blut, zuckende Leiber, Menschen, die sich in ihrem Schmerz winden. Oder einfach nur daliegen.

Und dann ist da dieser kleine Junge zwischen all den anderen. Er darf nicht hier sein!

»Stopp!«, brülle ich und stürze vor. Begleitet von weiteren Leuchtfeuern. Ein stechender Schmerz zerreißt meinen Oberschenkel, das Bein gibt unter mir nach. Nicht jetzt! Ich muss weiter! Den Jungen schützen!

Ein kindlicher Aufschrei, voller fassungsloser Verzweiflung. Ich bin zu spät! Das darf nicht sein! Keuchend kämpfe ich mich vor, erreiche das Kind, ziehe es in Deckung. Schirme es mit dem Oberkörper ab. In den immer wiederkehrenden Lichtblitzen kann ich das unschuldige Antlitz des Jungen sehen, seine ungläubig aufgerissenen Augen. Panisch. Schmerzverzerrt. Sie fixieren meine.

Plötzlich erkenne ich das Gesicht. Nein! Bitte nicht! Die Umgebung verändert sich, ich bin nicht mehr in dem Haus. Sondern auf der Straße. Das Mündungsfeuer verwandelt sich in blaues Blinklicht. Nimmt mir die wenigen Sekundenbruchteile der Dunkelheit, die ich so dringend bräuchte. Ich ertrage den Anblick nicht, in dem alles Leben aus den Augen des kleinen Jungen für immer erlischt. Nicht schon wieder.

Ein Schatten legte sich über Jay. Wer hatte das Blaulicht ausgestellt? Wo war der Kleine in seinem Arm? Wo war er selbst und was rappelte so unerträglich laut um ihn herum?

Schweißgebadet fuhr er hoch, sah in besorgte Augen, die er von irgendwoher kannte. Sie beruhigten ihn, ließen ihn wieder atmen. Weckten eine innere Wärme und den Ansatz von Erleichterung. Seine Retterin.

Es war nicht Sally. Wer dann?

Jay schüttelte den Kopf, musste seine Gedanken sortieren. Hier war weder ein Schlachtfeld noch ein Unfall. Es war dunkel, er konnte kaum etwas sehen. Nur diese Augen, nicht mal das Gesicht.

Für den Bruchteil einer Sekunde wurde es wieder hell, aber nur geringfügig. So wenig, dass er erst bei dem nachfolgenden Donner zusammenzuckte. Es war ein Blitz gewesen, und er war nicht in Panik verfallen. Dafür hatte er erkannt, dass die Augen türkisfarben waren. Megan.

Einen Moment lang erstarrt, senkte er erst die Lider, dann den Kopf. Das war ein Albtraum. Ein furchtbarer Albtraum, den er dank dieser Panikattacke hatte. Es war nicht real! Unmöglich konnte er sich vor dieser Frau zum Affen gemacht haben.

Zögernd sah er wieder auf. Sie war immer noch da, kniete dicht vor ihm, nur wenige Zentimeter trennten ihre Gesichter voneinander. Außerdem erkannte er jetzt eine Art Umhang, den sie über ihre Köpfe gelegt hatte. Ihre Jacke! Das machte es noch schlimmer. Sie war mit ihrem sicher gebrochenen Fuß aufgestanden und opferte die Wärme ihres Sportblousons, damit er das Elend dort draußen nicht voll mitbekam.

Sie rettete ihn. *Ihn.* Den *Seal.* Den Mann, der während seiner Ausbildung von allen den meisten Schmerzen standgehalten hatte. Kaum war er seinen Job los, heulte er herum. Vor seiner Bewährungshelferin.

Gott, er wollte einfach nur hier weg. Doch sogar dafür war er zu feige, denn dann hätte er unter dem schützenden Stoff hervorkriechen müssen. Wo die nächste Attacke nicht lange auf sich warten lassen würde. Jay presste sein Gesicht auf die geballten Fäuste, ehe er seine Schläfen massierte. Sein Schädel drohte zu explodieren. Sicher war doch eine Blutung da und sorgte für diese grausamen Wahnvorstellungen. Das wäre eine Erklärung, mit der er leben könnte.

Erst jetzt registrierte er, dass sie auf ihn einredete, was es viel zu real machte. Irgendwelche beruhigenden Worte, die er nicht hören wollte. Sie sollte verschwinden. Ihn in Ruhe lassen. Und seinen Anblick ganz schnell vergessen.

»Jay, bist du wieder hier?«

»Ich war nie weg«, knurrte er und bereute es sofort. Ohne sie würde er immer noch in seiner Vergangenheit feststecken und diesen Flashback wohl zum tausendsten Mal bis zum Schluss durchleben. »Sorry.«

»Es ist gleich vorbei, die Zeit zwischen Blitz und Donner hat sich schon deutlich verlängert.«

Er nickte nur, schaffte es nicht, sie anzusehen. Gut, dass es unter dem Mantelschutz nach wie vor dunkel war. Wobei ihm ein sich auftuendes Erdloch wesentlich lieber wäre.

Jay erinnerte sich, dass er sich neben das Stroh gekniet hatte, jedoch in die falsche Richtung – mit dem Kopf zur Öffnung des Unterstandes. Wenigstens diese Gewohnheit steckte nach wie vor in ihm – den Feind immer im Blick haben. In Fällen wie diesem war es allerdings fatal. Denn dieser Feind war zu stark für ihn. Lachte ihn jedes Mal hämisch aus, während Jay zunehmend an ihm verzweifelte.

Langsam kam wieder Leben in ihn. Und in sein Bein. Er ließ sich zur Seite sinken, um es auszustrecken. In dem Moment nieste Megan. Er sah auf. Zeitgleich blitzte es. Die nächste Attacke blieb aus, was nicht zuletzt an ihr lag. Denn sie weinte! Gott, was hatte er getan?

Der Kampf gegen sich selbst fiel kurz aus. Er zog ihre Jacke herunter, um sie besser zu sehen. Tatsache, ihre Augen waren geschwollen und gerötet, Tränen liefen an ihren Wangen herab. »Hast du Schmerzen? Komm, ich helfe dir, dich wieder hinzulegen. So darfst du deinen Fuß doch nicht halten!«

Sie hob abwehrend die Hände. »Hey, stopp!«, schniefte sie. »Alles gut. Ich hab keine Schmerzen. Also, nicht so stark, dass ich heulen muss. Das ist meine Strohallergie.«

Ihm fiel ein ganzer Geröllhaufen vom Herzen. Aufatmend sackte er in sich zusammen.

»O Mann.« Er fuhr sich mit der Hand über die Haarstoppel. »Dann macht es also wenig Sinn, wenn du dich wieder ins Stroh legst.« Als er das aussprach, musste er grinsen. Ja, es ging ihm besser. Das Gewitter schien sich tatsächlich zu legen, einzig der Regen ergoss sich in

Massen auf das Wellblechdach, ließ es lautstark vibrieren. Der Himmel wurde nur noch selten erhellt, die Blitze kamen aus weiter Ferne. Nichts, was eine weitere Panik in ihm auslösen sollte. Dafür eine erneute Lawine an Findlingen von seinem Herzen. Er konnte wieder er selbst sein. Und sich Megan gegenüber erkenntlich zeigen. Denn es war Wahnsinn, dass sie trotz ihrer Schmerzen aufgestanden und zu ihm gekommen war, weil er sich nicht unter Kontrolle gehabt hatte.

Er nahm den Blouson und legte ihn ihr um die Schultern. Dabei kam er ihrem Gesicht nah – und hielt inne. Jay sah ihr tief in die Augen und wunderte sich über das Kribbeln im Bauch. Und das Ziehen in seiner Lendengegend.

Okay, stopp. Bis hier und nicht weiter. Er lehnte sich zurück, wandte sich ab. Wie auch Megan, die ihre Jacke eng um sich schlug, was Jay nicht entging. »Frierst du?«

Sie zuckte mit den Schultern. »Geht schon.«

Ohne groß nachzudenken, zog er sie zu sich. Ergriff sanft ihren Unterschenkel, um den Fuß gerade hinzulegen, und setzte sich hinter sie. Die Beine zu beiden Seiten neben ihren ausgestreckt, beugte er sich vor, um ihren Rücken zu wärmen.

Megan lehnte sich zurück, legte den Kopf an seiner Schulter ab. Tiefenentspannt, voller Vertrauen.

Jays Magen flatterte. Er kannte Megan nicht und doch vertraute er ihr so weit, dass sie ihn sogar aus einer Panikattacke reißen konnte. Was sonst nur Sally schaffte. Das Gefühl ängstigte ihn ein wenig, dennoch genoss er es. Es war ... angenehm.

Megan riss ihn aus den Gedanken. »Geht's dir wieder gut?«

»Ja.« Er schloss kurz die Augen, hatte keine Lust, über dieses Thema zu sprechen. Und doch war er es ihr schuldig. »Danke. Du hast super reagiert. Woher wusstest du, was Sache war und dass du die Blitze vor mir ausblenden musstest?«

»Jay, du bist nicht der Einzige mit solchen Problemen. Auch wenn ich es bei dir am wenigsten erwartet hätte. Aber Panikattacken haben viele meiner Probanden. Aus den unterschiedlichsten Gründen.« Kaum hörbar fügte sie hinzu: »Auch ich habe so was.«

Jay runzelte die Stirn, war sich unsicher, ob er sie richtig verstanden hatte. »Du?«

»Ja.«

Das erschreckte ihn. Wobei er nicht nachvollziehen konnte, warum. Stand nur Soldaten dieser Mist zu? Wohl kaum.

»Vermutlich nicht vor Gewittern.«

»Nein. Vor dem Auto fahren.«

Puh, er würde durchdrehen, komplett auf die Bahn oder Sally angewiesen zu sein. »Krass. Kommst du damit klar?«

Sie zuckte die Schultern. »Inzwischen ganz gut. Man lernt recht flott, Problemen aus dem Weg zu gehen, wenn man keine Wahl hat.«

»Ja, indem man zum Beispiel bei aufziehendem Gewitter schnell nach Hause fährt. Sorry, dass ich in unserer ersten Stunde so ein Arsch war.«

Mit aufgerissenen Augen fuhr sie zu ihm herum. »Klar! An dem Tag gab es auch ein Unwetter! Hast du es noch bis nach Hause geschafft?«

»Gerade eben, ja.« Er atmete tief durch. »Ich hab mich echt wie der letzte Honk benommen. Tut mir leid.«

»Ich hätte Verständnis gehabt, wenn ich den Grund gekannt hätte.«

Er nickte voller Sarkasmus. »Ja, ich muss dir ja nicht sagen, dass man mit so was gerne hausieren geht. Ist schließlich 'ne coole Sache, wenn man jegliche Kontrolle über sich verliert, vermutlich wie in einem Drogenrausch.«

Megan stutzte, richtete sich auf und wandte sich weiter zu ihm um. »Vermutlich? Weißt du nicht, wie sich sowas anfühlt?«

»Woher ...«

Klappe! Nachdenken!

»Ich nehme keine Drogen. Also kann ich dazu nichts sagen.«

Glücklicherweise ging es ihm wieder gut genug, um ihrem prüfenden Blick standhalten zu können. Dennoch schien sie ihm nicht zu glauben.

»Wieso hast du dann gedealt?«

Nun wandte er sich doch ab. »Können wir die nächste Sitzung bitte verschieben? Mir ist gerade echt nicht danach.«

Er glaubte nicht, dass sie das einfach so tolerierte. Also war Ablenken angesagt. »Wie kam es zu deiner Angst vor dem Autofahren? Gab es einen Auslöser?«

Megan nickte, drehte ihm wieder den Rücken zu und lehnte sich an seine Brust. Die Hitze, die in ihm aufstieg, war nicht nur ihrer Körperwärme geschuldet, was er jedoch versuchte zu ignorieren.

»Mein damaliger Freund hätte fast einen Radfahrer totgefahren. Der kam einfach aus dem Nichts und war plötzlich direkt vor dem Auto. Er flog erst auf die Motorhaube, rollte dann runter und wäre beinahe noch von uns überfahren worden. Der Reifen hat seine Schulter berührt, als wir zum Stehen kamen. Er war schwer verletzt, weil er mit dem Kopf gegen die Windschutzscheibe geknallt ist. Der Helm hat ihm das Leben gerettet, trotzdem hat es gedauert, bis er wieder fit war. Das hat mich so sehr geprägt, dass ich seitdem nicht mehr fahren kann. Ist aber nicht schlimm, es gibt hier ja genug Verbindungsmöglichkeiten.«

»Ja, stimmt wohl. Teilt dein Boss dir wenigstens Fälle in der Nähe zu? Dass du nicht so weit raus musst?«

Urplötzlich verkrampfte sie sich in seinen Armen. Beunruhigt sah er sie an. Jegliche Farbe war aus ihrem Gesicht gewichen. Mit sanfter Gewalt drehte er sie an den Schultern zu sich, doch sie wich seinem Blick aus.

Kalte Wut überkam ihn, obwohl er nicht mal eine Idee hatte, was da los war. »Was macht der mit dir?«

Megan sah demonstrativ nach unten und pflückte einen Strohhalm vom Shirt.

Nee, da spielte er nicht mit. Es war eindeutig, dass da etwas schieflief. Das würde er nicht zulassen. »Du kannst mir vertrauen.«

Sie nickte. »Ich weiß. Es ist nur ... Ach, keine Ahnung. Es ist noch so frisch. Und so ... unerklärlich. Weiß nicht, wie ich es bezeichnen soll.«

»Erzähl es mir und ich helfe dir bei der Benennung.«

Mit erhobener Braue sah sie ihn an, was ihm ein Schmunzeln entlockte. »Na los. Vielleicht kann ich was für dich tun.«

»Ich wüsste nicht, was.«

»Das sag ich dir, wenn ich weiß, was los ist. Hat es was mit dem konfiszierten Handy zu tun?«

»Ich ... er ... Ach, egal. Vergiss es einfach. Ich will dich damit nicht belästigen.«

Jay atmete tief durch und griff sanft nach ihrem Kinn. Er drehte ihren Kopf zu sich herum und sah ihr in die Mandelaugen. Unwillkürlich schlug sein Herz schneller, das Kribbeln in seinem Bauch nahm wieder Fahrt auf.

Konzentrier dich!

»Hör mir mal zu. Du hast hier eben Schmerzen, Kälte und Niesattacken in Kauf genommen, weil ich mich zum Affen gemacht hab. Jetzt nimm mir nicht die Chance, mich zu revanchieren.«

»Du musst dich doch nicht ...«

»*Stopp*!«, unterbrach er sie. »Meine Entscheidung. Und jetzt erzähl. Oder wird es für dich peinlich?«

»Was? Nein! Also ... Nein. Eigentlich nicht.«

»Warum zögerst du dann noch?«

»Weil ...« Sie stockte und schloss die Augen. »Weil du da irgendwie mit drinsteckst.«

Er runzelte die Stirn. »Was hab ich falsch gemacht?«

»Nichts. Ich weiß auch gerade nicht, warum ich dir das sage.«

»Weil ich es jetzt erst recht wissen will. Komm schon, raus damit.«

Wieder zögerte Megan. Nun würde sie allerdings nicht mehr drumherum kommen. Nicht, wenn er Mitschuld daran trug, dass es ihr dreckig ging.

Erneut drehte Jay ihr Gesicht zu sich. Ein Gemisch aus Stroh, Regen und ihrem Vanilleduft kitzelte nicht nur in seiner Nase, das Kribbeln zog sich durch seinen gesamten Körper. Er senkte den Blick auf ihre sinnlichen, leicht geöffneten Lippen. Wie sie wohl schmeckten?

Das würde er nicht herausfinden. Sie war seine Bewährungshelferin, verdammt! Selbst wenn sie wollte, dürfte sie keine Beziehung mit ihm eingehen. Das hatte er sich grandios versaut.

Ehe er es sich versah, presste sie ihren Mund auf seinen. Versetzte ihm einen elektrischen Schlag, der ihm einen Schauer nach dem nächsten bereitete.

Sein Verstand setzte aus. Anstatt sich von ihr zu lösen, zog er sie fester an sich und schloss die Augen. Wie weich ihre Lippen waren. Er legte eine Hand auf die kühle Haut ihrer Wange, strich ihr mit der anderen über den Rücken. Öffnete leicht die Lippen und schob die Zungenspitze gegen ihre. Sie erwiderte es, umspielte seine Zunge sanft mit ihrer. Seine Atmung ging schneller, seine Lenden bebten. Jay hob sie an, um sie auf seinen Schoß zu setzen.

Bis sie aufschrie. »Nein!«

Kapitel 15

Megan

»Mein Fuß!«, fügte sie eilig hinzu, sobald sie seine erschrockene Miene bemerkte. Als hätte er Schuldgefühle wegen des Kusses. Dabei war sie diejenige, deren Gewissen verrücktspielen müsste. Tat es aber nicht. Sie bereute es kein winziges bisschen. Stattdessen ärgerte sie sich über diesen verfluchten Schmerz, der alles zunichtegemacht hatte.

»Es tut mir leid, ich hab echt nicht dran gedacht.« Jays Miene war besorgt.

Megan versuchte ein Lächeln und winkte ab. »Schon okay, der Schreck war wohl das Schlimmste.«

»Gar nichts ist okay«, brummte er und warf einen Blick auf den Himmel. »Wie es aussieht, hört der Regen gleich auf. Möchtest du mir deine Geschichte hier oder auf dem Weg zum Auto erzählen, das ich jetzt bestellen werde?«

Sie unterdrückte ein Seufzen. Küssend gefiel er ihr wesentlich besser. Nun wirkte er wieder abweisend. Dabei hatte er den Kuss erwidert. Mindestens genauso leidenschaftlich wie sie.

»Unterwegs.«

Sie hatte schon wieder vergessen, was sie machen sollte. Außerdem – wieso unterwegs? Sie würde keine zwei Schritte laufen können!

Es interessierte sie nur zweitrangig. Die letzten Minuten, ab dem Moment, in dem er sich hinter sie gesetzt und seine breite Brust an ihren Rücken gedrückt, die starken, beschützenden Arme um sie geschlungen hatte, war sie wie verzaubert gewesen. Und sie war es noch.

Allerdings fühlte es sich nicht mehr gut an. Fröstelnd schlang sie die Arme um sich, als Jay aufstand und einige Schritte von ihr wegmachte. Seine Wärme fehlte ihr nicht nur im Rücken.

Megan atmete tief durch und vermisste seine Nuance aus Holz und einem Hauch Vanille. Vanille – sie liebte diesen Duft, nutzte ihn bei jeder Gelegenheit an sich selbst. Doch bei ihm hatte sogar diese winzige Prise eine wesentlich größere Wirkung auf sie.

Ihre Nase kribbelte, sorgte für einen Niesmarathon. Du liebe Güte, sie sollte doch so langsam hier weg.

»Soll ich dir hochhelfen?«

Erschrocken fuhr Megan herum. Da stand er und hielt ihr die Hand hin. Sein Blick war wieder ausdruckslos. Langsam hasste sie seine Unnahbarkeit.

»Ich komme schon klar. Hast du jemanden gefunden, der bis hierherfahren könnte?«

Mit zusammengepressten Lippen schüttelte er den Kopf. »Nein. Das Netz ist eine Katastrophe. Ich fürchte, du musst dich noch mal auf meinen Rücken quälen.«

»Nein!« Ups. So hart hatte das nicht klingen sollen. Megan warf ihm einen entschuldigenden Blick zu –

und runzelte die Stirn. War das etwa Enttäuschung in seinem Gesicht? Wieso?

»Ich will nicht, dass du deinen Unterschenkel mehr belastest als nötig«, fügte sie hinzu, in der Hoffnung, die richtigen Worte gefunden zu haben.

»Mach dir darüber mal keine Gedanken. Meinem Bein geht es wesentlich besser als deinem Fuß.«

»Ja, so lange es dauert.«

Erleichterung überkam sie, als Jay schief grinste. Wenigstens zeigte er wieder Gefühle.

Er zwinkerte. »Das wirst du Fliegengewicht nicht ändern.«

Sie schnaubte, verkniff sich jedoch einen Kommentar. Es ging ihn nichts an, dass sie deutlich über siebzig Kilo wog. Gerade ihm mit seiner Top-Figur würde sie das garantiert nicht auf die Nase binden.

Stattdessen kämpfte sie sich hoch und wischte sich über die immer noch tränenden Augen. Wenigstens konnte sie die Heulerei auf die Allergie schieben. Sie musste nur ihre Mimik im Griff behalten, dann würde er ihr die Schmerzen sicher nicht anmerken.

»Das geht so nicht. Wenn es jetzt schon so weh tut, kommen wir nicht weit. Soll ich was suchen, um das Gelenk zu fixieren? Vielleicht macht es das erträglicher für dich.«

Na super.

»Ich heule wegen der Strohallergie. Die Wehwehchen sind gut auszuhalten.«

Wenn du einen auf unverwundbar machst, kann ich das auch.

Himmel, schmunzelnd sah er noch mal besser aus. »Wie du willst. Kannst du hochspringen?«

Er stellte sich mit dem Rücken vor sie hin. Kurz überlegte sie, an ihm vorbei zu humpeln. Einfach, um es ihm gleichzutun und die Schmerzen zu ignorieren. Doch der Gedanke daran, wieder seine arbeitenden Muskeln unter sich zu spüren, nahm überhand. Zumal sie nicht vom Fleck gekommen wäre. Ergeben hielt sie sich an seinen massigen Schultern fest und holte Schwung. Stieß sich mit dem gesunden Bein ab, kam aber nicht hoch genug. Die Angst vor den Schmerzen war zu groß und hatte den Erfolg, dass er ein Stück in die Knie ging. Hatte sie ihm wehgetan?

»So besser?«, fragte er.

Okay, hatte sie nicht. Immerhin. Trotzdem – nicht mal auf einen Rücken springen konnte sie ohne Unterstützung. Es war frustrierend.

Diesmal klappte es und seine Muskelkontraktionen sowie sein Duft, den sie nun bewusst einatmete, nahmen ihr den Frust. Obwohl es ihr nach wie vor leidtat, ihn derart zu quälen. Aber er wollte es so, dann konnte sie es doch genießen, oder?

Je länger sie liefen, desto steifer wurden seine Bewegungen, er hinkte zusehends mehr. Ihr schlechtes Gewissen wuchs ins Unermessliche. Dennoch hatte sie keine Idee, wie sie ihm … doch. »Gibst du mir dein Handy? Dann sag ich Bescheid, sobald du Empfang hast und dich nicht weiter quälen musst.«

»Ich quäle mich nicht. Dich allerdings gleich.«

Erschrocken zuckte sie zusammen. Ehe sie fragen konnte, sprach er weiter. »Entspann dich. Ich bin nur neugierig auf deine Geschichte, die du mir erzählen wolltest. Also, schieß los.« Sie hörte ihm das breite Grinsen förmlich an.

»Das war nicht nett!«

»Ich werde noch weniger nett, wenn du nicht langsam loslegst. Einen Seal lässt man nicht warten.«

Diesmal verkrampfte sie sich regelrecht. Das hatte sie jetzt falsch verstanden, oder? »Was hast du gerade gesagt?«

Er seufzte. »Okay, einen *ehemaligen* Seal lässt man nicht warten. Besser?«

»Nein! Ich meine ... Stopp! Moment, lass mich mal runter.«

»Hier ist alles nass und matschig. Den Teufel werde ich.«

Sie holte aus und schlug ihm vor die Brust, was ihm ein Lachen entlockte. »Ich bin nicht dein Pferd.«

»Pferde schlage ich nicht. Seals aber schon, falls die nicht auf mich hören. Ich will jetzt runter!«

»Damit du mich hinterher mit deinen Matschschuhen vollsauen kannst? Vergiss es.«

Megan stöhnte, beließ es jedoch dabei. Wobei sie sich sicher war, dass ihm dreckige Klamotten egal waren, wenn sie allein die Ausbildung eines Soldaten bedachte. Dann auch noch die eines Seals ...

Sie erschauerte, als sich alles zusammenfügte. Seine gekonnte Ausdruckslosigkeit beim ersten Treffen. Gleichzeitig war er höflich gewesen, obwohl er sicher gegen die Panik angekämpft hatte. Und die konnte nur von einem Einsatz herrühren. O Gott, ihn quälte das posttraumatische Belastungssyndrom. Der arme Kerl. Was hatte er erleben müssen, dass er nach einer derartigen Ausbildung so nachhaltig darunter litt?

Ehe sie ihm diese Frage stellen konnte, kam er ihr zuvor. »Jetzt rede schon. Was macht dein Boss mit dir?«

Ohne nachzudenken, vertraute sie ihm alles an, als wären sie seit Jahren befreundet. Sie ließ nichts aus, erzählte ihm die ungeschönte Wahrheit, von dem Chef, der sie offensichtlich loswerden wollte, über die Tatsache, dass Jay ursprünglich ihre Rettung sein sollte, bis hin zu Major und seinen miesen Machenschaften.

Mehrmals spannte sich Jay unter ihr an, er atmete immer tiefer, als wäre er kurz davor zu platzen. Er unterbrach sie kein einziges Mal, und auch nachdem sie geendet hatte, schwieg er.

Hatte sie sich getäuscht? Vielleicht musste er sich sogar das Lachen verkneifen. Himmel, warum vertraute sie ihm so?

»Megan, du hast meine volle Unterstützung gegen diese Arschlöcher«, sagte er endlich. Seine eisige Stimme jagte ihr einen Schauer über den Rücken.

»Danke. Ist alles in Ordnung mit dir?«

»Nein.« Wieder atmete er tief durch. »Solche Menschen kotzen mich maximal an. Mach dir keine Gedanken. Die werden dir nichts anhaben können. Beide nicht. Dafür sorge ich.«

Ihr Herz setze für einen Schlag aus. »Was hast du vor?«

»Das überlege ich mir noch.«

Damit schien das Thema für ihn erledigt zu sein. Kommentarlos humpelte er weiter. Allerdings kam er häufiger aus dem Tritt. Lag es daran, dass er sauer war? Oder war es doch nur der matschige Boden?

Ach, sie interpretierte garantiert zu viel hinein. Obwohl ihr allein der Gedanke, dass er ihr helfen würde und vor allem ihr Problem verstand, eine warme Woge durch den Körper schickte. Ein Seal – *Jay* – bot ihr seine

Unterstützung an. Da konnte ihr doch nichts mehr passieren, oder?

Nach einigen Minuten schüttelte er den Kopf. »Jetzt mal ernsthaft – warum tust du dir das an? Was hält dich in dem Job? Versteh mich nicht falsch, er passt super zu dir und du machst das richtig gut. Aber der Druck dahinter muss doch krass sein. Ist es das wirklich wert?«

»Auf jeden Fall.« Das kam wie aus der Pistole geschossen, doch dann hielt sie inne. Sollte sie ihm gleich ihre Lebensgeschichte erzählen? Anders konnte sie ihm das wohl nicht erklären. War auch egal, er wusste ohnehin schon so viel über sie, dass es darauf nicht mehr ankam. »Mein Dad ist vor zwölf Jahren unschuldig angeklagt worden. Nach einigen Wochen in Untersuchungshaft wurde er freigesprochen, trotzdem war sein Leben gelaufen. Er hat dadurch seinen Job verloren, keinen neuen gefunden, ist dem Alkohol verfallen. Das hat so viel kaputt gemacht.« Sie seufzte. »Ich hab mir geschworen, anderen bessere Möglichkeiten zu verschaffen. Irgendwie. Mit diesem Job geht das. Es ist nicht immer einfach, aber die Chance ist da. Und einige Male war ich auch schon erfolgreich. Dieses Gefühl, den reuigen Menschen ein beinahe normales Leben zu ermöglichen, ist unbeschreiblich. Und dann noch die Dankbarkeit. Das macht was mit mir, das ich nicht mehr missen will.«

Jay nickte. »Du bist eine tolle Frau. Die Leute können dir echt dankbar sein. Wobei mir der Stress mit deinem Boss wirklich leidtut. Aber trotz allem – vergiss dich nicht selbst bei der ganzen Retterei. Es bringt keinem was, wenn du am Ende fertig bist. Dann kannst du niemandem mehr helfen. Und verdient hast du einen derartigen ... so einen Boss schon gar nicht.«

Ihr wurde warm ums Herz, ihre Haut prickelte. »Danke.« Mehr brachte sie nicht heraus.

Auch Jay schwieg. Was man wohl seinem zunehmenden Keuchen zuschreiben konnte. Jetzt musste sich der arme Kerl so für sie quälen ...

Wenige Meter später hielt er neben einem Baumstumpf an und brummte: »Sorry, ich brauch 'ne Pause.«

Sie hörte deutlich heraus, wie schwer es ihm fiel, das zuzugeben. Erst jetzt wurde ihr bewusst, wie stark sein Humpeln seit dem Wegrutschen kurz zuvor zugenommen hatte. Sie warf einen Blick unter sich. So müsste sie direkt auf dem Baumstumpf landen. Vorsichtig ließ sie sich heruntergleiten und setzte sich darauf. Musterte Jay, der sein Handy aus der Tasche zog. Er war bleich, ein Schweißfilm lag auf seiner Stirn. Natürlich hatte ihn der Weg angestrengt, auch wenn er sich das nicht anmerken ließ. Stattdessen murmelte er einen Fluch in seinen Dreitagebart. »Hier ist immer noch kein Netz.«

»Ach, Mann. Dann machen wir eben Pause und hoffen, dass jemand vorbeikommt. Da hinten ist doch eine Straße, oder?«

»Ja. Die Zufahrt zum etwa drei Meilen entfernten Hof. Da fährt nur der Eigentümer lang.« Er sah auf die Uhr. »Das nächste Mal in etwa vier Stunden.«

Na toll. Es lief ja großartig. Sie rutschte ungelenk zur Seite und klopfte neben sich aufs Holz. »Setz dich zu mir.« Dass sein Bein die Ruhe dringend nötig hatte, verkniff sie sich wohlweislich.

Nach kurzem Zögern gehorchte Jay. Sofort stieg ihr sein Duft in die Nase und weckte die Schmetterlinge zu ihrem Tanz. Sie musste sich zurückhalten, ihn nicht als Lehne zu missbrauchen, um ihm noch etwas näher zu sein.

»Ist dir kalt?«, erkundigte er sich.

Megan zuckte die Schultern, hatte keine Ahnung, was sie sagen sollte. Ihre Gefühle spielten Punchingball. Das wurde noch schlimmer, als er sie nun an sich zog. Sie schloss die Augen, genoss seine Wärme und den Schutz, den er ihr bot. Nie wieder wollte sie aufstehen.

Megan musste sich dringend ablenken. »Darf ich dich was fragen?«

»Muss ich antworten?«

Sie lachte auf. »Als könnte ich dich dazu zwingen.«

Grinsend kickte er ein Steinchen weg. »Na frag schon.«

»Woher kommen deine Panikattacken?«

Er verspannte sich, senkte den Blick. Seine Kiefer mahlten. Mehrmals atmete er tief durch. Und schwieg.

Warum sollte er es ihr auch erzählen? Sie kannten sich gar nicht, ihre Beziehung war rein beruflicher Natur. O Gott, und sie hatten sich geküsst. Damit hätte er sie in der Hand, wenn er ähnlich tickte wie Major.

Von jetzt auf gleich fielen die Schmetterlinge in ihrem Bauch tot um, das wundervolle Gefühl löste sich in Wohlgefallen auf. Seit wann war sie derart naiv? Das war doch nicht sie!

Jay hatte ihr den Kopf verdreht, den Verstand geraubt. Im wahrsten Sinne. Jetzt kannte er ihre Geheimnisse. Und, verdammt noch mal, mit dem Kuss hatte sie sich selbst gewaltig in die Nesseln gesetzt.

»Es war mein letzter Einsatz.«

Erstaunt sah sie auf, was Jay aber nicht zu bemerken schien.

»Eigentlich war er erfolgreich. Obwohl wir in einen Hinterhalt gelockt wurden, konnten wir das Ziel eliminieren. Leider nicht nur die Männer dieses Menschenhändlerrings.« Er hielt inne und rieb sich über den Kopf.

Megan hingegen erlebte das nächste Gefühlschaos. Da war die Angst davor, veräppelt zu werden. Panik vor den Konsequenzen, wenn es so wäre. Freude und Stolz, dass er sich ihr anvertraute. Unsicherheit, ob er die Wahrheit erzählte, oder sich schnell etwas ausdachte. Hinzu kam die Tatsache, dass sie mehr für ihn empfand. War es Liebe? Sie wusste es nicht. Definitiv war auch Mitleid im Spiel, denn trotz seiner oscarreifen schauspielerischen Leistung, verriet ihr die Erfahrung, dass es ihm beschissen ging.

Das Mitgefühl überwog, sodass sie ihm sanft den Rücken streichelte.

Es schien ihm Kraft zu geben. Den Blick auf den matschigen Boden gerichtet, fuhr er fort. »Da war dieser Junge, nicht älter als zehn. Er hätte nicht da sein dürfen. Es war dunkel. Ich sah ihn nur durch die Mündungsfeuer. Und hab zu spät reagiert.« Seine Stimme wurde leiser. »Das Kind ist in meinen Armen gestorben, während es weiter Schüsse hagelte. Durch die Lichtblitze konnte ich ihm in die Augen sehen. Bis das Leben aus ihnen verschwand. Wie eine Kerze, die man auspustet. Diesen Anblick, diese krasse Leere in den Augen des unschuldigen ...« Er schluckte und rieb sich das Gesicht. »Bei jedem fucking Blitz sehe ich das wieder vor mir.

Ich hätte nur schneller reagieren müssen, dann würde der Kleine heute noch leben.«

Megan versuchte verzweifelt, zu atmen. Die eiserne Klaue, die sich um ihren Oberkörper gelegt hatte, machte es ihr verdammt schwer.

»Es tut mir so leid«, murmelte sie und zog ihn an sich heran. Jay ließ es zu, was sie erstaunte. Und doch war sie froh, denn er brauchte diese Unterstützung. Dringend. Sein Shirt war schweißnass, was wohl nicht nur an der Anstrengung oder den Temperaturen lag. Er war am Ende.

Kein Wunder, bei den Vorwürfen, die er sich machte. Die garantiert nicht berechtigt waren. Wenn er dazu ein derartiges Bild vor Augen hatte, blieben seine Panikattacken gar nicht aus. Dabei hatte er in der Dunkelheit sicher kaum sehen können. Außerdem hätten seine Kollegen ebenfalls reagieren müssen. Und wenn das Kind dort nichts zu suchen gehabt hatte, war es doch erst recht nicht seine Schuld! Zudem waren sie mit der Absicht zu töten – zwar skrupellose Erwachsene, aber dennoch – dorthin gegangen.

O Gott. Allein dieser Gedanke ließ ihren Körper versteifen. Der Mann neben ihr hatte Menschen umgebracht. Eiskalt Existenzen ausgelöscht. Das war sein Job gewesen. Wie konnte man damit leben? Wie viele Leute waren durch seine Hand gestorben? Wie oft hatte er zugesehen?

Unwillkürlich zog sie ihren Arm von seinem Rücken und begrub das Gesicht in den Händen. Das war krass. Heftig. Unmenschlich.

Und doch hatte er durch diese Taten wohl tausende Leben Unschuldiger gerettet. Dennoch – seine bildhafte

Erzählung, als wäre sie mit dabei gewesen, als wäre der Junge in ihren Armen gestorben ... Das machte sie fertig.

Megan spürte Übelkeit in sich aufsteigen. Diesen Gedanken durfte sie nicht weiterverfolgen. Auf gar keinen Fall. Sonst würde sie diese Bilder immer vor Augen haben, sobald sie Jay sah.

Kapitel 16

Jay

Ihre Reaktion bestätigte ihn in seiner inneren Zerrissenheit, die ihn seit dem Einsatz täglich aufs Neue aufzufressen drohte. Er war ein unfähiger Idiot. Hätte er schneller gehandelt, würde der Kleine heute noch leben.

Erneut rieb sich Jay das Gesicht, wischte so, hoffentlich unauffällig, die Tränen weg. Megans warme, tröstende Hand fehlte auf seinem Rücken. Sie hatte ihm geholfen, sich zu öffnen. Und doch war es berechtigt, dass sie die weggenommen hatte. Er hatte keinen Trost verdient. Nicht er, der talentfreie Möchtegern-Seal. Zumindest war er das in dem Moment gewesen. Sein Fehler hatte ein unschuldiges, viel zu junges Leben gekostet.

Jetzt wusste Megan wenigstens, mit wem sie es zu tun hatte. Sie würde ihn hassen. Zurecht. Und doch kam er damit nicht klar.

Jay sprang auf und humpelte von ihr weg. Von derjenigen, die er gerade für sich gefunden und es direkt versaut hatte. Nach nur wenigen Minuten. Durch seine Unfähigkeit. Wie gut, dass er kein Seal mehr war. So konnte er zumindest bei Einsätzen nicht länger Mist bauen und dadurch Menschenleben gefährden.

Er brauchte seine Schwester an seiner Seite. Dringend.

Bitte, lass hier Empfang sein!

Einige Meter weiter hatte er endlich Netz. Hektisch wählte er ihre Nummer und musste nicht lange warten. Sally kam bereits um vor Sorge und versprach, direkt loszufahren.

In dem Moment löste sich eine Schraubzwinge von seinem Oberkörper, die ihm erst jetzt bewusst wurde. Jay konnte wieder frei durchatmen. Denn von Sally musste er sich keine Vorwürfe anhören, die er sich ohnehin schon machte.

Er ging zurück zu Megan, ohne sie anzusehen. »In ein paar Minuten hast du es überstanden.«

Aus den Augenwinkeln sah er ihren erstaunten Blick. »Wieso überstanden? Das sagst du jetzt aber nicht, weil ich über dein Problem Bescheid weiß, oder?«

»Genau das. Ich bin fertig damit, es mir mit dir zu versauen. Und du hast mich voll in der Hand. Viel Spaß mit den Infos.«

»*Hey!*«

Wow, das klang stinksauer. Hatte er sich doch in ihr getäuscht?

Megan war aufgestanden und tänzelte auf einem Bein herum, was sie nicht davon abhielt, ihm drohend den Zeigefinger unter die Nase zu halten. »Falls du denkst, ich wäre ein Unmensch, zweifle ich an deiner Ausbildung. Ich dachte, ihr lernt, Menschen zu lesen! Und wenn du glaubst, dass es jemandem am Allerwertesten vorbeigeht, so etwas zu hören, solltest du ebenfalls noch mal Nachhilfe nehmen. Weißt du, wie tief das bei mir geht, dass du derart schreckliche Dinge ertragen musstest? Wenn einem jemand etwas bedeutet, dann leidet man auch mit ihm …« Megan brach ab und senkte den Blick. Ihre Wangen glühten, als hätten sie Feuer gefangen.

Jay hingegen starrte sie an. Hatte sie ihm sagen wollen, dass er ihr wichtig war? »Sag das noch mal.«

Sie sah nicht auf. Klar. So was konnte sie nicht ernst meinen. Ausgerechnet jetzt, nachdem sie gehört hatte, wie unfähig er war. Die Enttäuschung ließ seine Eingeweide verkrampfen. Er mochte sie wirklich, was er jedoch verdrängen musste. Liebeskummer war so ziemlich das Letzte, das er jetzt noch ertragen konnte.

»Wie geht's dir mit diesem Trauma?«, fragte sie mit leiser Stimme.

Jay zuckte die Schultern. Die Antwort sollte ihr klar sein. »Hast du eben bei dem Gewitter live miterlebt.«

»Darum die Drogen? Du hast doch welche genommen, oder?«

Die was? Für einen kurzen Moment war er verwirrt. Welche Drogen? Wovon … O Gott. Wie hatte er den Grund für ihr Kennenlernen vergessen können? Nur was sollte er jetzt dazu sagen?

Ein Auto erregte seine Aufmerksamkeit. Sally kam keine Sekunde zu früh.

»Stell dich auf den Baumstumpf, ich trag dich zur Straße.«

Megan zögerte, sah ihn an. Sie öffnete den Mund, schloss ihn dann aber wieder und kämpfte sich mit seiner Hilfe hoch. Mit einem gepressten Aufstöhnen sprang sie auf seinen Rücken.

Inzwischen war jeder Schritt für Jay eine Qual. Sein Bein brannte, als würde sich der Knochen von innen heraus auflösen. Aber die paar Meter schaffte er noch. Allerdings hatte er nicht bedacht, wie lang die werden konnten, denn Megan begann auf ihn einzureden.

»Es tut mir leid, dass du das durchmachen musstest. Und es immer noch musst. Umso dankbarer bin ich, dass du es mir erzählt hast. Denn jetzt weiß ich dich auch einzuschätzen. Du hast mich ganz schön verwirrt bei unserem ersten Treffen.«

Jay hörte ihr Grinsen heraus und presste die Lippen zusammen. Wenigstens schien sie ihm das nicht übel zu nehmen.

Eine Antwort schenkte er sich, zumal Sally nun aus dem Auto stieg und nicht glücklich aussah. Kopfschüttelnd kam sie auf die beiden zugelaufen und deutete Jay, anzuhalten. Was er dankbar tat.

»Warte, ich helfe euch«, rief sie ihnen von Weitem zu.

»Ist das deine Freundin?«, erkundigte sich Megan, was Jay nun doch ein Lachen entlockte.

»Nein, ich hab niemanden. Das ist Sally, meine Schwester.« Er stockte. »Ich dachte, du kennst sie schon?«

»Nein, woher?«

Sie wirkte ehrlich erstaunt. Aber wieso hatte Sally ihn dann auf dem Heimweg vom Krankenhaus gefragt, was er mit ihr gemacht hatte? Da stand wohl noch ein Gespräch an.

Sally hatte die beiden inzwischen erreicht. »Was machst du denn, du Idiot? Willst du unbedingt wieder in die Klinik?«

»Nein, Mom. Allerdings läuft es sich mit gebrochenem Bein noch schlechter.«

Sallys Blick schoss zu Megans nacktem Fuß und verwandelte sich zu einer mitleidigen Maske. »Autsch, das sieht wirklich böse aus.« Sie sah an ihm vorbei und winkte ihr lächelnd zu. »Ich bin Sally. Meinst du, du kannst auf einem Fuß hüpfen, wenn Jay und ich dich stützen?«

»Ja, klar, das schaffe ich. Ich bin übrigens Megan. Das ist total nett von dir, dass du uns holst.«

»Ich wäre schon viel eher hergekommen, hätte ich gewusst, wo ihr euch herumtreibt. So, komm, ich helfe dir runter.«

Jay unterdrückte ein erleichtertes Aufatmen, nachdem sie von seinem Rücken heruntergerutscht war. Jetzt mussten sie nur noch zum Auto.

Der Weg gestaltete sich schwieriger als erhofft. Der Boden war derart aufgeweicht, dass es in einer Schlitterpartie endete. Es grenzte an ein Wunder, dass sie sich nicht allesamt auf die Nase legten.

Jay überließ Megan den Beifahrersitz, da kam sie leichter rein und wieder heraus. »Lieferst du mich erst zu Hause ab? Dann kann ich mich hinlegen.«

Sally schüttelte den Kopf. »Ich brauche am Krankenhaus noch mal deine Hilfe.«

Verdammt. Da hatte sie nicht Unrecht. Allein würden die zwei nicht weit kommen. Hauptsache, sie kam nicht auf dumme Ideen und hetzte den Arzt erneut auf ihn!

***

Selbstverständlich tat Sally das. Kaum war Megan in einem Behandlungsbereich der Notaufnahme verschwunden, kam eine Schwester zu ihm und Sally in den Wartebereich.

»Mister Harvey, würden Sie bitte mitkommen? Doktor Jensens möchte Sie sehen.«

Nicht im Ernst! Ausgerechnet die Zicke? Wobei – er war ohnehin in passender Stimmung für den ein oder anderen Konter. Den auch Sally später erwartete, denn diese *Einladung* hatte er definitiv ihr zu verdanken.

Für den Moment beließ er es bei einem finsteren Blick und folgte ergeben der Pflegerin. Sie brachte ihn in eine Kabine und bat ihn, sich zu setzen, was er gerne machte. Sobald sie verschwunden war, stand er auf, um ebenfalls zu gehen.

Prompt kam die Jensens. Großartig geklappt. Resigniert ließ er sich wieder zurücksinken.

»Mister Harvey, wie geht es Ihnen?«

»Blendend. Was kann ich für Sie tun?«

Sie stutzte und lachte schließlich auf. »Okay, gut. Dann eben so herum. Sie würden mir einen großen Gefallen tun, wenn Sie ihr Hosenbein hochziehen würden.«

Er gehorchte und befreite das gesunde Bein. Die Ärztin presste die Lippen aufeinander und nickte. »Danke. Und jetzt bitte das andere.«

Wow, sie ließ sich überhaupt nicht provozieren. Schade eigentlich. Seufzend versuchte er es auch mit links, wo allerdings der Stoff zu eng war. Mit einem entschuldigenden Grinsen sah er sie an und ließ die Hose ganz herunter. Nachdem er einen Blick darauf geworfen hatte, schluckte er und sank zurück. Der komplette

Unterschenkel war derart geschwollen, dass die gespannte, knallrote Haut glänzte, als hätte er es in Öl gebadet. Das würde in eine Diskussion ausarten, denn so wie das aussah, würde sie ihn garantiert nicht gehen lassen.

Jensens sog erschrocken die Luft ein. »Damit haben wir Sie aber nicht entlassen.«

Mit demselben Bein schon, aber den Spruch schenkte er sich. Denn sogar ihn erschreckte, wie stark die Rötung und Schwellung zugenommen hatte. War wohl doch etwas viel gewesen.

»Mister Harvey, haben Sie heute Sport getrieben?«

»Ich sehe einen Spaziergang nicht als Sport an.«

»Das liegt an der Länge und der Geschwindigkeit. Fakt ist, was auch immer Sie getan haben, war deutlich zu viel. Bei dieser Schwellung besteht die Gefahr eines Kompartment-Syndroms. Das ist eine Minderdurchblutung durch den Druck und kann eine dauerhafte Verkürzung der Muskulatur, im schlimmsten Fall sogar eine Amputation zur Folge haben.« Sie sah ihn an. »Keine Sorge, so schnell passiert das nicht. Dennoch möchte ich es Ihnen auf den Weg geben, denn Sie scheinen es mit Ihrer Gesundheit nicht so genau zu nehmen.«

Davon hatte er gehört. Ein Seal-Kollege hatte tatsächlich wegen so etwas fast sein Bein verloren. Heute hinkte er dauerhaft. Danke, kein Bedarf.

»Wie äußert sich das Syndrom?«

»Bewegen Sie den Fuß bitte auf und ab.«

Er gehorchte. Abgesehen von den fiesen Schmerzen funktionierte es einwandfrei.

»Haben Sie ein Taubheitsgefühl oder Kribbeln irgendwo unterhalb des Knies?«

»Nein.«

»Gut, noch scheint alles im grünen Bereich zu sein. Dennoch würde ich Sie gern bis morgen zur Beobachtung hierlassen, um zu sehen, wie es sich entwickelt. Sollte das Syndrom auftreten, muss sofort gehandelt werden.«

»Wie?«

»Mit einer OP. Die betroffene Stelle wird komplett aufgeschnitten, was eine monatelange Heilzeit zur Folge hat. Vorausgesetzt, es geht alles gut.«

»Sie wollen mir jetzt extra Angst machen, richtig?« Das hatte sie geschafft. Er kam nach den paar Tagen schon nicht damit klar, nicht laufen zu können. Und darauf sollte er ganz verzichten? Dann würde er sich erschießen. Er konnte nur hoffen, dass sie es wirklich übertrieb.

Seufzend setzte sich Jensens auf einen Hocker und sah ihn ernst an. »Mister Harvey, ich weiß, dass unsere letzte Begegnung nicht gerade berauschend war. Da habe ich kurz zuvor einen Patienten verloren und war entsprechend schlecht drauf. Was ich natürlich weder an Ihnen noch dem Pflegepersonal auslassen durfte, da hatten Sie vollkommen recht. Ich war Ihnen dankbar für den Anranzer, den hatte ich nötig. Und ich möchte mich bei Ihnen für mein Verhalten entschuldigen. Aber was hier und heute gesagt wird und wurde, ist die ungeschönte Realität. Ich kann Ihnen nur raten, es ernst zu nehmen.«

Wow, damit hatte er nicht gerechnet. Endlich mal jemand, der zu seinem Fehlverhalten stand. Er nickte der

Ärztin zu. »Respekt für die Selbstreflexion. Finde ich gut.«

»Danke.« Sie lächelte kurz, wurde jedoch schnell wieder ernst. »Was meinen Sie, kann ich Sie davon überzeugen, eine Nacht bei uns zu verbringen? Bis morgen früh sehen wir, wie es sich entwickelt.«

»Und wenn ich Ihnen sage, dass ich Miss Sterling, die hier auch irgendwo mit 'nem vermutlich gebrochenen Knöchel liegt, ein Stück getragen habe?«

Sie lehnte sich zurück und verschränkte seufzend die Arme vor der Brust. »Dann würde ich Ihnen das ungesehen glauben. Und das würde die ausgeprägte Schwellung erklären. Gut, es ist Ihre Entscheidung. Ich würde es trotzdem vorziehen, Sie hierzubehalten. Aber wenn Sie mir versprechen, auf weitere Spaziergänge und sonstige Aktivitäten, die das Bein betreffen, zu verzichten und den Unterschenkel im Auge behalten, lasse ich mit mir reden. Vorausgesetzt Ihre Schwester oder jemand anderes ist bei Ihnen und versorgt Sie mit allem, sodass Sie lediglich zur Toilette aufstehen müssen.«

»Ach, 'ne Urinflasche bekomme ich nicht mit?«

Erneut lachte sie auf. Doc Jensens konnte richtig humorvoll sein, wer hätte das gedacht. »Nein, die brauchen wir hier. Stattdessen gebe ich Ihnen ein Antiseptikum mit, das sie bitte stündlich auf ein sauberes Tuch gießen und die geschwollenen Stellen damit kühlen.«

»Geht klar.«

Jay setzte sich auf, aber sie hielt ihn zurück, indem sie die Hand auf seinen Arm legte und ihm ernst in die Augen sah. »Mister Harvey, ich habe wirklich Bauchschmerzen dabei, Sie zu entlassen. Das mache ich nur, weil ich Sie hier ohnehin nicht halten kann und Ihre

Schwester einen verantwortungsbewussten Eindruck
macht. Ich hoffe, Ihnen ist klar, wie gefährlich es werden kann. Sobald ein Taubheitsgefühl auftritt, rufen
Sie *sofort* den Rettungswagen. Kann ich mich darauf
verlassen?«

»Klar. Danke, Doc.«

Sie nickte und verschwand, um wenig später mit einer Literflasche, gefüllt mit durchsichtiger Lösung, zu-
rückzukommen. Außerdem drückte sie ihm noch einige Kompressen in die Hand. »Die legen Sie bitte auf
die Wunde. Für das Drumherum reicht ein Küchen-
tuch.«

»Alles klar.«

»Passen Sie auf sich auf.«

Harvey nickte und verließ hinter ihr die Kabine.
Während die Ärztin zum nächsten Patienten ging,
hinkte er zum Wartebereich, wo Sally ihm erstaunt
entgegensah.

Eine Spur Schadenfreude machte sich in ihm breit.
»Erwartest du heute noch Besuch? Oder warum wolltest du mich loswerden? Dein Plan ist jedenfalls nicht
aufgegangen.«

Zack, wieder ein blauer Fleck. Dass sie auch immer
den Muskel treffen musste!

»Beim nächsten Mal mach ich 'ne Ausnahme von meiner Regel, keine Frauen zu schlagen.« Murrend suchte
er die Sachen zusammen, die ihm aus der Hand gefallen waren.

»Sie hat dich ernsthaft gehen lassen?«

»Was denkst du denn? Ich war lange genug hier.«

Sie schwieg. Für einen Moment spielte er mit dem Gedanken, sie zu verarschen. Dass die Ärztin sie ausgelacht hatte oder sowas. Aber danach war ihm gerade nicht wirklich. Zumal es ja berechtigt gewesen war. Etwas.

Statt weiter nachzuhaken, fragte Sally: »Hast du Megan zufällig unterwegs getroffen?«

»Jap. War kein Date.«

»Nicht? Okay. Ihr machtet so einen vertrauten Eindruck.«

Das Blut schoss in seinen Schädel und sammelte sich in den Wangen. Das war jetzt nicht wahr, oder? Er wurde rot wie ein pubertierender Teenie? Schlimmer durfte es nicht werden. »Sie ist meine Bewährungshelferin.«

Sallys Kopf fuhr zu ihm herum. »Bitte was?«

»Wo liegt das Problem? Hätte ich sie liegenlassen sollen?«

»Quatsch. Es ist nur ... na ja, es hat gewittert.«

»Ist mir bewusst, ich war dabei.«

Sally seufzte. »Du weißt, was mir durch den Kopf geht.«

Er zuckte die Schultern. »Ja, weiß ich. Und da ist es super aufgehoben. Ach, wo wir gerade beim Thema sind. Was meintest du mit deiner Frage, was ich mit Megan gemacht hätte?«

Sally sah ihn stirnrunzelnd an, ehe sich ihr Blick aufklarte. »Ach, du meinst, als ich dich abgeholt habe?«

»Exakt.«

»Da hat mich nur der Doc darauf hingewiesen, dass sie zu Besuch war und fluchtartig das Gebäude verlassen hat. Er schien besorgt gewesen zu sein.«

Jay hob eine Braue. »Die scheinen sich hier echt zu langweilen. Ja, sie ist eilig abgezogen. Aber ich war ausnahmsweise nicht der Grund. Den hat sie mir auch nicht verraten, aber wir haben wie normale Menschen einen neuen Termin ausgemacht und das war alles. In dem Punkt bin ich unschuldig.«

Ehe Sally antworten konnte, kam Jensens zu ihnen. »Mister Harvey, Miss Sterling würde Sie gern sehen.«

Jay grinste und sprang auf.

»Augenblick. Der Rollstuhl wird gerade geholt.«

Das Grinsen gefror ihm im Gesicht. Super. Das auch noch. Als wäre er heute nicht schon genug gedemütigt worden.

Kapitel 17

Megan

»Sobald der Chirurg Zeit hat, wird er sich Ihren Fuß ansehen. Ist die Schwellung zu ausgeprägt, müssten Sie sich noch ein, zwei Tage bis zur OP gedulden. Ansonsten könnte er sie direkt mitnehmen. Das wird allerdings noch mindestens eine Stunde dauern.« Die Schwester sah Megan mitleidig an. »Brauchen Sie bis dahin irgendwas?«

»Ja. Starke Nerven.«

Sie lachte auf. »Okay, wenigstens Ihren Humor haben Sie behalten.« Sie schielte hinter den Vorhang und zwinkerte ihr grinsend zu. »Und das attraktive Mittel zur Beruhigung kommt gerade angerollt.« Mit diesen Worten machte sie Platz für den Pfleger, der einen Rollstuhl ins Zimmer schob. Mit Jay darin.

Megan konnte ein teeniehaftes Grinsen nicht unterdrücken, die Schmetterlinge erwachten aus dem Tiefschlaf und legten direkt einen Tango hin. »Wie lieb, dass du herkommst. Musst du auch hierbleiben?«

Jay schmunzelte. »Ich hab hier mein neues Fluchtauto. Mal sehen, wie schnell ich damit gleich zu Hause bin.«

»Äh ...«, erklang es hinter ihm. Der Pfleger sah ihn derart verunsichert an, dass er Megan fast schon leidtat.

Jay warf ihm einen Blick über die Schulter zu und lachte auf. »Keine Panik. Das Teil hat mir zu wenig PS und fahren wird mich meine Schwester. In ihrem Auto.« Er wandte sich an Megan. »Ich muss nicht hierbleiben, alles halb so wild.«

Offensichtlich beruhigt, ließ der Pfleger sie allein. Jay verschränkte die Arme, was ihr einen Stich versetzte. Wie gern würde sie ihn spüren, und wenn es nur seine Hand auf ihrer wäre. Andererseits hatte er recht. Jeglicher Körperkontakt würde es schwerer machen, sich nicht weiter anzunähern.

»Und? Was sagt die Ärztin?«

»Das Sprungbein ist gebrochen, ich werde gleich operiert. Vielleicht. Oder erst, wenn die Schwellung weit genug zurückgegangen ist. Das erfahre ich in einer Stunde ungefähr.«

»Okay, welche Variante ist dir lieber?«

»Gar nicht?«

Wieder ließ er sein tiefes, ansteckendes Lachen hören, was ihren Schmetterlingen erneut auf die Sprünge half. »Ja, das glaub ich dir aufs Wort. Nach einer OP wird es allerdings schneller heilen.«

»Vermutlich hast du recht.« Sie seufzte tief und sah ihn von unten herauf an. »Müssen Männer eigentlich immer rational denken?«

Er schürzte die Lippen und tippte sich mit dem Finger dagegen. »Lass mich überlegen ... Nein. Nur irgendjemand sollte es tun, und da ihr Frauen meist keine Profis darin seid, bleibt es auf uns hängen.« Er zuckte grinsend zurück, als würde er einen Schlag von ihr erwarten. Wirkte sie so brutal? Zumal er ja recht hatte. In diesem Fall zumindest.

»Ach, du bist ja gar nicht Sally. Vor dir muss ich keine Angst haben, ich vergaß.«

Verunsicherung machte sich in ihr breit, sie runzelte die Stirn. »Ich bin mir gerade nicht sicher, ob ich das als Beleidigung oder Kompliment auffassen soll.«

Schlagartig wurde er ernst. »Ein schöneres Kompliment kann ich dir nach meiner Attacke vorhin kaum machen. Denn nur meine Schwester konnte mich bislang da rausholen.« Er sah ihr tief in die Augen. »Bis eben.«

Das Blut schoss Megan ins Gesicht, was sie mit einem Grinsen herunterspielte. »Dann vielen Dank für die Blumen. Und apropos Sally – wartet sie etwa noch in der Besucherecke auf dich?«

»Da gehe ich von aus.«

»Okay, lass sie nicht länger warten. Ich wollte nur sehen, wie es dir geht und mich bedanken. Deine Schwester wird Besseres zu tun haben, als hier herumzusitzen.«

»Wahrscheinlich. Da sie mich aber nicht unbeobachtet hierlassen wird, muss sie da durch. Denn ich werde erst gehen, wenn du in den OP kommst. Oder aufs Zimmer. Oder wohin auch immer.«

Ihr Gesicht nahm die Farbe einer überreifen Tomate an. »Ach, das ist so lieb von dir! Aber das will ich nicht. Sie soll nicht meinetwegen warten.«

»Jetzt mach dich nicht so unwichtig. Kein Mensch wartet gern allein auf eine Info, wie es mit ihm weitergeht. Da hat sie volles Verständnis für, glaub mir.«

Megan schüttelte langsam den Kopf. »Ich hoffe, du weißt, was für eine tolle Schwester du hast.«

Er lehnte sich zurück und nickte. »Jap. Weiß ich. Auf sie lasse ich nichts kommen.«

»Da kann sie sich glücklich schätzen.«

Schulterzuckend wandte er sich ab. Las sie ein schlechtes Gewissen in seinem Gesicht? Selbst wenn – es ging sie nichts an.

»Was macht dein Bein eigentlich?«, fragte sie stattdessen. Hier in der Notaufnahme war es sehr hellhörig, da die einzelnen Plätze lediglich durch Vorhänge getrennt waren. Somit hatte sie mitbekommen, wie erschrocken die Ärztin reagiert hatte. Was ihrem schlechten Gewissen mächtig einheizte.

Jay hingegen zuckte die Schultern. »Ist noch dran. Hast du schon deinen Boss angerufen und dich krankgemeldet?«

Ein eisiger Schreck durchfuhr sie. »Ach du Heiliger, den hab ich ja ganz vergessen. Und ich habe kein Handy.«

»Kein Ding, ich lasse mich gleich hin kutschieren und kläre das.«

»Nein!«

Er hob eine Braue. »Wieso nicht? Du kommst hier so schnell nicht weg und wenn du mit meiner Nummer bei ihm anrufst, sieht das komisch aus.«

»Ja, aber noch mehr, wenn du hinfährst und mich krankmeldest.«

»Lass mich mal machen. Offensichtlich gibt es da ja ohnehin noch was zu klären.«

Megan fuhr hoch. »Das lässt du schön bleiben! Meine Probleme kläre ich selbst!«

»Du glaubst ernsthaft, dass ich mit ansehe, wie er dich fertig macht? Netter Versuch.«

»Verlangt ja keiner. Aber mit Barns rede ich selbst. Wenn es dir damit besser geht, kannst du dich daneben stellen und zuhören.«

Seine Mundwinkel zuckten, die Augen hingegen bekamen einen eisigen Touch. Ein erneuter Schauer jagte ihr über den Rücken. Wobei sie sich nicht sicher war, ob es sich angenehm anfühlte oder an Angst grenzte.

Jay sah ihr fest in die Augen. »Ich denke nicht, dass du das willst. Vertrau mir einfach.«

»Jay, wirklich, ich bin dir dankbar, dass du dich für mich einsetzen möchtest. Nur wird Barns es in den falschen Hals bekommen. Das tut er immer. Das ertrage ich nicht auch noch vor der OP, also halte dich bitte einfach raus.«

Er seufzte tief, schien ehrlich enttäuscht zu sein. Dennoch nickte er. »Weil du es bist. Trotzdem werde ich dich krankmelden. Alles andere klären wir dann meinetwegen hinterher, wenn es dir lieber ist.«

»Okay. Danke.«

»Stets zu Diensten.«

Gott, wie sie dieses Grinsen liebte. Schelmisch und doch liebevoll, irgendwie sogar besorgt. Wenn seine geheimnisvollen Augen dabei leuchteten wie in diesem Moment, war es um sie geschehen. Wie von selbst zuckten ihre Finger in seine Richtung. Gerade rechtzeitig hielt sie inne, ehe sie nach seinem Arm greifen konnte.

Jay übernahm es für sie. Er senkte seine warme, kräftige Hand auf ihre und drückte sie sanft. »Deine Finger sind eisig.«

Sie drehte sich zu ihm, um beide hinhalten zu können. Er umfasste sie, ließ sie in seinen Pranken verschwinden und rieb sie. Dabei war er vorsichtig und doch kratzten seine Schwielen darüber. Nicht unangenehm oder gar schmerzhaft. Eher ... Herzschlaganregend. Gänsehautfördernd. Wunderschön.

Himmel, noch ein bisschen und sie würde aufstöhnen, als würden sie hier irgendwelche versauten Spiele treiben. Und doch wollte sie auf keinen Fall, dass er sie losließ. Megan schloss die Augen und genoss das Gefühl. Langsam beruhigte sich ihr Puls, ihre Muskeln entspannten sich. Gleich schlief sie sicher ein. Aber die Gefahr nahm sie gerne in Kauf. Er durfte bloß niemals wieder damit aufhören.

»Guten Tag, mein Name ...«

Der Rest ging in ihrem erschrockenen Aufschrei unter. Sie fuhr hoch und starrte ins Gesicht eines jungen blonden Arztes, der entsetzt einen Schritt zurückmachte.

»Um Himmels willen, ich wollte Sie nicht erschrecken! Alles okay?«

Sie stieß hart die Luft aus. »O Gott. Ja, natürlich, Entschuldigung. Ich war mit den Gedanken wohl ziemlich weit weg.«

»Ja, den Eindruck habe ich auch.« Der Doc lachte auf. Jay grinste ebenfalls, während er sich in eine Ecke zurückzog, um nicht im Weg zu stehen.

Super. Sich blamieren konnte sie. »So, jetzt bin ich wieder voll da. Sind Sie der Chirurg?«

»Der bin ich. Darf ich mir den Fuß ansehen?«

»Klar.«

Es dauerte keine fünf Sekunden, bis er zufrieden nickte. »Wunderbar. Ich denke, in zehn Minuten können wir loslegen. Zeit genug, sich für die nächsten paar

Stunden zu verabschieden.« Er zwinkerte beiden zu und verschwand.

»Mir war nicht bewusst, dass ich eine derart einschläfernde Wirkung auf dich hab.« Jay kam feixend näher.

»Hypnotisierend trifft es eher.«

»Oh, das kann durchaus praktisch sein. Sehr gut.«

Beide lachten, bis Jay wieder ihre Hand ergriff. Ein Funke zog sich über ihre Finger und durch den ganzen Körper. Was zum Teufel machte der Kerl mit ihr?

»Dann werde ich Sally mal zu deinem Boss lotsen. Meinst du, ich treffe den in seinem Büro an?«

»Ja, bestimmt. Aber es reicht, wenn er morgen früh davon erfährt. Falls es für euch okay ist und du wirklich hinfährst, könntest du meinen Kalender vom Schreibtisch mitbringen? Damit ich Termine absagen kann.«

»Sicher. Ich bringe ihn dann später direkt mit.«

»Später?«

»Na klar. Oder möchtest du allein aus der Narkose aufwachen? Ich hasse so was.«

Megan riss die Augen auf. »Du willst wirklich noch mal wiederkommen?«

»Wenn ich darf ... zu Hause fällt mir die Decke auf den Kopf und Sally zu ärgern wird mit der Zeit langweilig.«

»Dann sehr gerne.« Wieder legte ihr Herz einen Zahn zu. Gleichzeitig stieg tiefe Enttäuschung in ihr auf. Jetzt fand sie einen derart tollen Mann und dennoch durfte sie ihn nicht für sich haben. Wegen des Jobs, der ohnehin am seidenen Faden hing. Doch sie war davon abhängig, wenn sie ihre Miete zahlen wollte. Wie paradox konnte so ein Leben eigentlich sein?

»Alles in Ordnung?«

Megan sah auf, in Jays besorgtes Gesicht. »Ja, absolut.«

»Siehst nicht so aus. Angst?«

Nicht wirklich, aber wohl die bestmögliche Ausrede. Mit einem entschuldigenden Lächeln nickte sie.

Er strich mit dem Daumen über ihren Handrücken und zwinkerte. »Wenn dich hier einer ärgern will, sag ihm, dass du mich vorbei schickst. Dann traut sich das keiner mehr.«

Sie lachte auf. »Mache ich. Obwohl es ganz schön arrogant klingt.«

Er feixte. »Nur so lange, bis sie es getestet haben.«

Grinsend schüttelte sie den Kopf, dann fiel ihr noch etwas ein. »Meinst du, ihr könntet ein paar Sachen aus meiner Wohnung besorgen?«

»Klar. Ich brauche nur Adresse, Schlüssel und eine Liste.«

Dankbar drückte sie ihm den Schlüsselbund in die Hand und zählte die wichtigsten Dinge auf, die er in sein Handy tippte.

Schließlich sah er sie an. »Versteh mich nicht falsch, ich mache das gerne. Aber hast du sonst niemanden hier?«

»Nein, nur eine Freundin, die gerade im Urlaub ist.«

»Deine Eltern ... Sorry. Geht mich nichts an.«

Megan zuckte die Schultern. »Alles gut, frag ruhig. Mom lebt in South Dakota, ich habe keinen Kontakt zu ihr.«

Stirnrunzelnd zuckte Jay zurück, was ihr einen Seufzer entlockte.

»Ja, ich weiß, hört sich komisch an. Aber als mein Dad ... Ach, das ist eine lange Geschichte.«

»Ich würde mich freuen, wenn ich sie hören darf.«

Es erwärmte ihr Herz, dass er ein so offensichtliches Interesse an ihr zeigte. »Wir haben ja eh nichts anderes zu tun. Also, mein Dad wurde unschuldig wegen Mordes angeklagt und hat über einige Wochen in U-Haft gesessen. Das hab ich dir ja schon erzählt. Diese ganze Situation hat ihn so fertig gemacht, dass er dem Alkohol verfallen ist. Er war nicht aggressiv, aber das Geld schwand zusehends. Mom hat da nicht lange mitgespielt und sich getrennt. Uns beide im Stich gelassen, als ich vierzehn war. Sie ist mit einem anderen Typen zusammengekommen, den ich bis heute noch nicht mal gesehen habe. Dad und ich mussten allein klarkommen. Ich bin nach der Schule kellnern gegangen, um uns halbwegs über die Runden zu kriegen, aber der Alk hat zu viel Geld gefressen. Irgendwann war ich einfach fertig damit und wollte nur noch weg. Als die Zeit fürs College kam, war ich glücklich, eine Zusage vom Columbia bekommen zu haben. Danach bin ich hierhergezogen. Mein Dad ist kurz nach meinem Auszug verstorben, als er betrunken die U-Bahn-Treppe heruntergestürzt ist.« Sie sah ihn an. »Ich hab mir immer eine Schwester wie Sally gewünscht. Die hätte mir einiges erleichtert.«

Jay hatte sie die ganze Zeit über ernst, fast erschrocken angesehen, jetzt jedoch lächelte er. »Ja, in solchen Fällen sind Geschwister Gold wert. Tut mir echt leid, dass du das durchmachen musstest.«

»Muss es nicht. Dadurch bin ich zu meinem Beruf gekommen. Ich habe so die Möglichkeit, anderen derartige Schicksale zu ersparen, indem ich ihnen zum Beispiel bei der Jobsuche helfe. Hat auch schon einige Male geklappt. Und ich bereue keine Sekunde, obwohl mein Boss echt ein Arsch ist.«

Jay streichelte ihre Hand. »Bist eben eine klasse Frau.«

Nein. Das war sie absolut nicht. Wenn sie an früher dachte, bekam sie ein schlechtes Gewissen. Denn sie hatte ihren alkoholkranken Dad allein gelassen. Zwar hätte sie seinen Tod wohl nicht verhindern können, dennoch fühlte es sich falsch an. Die Info zu seinem Sturz, in Form einer Textnachricht, war – abgesehen von der Beerdigung – der letzte Kontakt zu ihrer Mom gewesen. Und sie war froh darüber. In den Jahren, die Megan für sich und ihren Dad hatte aufkommen müssen, hatte sich ein regelrechter Hass auf ihre Erzeugerin aufgebaut. Weil sie beide im Stich gelassen hatte. Ihren alkoholkranken und psychisch angeschlagenen Mann und auch ihre minderjährige Tochter. Sie hatte ihr die Jugend genommen, während es ihr an nichts fehlte. Auf einen derartigen Egoismus hatte sie keinen Nerv.

»Entschuldigen Sie.« Der Vorhang wurde zur Seite geschoben, die Schwester von eben kam herein.

»Geht's los?«, fragte Jay.

»Fast. Eine Frage habe ich noch. Leben Sie zusammen?«

Kapitel 18

Jay

Beinahe wäre Jay ein »Ja« rausgerutscht. Einfach, weil es so perfekt klang. Es schmerzte ihn nahezu körperlich, als Megan verneinte.

Die Schwester nickte. »Gibt es sonst jemanden, der nach Ihrer Entlassung auf Sie aufpassen könnte? Wenigstens für die ersten Tage?«

»Ich lebe allein.«

Trotz ihrer Geschichte über die Eltern, die ihn stinksauer gemacht hatte, freute er sich über diese Worte. Sie brauchte Hilfe und er konnte sie ihr bieten.

»Wäre es erlaubt, wenn du zu mir kommen würdest? Also, dass die Bewährungshelferin bei ihrem Probanden übernachtet?«

»Ich bin mir ziemlich sicher, dass es nicht okay ist. Leider. Aber meine Freundin ist wie gesagt im Ausland und sonst ... Es gibt niemanden.«

Jay kam eine Idee. Sie war gewagt, aber eine andere Lösung fiel ihm nicht ein. Und es war nicht so, dass er irgendwas dagegen hätte. »Sally hat Urlaub. Zumindest den Rest der Woche. Wie es danach aussieht, sehen wir dann. Ich meine, Sally und du werdet das sehen, denn du wirst ja übergangsweise zu ihr ziehen. Nicht zu uns. Oder sogar mir. Wo kämen wir da hin?«

Megan sog scharf die Luft ein. »Das ist wirklich lieb von euch! Danke!« Sie strahlte über das ganze Gesicht. Gott, wie niedlich das aussah. Seine Schmetterlinge tanzten, zu gern würde er sie küssen. Was nicht ging. Er musste sich zusammenreißen, so schwer es ihm auch fiel.

Jetzt musste nur noch Sally mitspielen. Daran zweifelte er aber nicht wirklich. Mit Megan konnte sie ihr Helfersyndrom voll ausleben.

Das Kribbeln in seinem Bauch zog Bahnen durch den gesamten Körper. Megan würde bei ihnen wohnen. Mindestens über das Wochenende. Immer in seiner Nähe sein. Es fühlte sich an, als würde ein lang gehegter Traum in Erfüllung gehen.

Auch Megan strahlte. »Ich danke dir so sehr für deine Hilfe.«

»Du wirst von Sally betreut.« Er zwinkerte feixend.

»Perfekt, dann können wir ja jetzt durchstarten.« Die Schwester löste die Bremse am Bett und nickte ihm zu.

»Passen Sie gut auf sie auf. Viel Erfolg, bis später.«

»Bis später.« Ihr Lächeln sorgte auch bei ihm für ein pubertäres Grinsen, das sich in seinem Gesicht einbrannte.

Entsprechend verwirrt sah Sally ihn an, sobald er wieder bei ihr war. »Geht's dir gut?«

»Mir ging es nie besser. Und die Einzige, die das jetzt noch versauen kann, bist du. Aber das würdest du nie tun, hab ich recht, Lieblingsschwester?«

Sie richtete sich auf und verschränkte die Arme vor der Brust. »Was hast du jetzt wieder angestellt?«

»Erzähl ich dir unterwegs.« Jay stand aus seinem Rollstuhl auf. Sally jedoch drückte ihn schwungvoll zurück.

»Hey!«

»Nichts hey. Wenn du nicht spurst, werde ich bei deinem ominösen Plan nicht mitspielen. Wie auch immer der aussieht.«

»Das deute ich als Ja.«

»Ich weiß nicht mal, worum es geht!«

»Vertrau mir einfach.« Jay lehnte sich zurück und verschränkte die Arme.

Sally ignorierte das und schob ihn schwer atmend zum Auto. »Du kannst ruhig mit anfassen, dein Gewicht macht es nämlich nicht gerade leicht, dich hier rumzuschieben.«

Er lehnte den Kopf in den Nacken und überlegte. Ihr Gesicht hatte ein tiefes Rot angenommen, das dem an seinem Bein Konkurrenz machte. Der Schweiß lief ihr an den Wangen herunter, sie keuchte wie nach einem Marathon. Bei dem Gedanken zuckten seine Mundwinkel. Sally und Marathon – das war wie ein Seal mit einer Wasserpistole im Einsatz. Kein Wunder, dass ihre Kondition zu wünschen übrigließ – so ganz ohne Sport.

Er seufzte tief und bewegte den Rollstuhl brav selbst weiter bis zum Wagen. Neben der Beifahrertür positionierte er das Gefährt in Fahrtrichtung und warf Sally einen unschuldigen Blick zu. »Kannst fahren.«

Stirnrunzelnd sah sie ihn an. »Blutet dein Kopf doch? Wie wäre es, wenn du dich erst ins Auto setzen würdest?«

»Meinem Kopf geht's bestens und außerdem sitze ich doch schon. Du musst nur die Scheibe runtermachen, damit ich mich festhalten kann.«

»Arsch. Sieh zu, dass du ins Auto kommst. Ich bring den Rolli weg.«

»Wieso Arsch? Die Idee finde ich gut! Wäre mal was anderes.«

»Sag mal, wie alt bist du eigentlich?«

Er erhob sich und öffnete die Autotür. »Auf dem Papier? Sechsundzwanzig.«

Sie schnaubte. »Ja, aber auch nur da.« Mit diesen Worten zog sie kopfschüttelnd von dannen, während Jay auf dem Beifahrersitz Platz nahm.

Er grinste weiter vor sich hin, wobei er sich selbst fragte, was mit ihm nicht stimmte. Er musste Sally recht geben, sein Verhalten ähnelte dem eines fünfzehnjährigen, verliebten Teenies. Grausam. Doch er konnte nichts dagegen machen, die Schmetterlinge hielten jeglichen erwachsenen Gedanken aus seinem Kopf fern.

Kaum, dass Sally saß, legte er los. Denn seine Nervosität nahm stetig zu, was sich zusehends auf seine Antworten auswirken würde. »Sag mal, wie lange hast du frei?«

»Bis Sonntag. Wieso? Geht's dir nicht gut? Soll ich verlängern?«

»Doch und ja.« Er atmete tief durch. »Ich hab 'ne Riesenbitte.«

Sally ignorierte ihn, sah stur auf die Straße. Verdammt, sie wusste, was kam. Dennoch wollte sie es von ihm hören. Er musste es nett verpacken. »Du bist doch gern für andere da. Hilfst allen und so. Und mit mir allein bist du garantiert nicht ausgelastet.«

Sie lachte lauthals los. Okay, den letzten Satz hätte er sich schenken können.

»Du meinst, ich könnte Megans Unterstützung gebrauchen, um dich in den Griff zu kriegen?«

Gott, er liebte sie. Grinsend nickte er. »Oder so.«

Sie seufzte. »Wie lange?«

»Ein paar Tage. Ich weiß allerdings nicht, wann sie entlassen wird.«

»Du weißt schon, dass sie deine Bewährungshelferin ist?«

»Darum sollst *du* sie ja auch aufnehmen. Damit es keinen Ärger gibt.«

»Ich denke nicht, dass das reicht. Immerhin haben wir dieselbe Adresse.«

Er nickte und rieb sich den Kopf. »Ich weiß. Sie hat nur sonst niemanden.«

Sallys Blick brannte förmlich auf seinem Gesicht. Er konnte ihr nichts vormachen. Das hatte er noch nie geschafft. »Guck auf die Straße, du fährst Auto.«

Kommentarlos gehorchte sie.

Jay hasste es, keine gescheiten Antworten zu bekommen. Genauso wenig mochte er es, wenn er genötigt war, nachzuhaken. »Was jetzt? Geht das klar?«

Wieder kam keinerlei Reaktion von ihr. Gleich würde er platzen und alles versauen.

Endlich zuckte seine Schwester die Schultern. »Ich kann meinen Urlaub nicht so leicht verlängern. Ihr müsstet ab Montag ohne mich klarkommen.«

Innerlich frohlockend drückte er ihr einen Kuss auf die Wange. »Du bist die Beste.«

»Schön, dass du es endlich einsiehst. Aber gibt es Ärger deswegen, hab ich damit nichts zu tun.«

»Wie könntest du.«

Reflexmäßig zog er das Bein an, er war sich sicher, einen Schlag zu kassieren. Der blieb allerdings aus.

»Jay, das ist mein Ernst. Mir wäre es lieber, wenn ihr das vorher abklären würdet.«

»Machen wir, keine Sorge. Hatte ich übrigens erwähnt, dass wir Sachen für Megan besorgen sollen? Du musst da links abbiegen.«

Mit einem tiefen Aufstöhnen gehorchte Sally. »Gibt es noch mehr, was du *vergessen* hast zu erwähnen?«

»Hm, vielleicht, dass du mich später noch mal am Krankenhaus abliefern könntest, bevor du nach Hause fährst? Ich hab ihr versprochen, da zu sein, sobald sie aufwacht.«

»Mann, Jay! Ich hab ja kein Problem damit, ihr zu helfen, aber du kannst nicht erwarten, dass ich den ganzen Tag parat stehe, um dich zu chauffieren!«

»Verlangt auch keiner. Danach lass ich dich in Ruhe, versprochen.«

»Wie kommst du denn sonst nach Hause?«

»Taxi, Bahn, Bus … Es gibt genug Möglichkeiten.«

Erneut stöhnte sie auf. »Natürlich. Mit deinem Bein willst du Bus fahren? Vergiss es.«

»Ich hatte auch Taxen genannt. Vielleicht hat Lucas ja auch Zeit.«

Nun schwieg sie, wobei Jay klar war, dass sie ihn kannte. Er hasste nichts mehr, als von anderen abhängig zu sein. Selbst wenn es ein Taxi- oder gar Busfahrer war. Es fiel ihm schwer genug, Sally zur Last zu fallen. Lucas würde er genauso wenig damit nerven.

Sobald Jay zurück in der Klinik sein würde, hätte seine Schwester ihre Freiheit zurück. Notfalls ließ er sich eben doch aufnehmen. Mit Megan im Nachbarzimmer könnte er damit leben.

Jay lotste Sally zu Megans Adresse und wunderte sich, dass sie ihn nicht ans Auto fesselte. Selbst die drei Treppen bis zu ihrer Wohnung ließ sie ihn brav laufen. Anscheinend wollte seine Schwester nicht allein reingehen.

Sie traten ins helle, aufgeräumte Wohnzimmer, in dem eine gemütlich aussehende beigefarbene Ledercouch vor einem Glastisch stand. Der Fernseher war für Jays Geschmack winzig, aber er war ja auch verwöhnt. Dafür besaß Megan eine Musikanlage vom Feinsten. Vielleicht war ihr Musik genauso wichtig wie ihm. Der Gedanke ließ seine Haut prickeln.

Was er hier nicht sah, waren Fotos. Nicht ein einziges hing an der Wand oder stand irgendwo herum. War sie wirklich so einsam? Das konnte er sich nicht vorstellen.

Er wandte sich der ersten Tür links von ihm zu. Da war das Schlafzimmer, ebenfalls hell und schlicht gehalten. Gemeinsam mit Sally suchte er die gewünschten Klamotten aus dem Schrank und packten sie in einen Rucksack, den Jay im oberen Regal gefunden hatte.

Er hielt inne. »Ihre Unterwäsche ist dein Job.«

Mit diesen Worten ließ er Sally allein. Es wäre seltsam zu wissen, was Megan unter ihren Klamotten trug. Stattdessen sah er sich ihre Plattensammlung im Wohnzimmer an. Und war begeistert.

»Wow, die Frau hat Geschmack. Die alten Alben von Metallica, Anthrax … Wahnsinn, sogar Lamb of God ist dabei! Krass. Das hätte ich jetzt nicht erwartet.«

»Wie ein verliebter Teenie.« Sally rollte mit den Augen. »Dich hat es echt erwischt, oder?«

»Mir geht's prima, danke der Nachfrage.«

»Ja, ganz toll. Können wir dann?«

»Jap.« Er steckte die Platte zurück und folgte seiner Schwester nach draußen. Auf der Straße liefen zwei etwa sechsjährige Jungs an ihnen vorbei. Jays Herz setzte für einen Schlag aus, um dann Vollgas zu geben. Unwillkürlich verlangsamte er seinen Schritt und blieb stehen, als die zwei die wenig befahrene Straße passieren wollten. All seine Muskeln waren angespannt, bereit, zu den beiden zu sprinten, sollte ihnen ein Auto zu nahe kommen.

»Kommst du?«

Erschrocken zuckte er zusammen und fuhr zu Sally herum, die ihn genervt ansah.

»Sofort.« Er sah wieder zu den Jungs, die es heil auf die andere Straßenseite geschafft hatten. Sally war seinem Blick gefolgt und seufzte. »Alles klar?«

Jay atmete tief durch, sein Herzschlag beruhigte sich. Schulterzuckend nickte er. »Klar.«

Als er zu Sally aufgerückt war, legte er die Hand auf ihren Arm. »An ihrem Büro müssen wir übrigens auch noch eben vorbei.«

Sally fuhr herum. »Jay! Mann!«

»Bin ich.«

»Du … Ach Mensch, du nervst, ehrlich.«

»Ich weiß. Du kennst den Weg?«

Den kannte sie nicht. Er lotste sie auch dorthin und wollte direkt losstapfen, als Sally ihn an der Schulter zurückhielt. »Warte mal. Was hast du vor? Den Blick kenne ich!«

»Nichts! Ich muss sie nur krankmelden. Ist doch super, wenn ich das von Angesicht zu Angesicht erledigen kann. Außerdem kann ich gleich klären, dass sie bei uns wohnt, bis sie wieder allein klarkommt. Willst du im Auto warten?«

»Träum weiter. Da gehst du garantiert nicht allein rein.« Seine Unschuldsmiene zog bei ihr nicht mehr. Schade eigentlich. Mit Sally im Nacken würde er sich zusammenreißen müssen. Vermutlich sollte er sie besser in Megans Büro schicken, um den Kalender zu suchen.

Daraus wurde nichts, seine Schwester klebte konsequent an seinem Hintern. Wenige Minuten später klopfte er an der Bürotür mit dem Schild *P. Barns*. Auf sein genervtes »Ja« drehte er den Knauf und hielt inne. Jay warf Sally einen letzten fragenden Blick zu, den sie mit einem energischen Nicken abtat. Gut, wie sie wollte.

Er trat ein, sie blieb dicht hinter ihm. »Guten Tag. Ich möchte Miss Sterling krankmelden.«

Barns sah auf, für einen Moment wirkte er irritiert. Dann verfinsterte sich seine Miene. »Und wer sind Sie?«

»Jay Harvey. Ich hab sie gefunden, nachdem sie beim Joggen umgeknickt ist. Meine Schwester …«, er deutete hinter sich,

»… hat sie ins Krankenhaus gebracht, wo sie aktuell operiert wird.«

»Und das hätte Miss Sterling mir nicht selbst sagen können?«

»Ich kann mich gerne mit dem OP verbinden lassen. Mal sehen, ob der Anästhesist sie kurz aus der Narkose holt. Allerdings könnte ich mir vorstellen, dass man durch ihre Schmerzschreie nicht viel verstehen wird.«

Barns Unterkiefer klappte fast bis auf seine Brust, was eine diebische Freude in ihm auslöste. Da war ihm auch Sallys derber Schlag in die Niere egal. Seelenruhig erwiderte er den Blick des Mannes, der Megan das Leben zur Hölle machte.

Dieser erhob sich langsam, sein Gesicht war dunkelrot angelaufen. »Was erlauben Sie sich?«

»Verzeihung, sollte ich nicht antworten?« Jay zuckte die Schultern, tat nachdenklich und schlug sich mit der flachen Hand vor die Stirn. »Ach, *das* meinten Sie. Sorry, da hätte ich drauf kommen müssen. Es fällt mir schwer zu verstehen, wie man Miss Sterling einen dermaßen dämlichen Schwachsinn anhängen will, wofür man ihr Handy konfisziert hat. Da sie Ihre Nummer nicht im Kopf hatte, konnte sie auch nicht vom Krankenhaus aus anrufen. Darum haben Sie mich jetzt hier stehen. Was allerdings nicht die Schuld von Miss Sterling ist. Ich bin mir ziemlich sicher, dass sie es bedauert, derart aufs Kreuz gelegt worden zu sein.«

Jay ging zum Schreibtisch und lehnte beide Hände darauf. Er kam Barns so nah, wie es ihm möglich war, und fügte leise hinzu: »Aber das muss ich Ihnen ja nicht erzählen. Sie wissen bestimmt, dass sie verarscht wurde, oder?«

Herausfordernd sah er Barns an, wartete auf ein Anzeichen für sein Schuldeingeständnis. Siehe da. Ein kurzes Augenzucken, dann wandte er sich ab. Der Arsch steckte mit drin. Unfassbar!

»Wie lange wird sie ausfallen?« Barns Stimme klang gepresst, er schien gleich zu platzen.

»Das ist alles, was Sie interessiert? Ihre vermutlich beste Mitarbeiterin hat sich den Fuß gebrochen bei dem Versuch, eine himmelschreiende Ungerechtigkeit zu verarbeiten. Jemand will ihr etwas anhängen, um sie loszuwerden. Und dieser Jemand ist offensichtlich nicht fähig, ihr wahres Potenzial zu erkennen. Wovon reichlich vorhanden ist, denn sie hat sich von mir nicht derart verunsichern lassen wie Sie gerade.«

»*Raus!* Verschwinden Sie aus meinem Büro!«

»Nichts lieber als das. Nur eine Sache noch: Miss Sterling wird nach ihrer Entlassung bei meiner Schwester wohnen, bis sie ohne Hilfe mit ihren Gehstützen klarkommt. Die Adresse ist dieselbe wie meine. Ich gehe davon aus, dass das kein Problem ist. Falls doch, sollten wir uns später noch mal in Ruhe unterhalten. Melden Sie sich gern bei mir, die Nummer steht in den Unterlagen. Einen schönen Tag noch.«

»Das wird ein Nachspiel für Sie haben! Ich werde Sie anzeigen, wegen Verleumdung! Dann landen Sie wieder im Knast!«

Ein Grinsen trat auf Jays Gesicht. »Jeder zieht sich nur den Schuh an, der ihm passt. Denken Sie mal drüber nach.«

Er drehte sich um und schob Sally vor sich her aus dem Zimmer. Nachdem er die Tür leise geschlossen hatte, fuhr er sich mit beiden Händen über den Kopf. Der Typ machte ihn stinksauer, was er ihm liebend gern gezeigt hätte. Damit würde er Megan allerdings noch mehr Probleme bereiten. Das wollte er auf keinen Fall.

Jay riss sich zusammen, ignorierte seine zeternde Schwester und besorgte den Kalender aus Megans Büro. Als Sally doch mal Luft holte, fuhr er eilig dazwischen. »Fertig? Darf ich auch mal? Also, zur Erklärung: Dieser Arsch da hinten hat mit einem anderen zusammen Megan in echte Schwierigkeiten gebracht. Sie hat eine Anzeige am Hintern für etwas, wofür sie nichts kann. Dafür war ich noch echt freundlich, findest du nicht?«

»Was für eine Anzeige?«

»Ich weiß nicht, ob ich drüber reden darf. Frag sie selbst, wenn sie bei uns wohnt. Fakt ist, dass der Boss ihr das Leben zur Hölle macht. Das hat jetzt aber ein Ende.«

Ungläubig schüttelte Sally den Kopf. »Das kann es echt nicht sein.«

Jay nickte nur und hing seinen Gedanken nach. Er musste Megan helfen, ohne ihr noch mehr Probleme zu bereiten. Was bei diesem Arschloch von Boss anscheinend ein echtes Problem war.

Auf dem Weg zurück zum Krankenhaus schwiegen beide.

Kapitel 19

Megan

»Miss Sterling, können Sie mich ansehen?«

Ansehen? Ihre Lider waren so schwer. Nein, sie wollte die Augen nicht öffnen. Doch die Stimme neben ihr gab nicht auf. Anscheinend kam sie nicht drum herum.

Megan bemühte sich und schaffte es.

»Da sind Sie ja wieder, wunderbar. Die OP ist vorbei und gut gelaufen. Haben Sie Schmerzen?«

»Nein«, murmelte Megan und kuschelte sich in die Decke.

»Miss Sterling?«

Himmel noch mal, konnten die sie nicht einfach in Ruhe schlafen lassen? »Ja?«

»Ich bringe Sie jetzt auf die Station zurück. Haben Sie Schmerzen?«

Das hatte die Schwester doch gerade schon gefragt. Wobei – diesmal war es eine andere Stimme. »Nein, mir geht's gut. Nur müde.«

»Okay, oben können Sie weiterschlafen. Wenn Ihr Besuch Sie lässt.«

Besuch? War Cassy da? Sie wollte doch in den Urlaub und wusste nicht mal Bescheid. Von wem auch?

Ein Gedankenblitz ließ den Nebel in ihrem Kopf schlagartig verschwinden. Megan riss die Augen auf.

Jay! Sollte wirklich *er* auf sie warten? Er hatte es versprochen, aber wer saß schon gern im Krankenhaus, obwohl man vorher erfolgreich für seine Entlassung gekämpft hatte? Sie hatte seine Diskussion mit der Ärztin mitbekommen. Das Bein war absolut nicht okay, dennoch hatte er nicht hierbleiben wollen. Für sie tat er es trotzdem? Eine warme Woge überrollte sie, doch der rasende Puls legte sich bald wieder. Warum sollte er das machen? Nein, er war es sicher nicht.

Nichtsdestotrotz richtete sie sich auf und wartete gespannt auf den Anblick, der sie in ihrem Zimmer erwarten würde.

Megan wurde über den Flur geschoben und fragte sich, hinter welcher der unzähligen Türen sie landen würde. Hoffentlich kein Mehrbettzimmer! Auf diese Unruhe hatte sie keinen Nerv. Schnarchende Leute waren ihr ein Graus, das hatte sie schon an Tucker gehasst.

Die Schwester hielt an und öffnete eine Tür. Zweibettzimmer. Na toll. Aber wo war ihr Besuch?

Megan wurde mit dem Kopf zuerst hereingeschoben, sodass sie nicht viel sehen konnte. Abgesehen vom Bett neben ihr, das unbesetzt war. Was für ein Glück.

Sie wurde um die Kurve bewegt, mit dem Kopfteil an die Wand. Und es wartete – niemand.

Die Schmetterlinge in ihrem Bauch verstummten, sie hatte sich zu früh gefreut. Und wieso? Wegen eines blöden Spruchs der Schwester, der sie mehr enttäuschte, als es sollte.

Ein Blick auf die Wanduhr zeigte ihr, warum. Inzwischen war es zehn Uhr am Abend, die Besuchszeit sicher schon lange vorbei. Vielleicht besuchte er sie ja morgen.

Die Schwester sah sich den Fuß noch mal an, kontrollierte ihre Vitalwerte und drückte ihr die Klingel in die Hand. »Wenn was ist, melden Sie sich. Bei Schmerzen bitte frühzeitig, bevor die Schmerzspitze da ist. Sonst dauert es umso länger, bis es wieder erträglicher wird.«

»Alles klar.«

»Gute Nacht.«

Mit einem enttäuschten Stöhnen ließ sich Megan zurücksinken und schloss die Augen. Wie gern hätte sie Jay an ihrer Seite gehabt! Wobei es sie erschreckte, wie stark dieser Wunsch in ihr schlummerte.

Was machte sie da? Sie steigerte sich in eine Sache rein, die nicht funktionieren durfte. Das war doch Blödsinn. Sicher kam das von der Narkose. Die benebelte ihre Sinne. So einfach war das. Sie sollte jetzt schlafen und morgen würde alles wieder normal sein. Die gleiche Katastrophe wie immer.

Mit einem frustrierten Schnauben warf sich Megan auf die Seite – und blieb mit dem gesunden Bein am Plastikschuh hängen, den man ihr um den gebrochenen Fuß geschnallt hatte. Autsch. Den Aufschrei konnte sie nicht ganz unterdrücken. Wozu auch? Wen interessierte denn, wie es ihr ging?

»Alles klar bei dir?«

Megan erstarrte und blickte sich um. Sie sah aber nichts. Blinzelnd schüttelte sie den Kopf, um ihre Gedanken zu entwirren. Jetzt hatte sie schon Halluzinationen. Vielleicht sollte sie klingeln und nach … Ja, wonach könnte sie fragen? Da gab es wohl nichts, was ihr helfen konnte.

Sie nahm eine Bewegung wahr. Jemand ging von hinten an ihrem Bett vorbei. Und kam ganz in ihr Blickfeld.

Jay trat näher zu ihr und hielt inne, deutete auf die Bettkante. »Darf ich?«

Sie starrte ihn an. Wo kam er her? Ihr Blick schoss in
die Richtung, aus der er gekommen war. Dort stand ein
Stuhl ganz in der Ecke hinter ihrem Kopfende – der einzige Ort in diesem Raum, den sie nicht im Blick gehabt
hatte. Träumte sie das wirklich nicht?

Tränen schossen ihr in die Augen, die sie eilig weg-
wischte. Jay war hier. Wie er es versprochen hatte. Der
gesamte Druck der letzten Stunden fiel von ihr ab. Wie
gerne würde sie sich in seinen Armen verlieren und alles raus heulen.

Womit sie ihn garantiert verjagen würde.

»Klar.« Endlich schaffte sie doch ein Lächeln.

»Hast du Schmerzen?«

Gott, diese Frage konnte sie nicht mehr hören – außer
von ihm. Sie schüttelte den Kopf. »Alles bestens.«

Jay hob eine Augenbraue. »Sicher? Klang gerade anders. Ich kann dir was holen.«

»Mir geht's gut. Ich Schussel bin an diesem Möchte-
gern-Gips hängengeblieben. Der Bruch tut nicht weh.
Und das andere Bein geht auch schon wieder. Wie
schön, dass du da bist!«

»Meine Versprechen halte ich, wenn man mich lässt.
In diesem Fall nicht, ich durfte nicht in den Aufwach-
raum. Sonst wäre ich wirklich da gewesen, als du aufgewacht bist.«

Da waren sie wieder, die tango-tanzenden Schmetterlinge. »Das ist echt süß von dir.«

»Manchmal kann ich das«, sagte er feixend und streichelte ihren Arm. »Freut mich, dass du es überstanden

hast. Deine Klamotten haben wir geholt, und dein Boss weiß auch Bescheid.«

Ihr gefror das Lächeln im Gesicht. »Was hat er gesagt?«

»Er hat sich gewundert, dass du nicht selbst angerufen hast. Hat aber eingesehen, dass es ohne Handy schwierig ist. Ich hab ihm auch erzählt, dass du die nächsten Tage bei meiner Schwester wohnen wirst. Denke, das geht klar.«

Mit jedem seiner Worte runzelte sie die Stirn ein Stück mehr. »Du nimmst mich auf den Arm. Das hat er niemals einfach hingenommen.«

»Doch, da kam nicht viel von ihm. Alles gut.«

Megan musterte ihn, erwiderte seinen ernsten Gesichtsausdruck. Scheinbar veräppelte Jay sie nicht. Was bedeuten würde, dass ... »O Gott, was hast du ihm gesagt?«

»Was ich dir erzählt habe. Nichts Besonderes.«

»Du hast keine Andeutungen gemacht, dass er mich schlecht behandelt oder so?«

Nein, das hast du nicht. Bitte nicht!

Sein Schulterzucken machte sie noch nervöser. »Nicht, dass *er* dich scheiße behandelt. Nur, dass du besser bist, als offenbar einige denken.«

»O verdammt.«

Jay ergriff ihre Hand, die sie ihm am liebsten entrissen hätte. Er hatte es sicher gut gemeint, allerdings das Gegenteil erreicht. Jetzt hatte sie vollständig verloren.

»Hey, mach dir keinen Kopf. Er wird dir nichts anhaben.«

»Ich wollte dabei sein, wenn das geklärt wird!«

»Ja, ich hab ihm vorgeschlagen, dich im OP anrufen zu lassen und den Anästhesisten um 'ne kurze Narkosepause zu bitten. Aber wir waren uns einig, dass wir dir die Schmerzen nicht zumuten wollten.«

Megan klappte der Unterkiefer herunter. »Das hast du nicht gesagt!«

»Doch, auf seine Frage hin, warum du nicht selbst bei ihm aufläufst und es klärst.«

Fassungslos presste sie die Hand auf ihren Mund. Starrte ihn aus großen Augen an. Und prustete los. Sie lachte sich all den Druck und Stress der letzten Tage von der Seele, bis ihr die Tränen über die Wangen liefen. »Du bist so bescheuert«, keuchte sie schließlich und atmete einige Male tief durch.

»Jap. Und er ist ein Arsch.«

Prompt wurde sie ernst. »Und da liegt das Problem. Denn er wird stinksauer auf dich sein und somit auch auf mich. Das wird er uns spüren lassen. Meine Kündigung ist mir sicher.«

Erneut ergriff Jay ihre Hand und sah ihr fest in die Augen. »Wenn das passiert, hat er dich nicht verdient. Hat er sowieso nicht, davon abgesehen. Aber dann freu dich über die Freiheit. Du wirst einen anderen Job finden. Einen, in dem der Boss dein Potenzial erkennt und dich entsprechend behandelt. So einen Arsch wie Barns hast du nicht nötig. Ehrlich.«

»Ich brauche aber das Geld.«

»Ja, verstehe ich. Du sollst auch nicht ganz aufhören zu arbeiten. Nur bei diesem Idioten, der dich nicht verdient hat.«

»Und wovon zahle ich meine Miete, bis ich was Neues hab? Das Essen? Und überhaupt?«

»Hey, er hat dich nicht gekickt. Das heißt, du kannst dich in Ruhe nach was Neuem umsehen. Und wenn er wirklich ernst machen sollte, was ich mir echt nicht vorstellen kann, dann ziehst du eben so lange zu uns. Das Haus ist groß genug für drei und wir haben von unseren Eltern ein bisschen was geerbt. Damit kriegen wir dich erst mal über die Runden.«

Megan richtete sich auf und warf ihm einen finsteren Blick zu. »Ich lass mich doch nicht von euch durchfüttern! So weit kommt das noch!«

Jay lehnte sich zurück und verschränkte die Arme. Mit einem breiten Grinsen nickte er ihr zu. »Ich wusste doch, dass du so tickst. Bist eben 'ne klasse Frau. Und jetzt hör auf, dir 'nen Kopf zu machen. Er wird dich nicht kicken. Versprochen.«

Das war nicht sein Ernst. »Du hast mich getestet?«

»Nein. Das Angebot meinte ich genau so und das steht auch weiterhin. Aber ich wusste, dass du ablehnen würdest.«

»Na dann.« Nachdenklich wickelte sie eine Haarsträhne um ihren Finger. »Nur was ist mit dir? Er wird auch dir das Leben zur Hölle machen. Wie schnell er sich was ausdenken kann, um das zu schaffen, hat er gerade erst gezeigt. Oder meinst du, er hat nichts mit der Major-Sache zu tun?«

»Doch. Hat er. Aber er würde sich ins eigene Fleisch schneiden, sollte er irgendwas in der Richtung versuchen. Dafür werde ich sorgen.«

»Wie willst du das denn machen?«

»Das lass mal meine Sorge sein.« Jay legte seine Hand wieder auf ihre. »Du musst jetzt erst mal fit werden, alles andere klären wir später. Sollte es was zu klären geben.«

Megan senkte den Blick. Aus irgendeinem Grund glaubte sie ihm. Obwohl sie arge Bedenken hatte, dass Jays Redegewandtheit – oder auch große Klappe – und seine dominante Art reichten. Wie er allerdings schon sagte: Darüber würde sie sich Gedanken machen, sollte es so weit kommen.

Sie sah auf und fest in seine Augen. »Danke, dass du so hinter mir stehst.«

»Ich stehe immer hinter den Unschuldigen.« Jay lächelte ihr zu und erhob sich. »So, jetzt muss ich gehen. Die Schwester wollte mich eben schon rausschmeißen. Ich musste ihr erst schöne Augen machen, bis sie mir den kurzen Besuch erlaubt hat.«

Der Stich in ihrem Herzen war derart schmerzhaft, dass sie sich am liebsten gekrümmt hätte. Er hatte mit der Schwester geflirtet. Gott, sie hasste diese Frau, obwohl sie gar nichts dafür konnte. Sie war grundlos und vollkommen unberechtigt eifersüchtig. Jay konnte tun und lassen, was er wollte. Sie war ... im Delirium. Von der Narkose und den Schmerzmitteln. Anders konnte sie sich ihr kindisches Verhalten nicht erklären.

Megan räusperte sich. »Ich freue mich sehr, dass du es durchgezogen hast. Danke.«

»Purer Egoismus. Jetzt weiß ich wenigstens, dass es dir gut geht. Schlaf schön, bis morgen.«

Jay zwinkerte ihr zu und verschwand, ließ sie fassungslos zurück. Nur wieso? Hatte sie einen Abschiedskuss erwartet?

Ja. Hatte sie. Diese Tatsache erschreckte sie nur wenig. Sie waren so vertraut miteinander, als wären sie schon seit Jahren zusammen. Und das nach den paar gemeinsamen Stunden.

Megan entfuhr ein tiefer Seufzer. Da schien sie ihren Mann fürs Leben gefunden zu haben und was war? Sie konnte ihn nicht haben. Weil er ein Krimineller war. Und sie seine Bewährungshelferin. So ein verdammter Mist!

Kapitel 20

Jay

Jay hatte ernsthaft überlegt, zu Fuß nach Hause zu gehen, doch das undurchdringliche, düstere Grau am Himmel hielt ihn davon ab. Mit einem unangenehmen Druck im Magen stieg er in das erstbeste Taxi, das soeben jemanden am Eingang abgeliefert hatte. Und wäre nach zwei Minuten gerne wieder ausgestiegen, denn dieser Fahrer war nicht nur dauerhaft am Reden, sondern vergaß offensichtlich, wo sich das Gaspedal befand. Die Wolken kamen immer näher, in der Ferne grollte bedrohlich der Donner, ein Sturm zog auf. Das würde nicht lange gutgehen. In dem Tempo hatten die Blitze sie noch vor dem Highway eingeholt.

Jay musste improvisieren. Mit zitternder Hand zückte er sein Handy und täuschte einen Anruf vor. Murmelte irgendwas in den Hörer, fluchte und überlegte sich dabei eine möglichst glaubhafte Story. Schließlich steckte er das Smartphone wieder ein und wandte sich an den Fahrer. »Sorry, Mann, könntest du Gas geben? Meine Schwester hat zu Hause Besuch von einem riesigen Achtbeiner, mindestens so groß wie ihre Panik davor. Wenn das Vieh hinter dem Schrank verschwindet, bevor ich es erwische, hat sich das mit dem Schlafen für diese Nacht erledigt.«

»Oh, Spinnenphobie! Schlimme Sache. Meine Frau leidet auch darunter, ich verstehe dich total.«

»Dann wäre es toll, wenn du schneller fahren könntest.«

»Ja, klar. Das kann ich ja nicht verantworten!« Er lachte auf, seine quiekende Stimme erinnerte Jay an ein abgestochenes Schwein. Wenigstens drückte er endlich das Pedal herunter. Nicht, ohne ihn weiter vollzulabern, was Jay nah an seine Grenzen brachte. Er riss erneut das Smartphone aus der Tasche und brüllte hinein: »Ich bin unterwegs, jetzt komm mal runter! Ich kann nicht schneller!«

Es zeigte Wirkung, der Fahrer legte einen weiteren Zahn zu. Die Wolken leider ebenfalls. In der Ferne erhellte der erste Blitz den Himmel, animierte sein Herz zu Höchstleistungen. Er krallte sich am Türgriff fest und starrte auf die Straße. Versuchte, einen Tunnelblick aufzusetzen. Die Bäume flogen an ihnen vorbei. Zu langsam. Sie begannen, auf ihn zu zukommen. Engten ihn ein. Drohten ihn zu zerquetschen. Jay schloss die Augen, hielt es jedoch nicht lange durch.

Atmen. Nur noch ein paar Minuten. Durchhalten. Neben dieser Labertasche kriegst du keine Attacke!

Davon würde innerhalb kürzester Zeit ganz Lawrence gehört haben. Niemals durfte das passieren.

Sie erreichten den Highway. Ein paar wenige Meilen, dann hatte er es geschafft. Nur ...

Das Grollen drohte seine Trommelfelle zu sprengen. Von jetzt an würden auch die Blitze taghell werden. Es war zu spät.

Erneut kniff Jay die Augen zu. Er beugte sich vor und tat so, als würde er im Fußraum etwas suchen, wobei er sich über sich selbst wunderte. Rationales Denken in diesem Zustand hatte er noch nie geschafft. Sollte er seine Attacken doch irgendwann in den Griff bekommen?

Es beruhigte ihn, dass er noch funktionierte. Dass er sogar in diesem Zustand Vertrauen in die Nervensäge von Fahrer setzen konnte. Sich nicht gezwungen fühlte, für ihn auf den Verkehr zu achten, und es obendrein schaffte, die Augen geschlossen zu halten.

Nicht, dass er eine Wahl hätte. Die nächste Frage war, wie lange das gut ging. Ein bisschen musste er noch durchhalten, dann hatte er es überstanden. Das schaffte er!

»Was verloren?«

Jay zuckte zusammen. Was sollte er denn jetzt sagen? Verloren. Gute Vorlage. Er suchte etwas. Nur ... Ja, das war gut. »Mir ist Geld runtergefallen.«

»Hey, das suchen wir gleich, wenn wir da sind. Ich helfe dann mit.«

»Nein, ich muss direkt rein. Du weißt schon, meine Schwester und die Spinne. Ich finde den Schein schon.« Sobald das Taxi in der Auffahrt parkte. Nicht eher.

Jay hörte den Blinker. Der Fahrer verlangsamte das Tempo, hielt fast an. Und trug das Auto regelrecht um die Kurve.

Jay wusste nicht, ob er seinen Aggressionen über das Gekrieche freien Lauf lassen oder lieber dankbar sein sollte, dass er gleich zu Hause war. Nur noch ein kleines Stück und die Auffahrt hoch.

Der nächste Donner ließ ihn zusammenzucken.

Reiß dich zusammen, Weichei!

Endlich hielt der Fahrer an. Zeit, den Schein zu zeigen, den Jay seit Fahrtbeginn in seiner schwitzigen Hand gehalten hatte. Ein Wunder, dass er den noch nicht auswringen konnte. Er drückte ihn den Fahrer in die Pranke und sprang mit einem gehetzten »Danke« aus dem Auto.

»Dein Wechselgeld!«

Jay hob während des Rennens abwinkend den Arm und stürmte ins rettende Haus. Gott, er hasste diese Sommermonate in Kansas. Aber er hatte auch dieses Gewitter überstanden. Hier war er sicher. Alles gut.

»Du bist jetzt nicht ernsthaft mit deinem Bein gerannt, oder?«

Sally. Was für eine Begrüßung.

»Lass mich einfach in Ruhe.« Mit diesen Worten kämpfte er sich die Treppe hoch. Gesprächsbedarf hatte er aktuell absolut keinen, konnte sich jedoch selbst nicht erklären, warum. Denn gerade in diesen Situationen brauchte er die Ablenkung durch Sally. Auch zu Hause, wo das Gewitter ausgesperrt war.

Nicht heute. Er wollte nicht reden, nicht denken. Schon gar nicht zuhören.

»Jay, alles okay?« Sally lief ihm hinterher und schob sich nun, als sie oben angekommen waren, vor ihn.

»Ging mir nie besser.« Er drängte sich an ihr vorbei, aber sie erwischt ihn am Ärmel.

»Hey, sieh mich an. Da stimmt doch was nicht. Was ist passiert? Geht es Megan gut?«

»Ja, sie hat alles gut überstanden. Es ist nichts. Ich brauche einfach Ruhe.«

»Tut dir was weh?«

Er schloss die Augen und mahlte mit den Kiefern. Dann rieb er sich das Gesicht und wandte sich zu ihr um. »Sally, es geht mir gut. Ich möchte allein sein. Versteh das bitte.«

Unbeeindruckt verschränkte sie die Arme vor der Brust. »Ich verstehe deine Worte sehr gut. Nur bist das nicht du! Draußen ist die Hölle los, das Unwetter hat dich noch vor der Haustür erwischt. Hattest du unterwegs eine Attacke? Wie bist du überhaupt hergekommen?«

»Sally, bitte! Ich bin Taxi gefahren. Nein, ich hatte keine Attacke. Und jetzt lass mich *bitte* in Ruhe!«

»Ich darf mich also nicht um dich sorgen?«

»Daran werde ich dich wohl nicht hindern können. Aber es gibt gerade keinen Grund. Ich gehe jetzt in mein Zimmer, und zwar *allein*.«

Ohne eine Antwort abzuwarten, fuhr er herum und ließ sie stehen. Es tat ihm leid, sie derart abzuservieren. Anders verstand sie es heute aber scheinbar nicht. Er betrat sein Zimmer und wurde von einem Blitz begrüßt, weil die Vorhänge nicht zugezogen waren. Jeder Muskel verkrampfte sich. Das altbekannte Video lief vor seinem inneren Auge ab. Von jetzt auf gleich wurde er in die Vergangenheit katapultiert. Aus der Realität herausgerissen. Das Beben seines Körpers nahm er nur am Rande wahr. Den zunehmenden Schwindel, bedingt durch seine hektische Atmung, noch weniger. Stattdessen roch er Schießpulver und Blut, hörte Schreie. Schüsse, die nicht da sein durften, ließen sein Trommelfell vibrieren.

Er kämpfte dagegen an. Wollte das nicht länger. Ertrug die Bilder nicht mehr. Immer wieder und wieder musste er dem Kind beim Sterben zusehen. Weil er versagt hatte. Und dann kam da diese andere Erinnerung hinzu, die ihn gänzlich fertig machte. Seine Knie gaben unter ihm nach, er rollte sich zusammen, presste die Fäuste an den Kopf. Auf die Augen. Hämmerte sich gegen die Stirn. Diese Scheiße musste da raus!

Er bemerkte die Hand auf seiner Schulter. Lag die da schon länger? Egal. Er wollte sie nicht. Wollte gar nichts hiervon, ertrug es nicht mehr. Schwungvoll schlug er in Richtung des Arms neben sich, seine Faust traf auf einen Körper. Ein Aufschrei drang wie aus weiter Ferne in seine Ohren, wurde aber von denen in seinem Schädel übertönt. Um die musste er sich zuerst kümmern. Sie zusammen mit den Bildern aus dem Kopf prügeln. Im wahrsten Sinne.

»Stopp, Jay«

Er hielt inne. Die Panik in der Stimme holte ihn ein stückweit in die Realität zurück. Es war Sally, die Angst hatte. Um ihn. Warum ließ sie ihn nicht einfach in Frieden? Alle sollten ihn in Ruhe lassen. Sonst würde er nur noch mehr Menschen verletzen.

Verletzen. O Gott. Er hatte Sally geschlagen. Erschrocken fuhr er hoch, plötzlich wieder im Hier und Jetzt. Sie weinte. Vor Schmerzen? Wegen ihm? Fuck, was hatte er getan?

Am ganzen Körper zitternd kämpfte er sich hoch, ging zu ihr, musterte sie. Sie presste die Hände vor den Mund. Hatte er sie dort getroffen? Bitte nicht!

Vorsichtig schob er ihre Finger weg. Kein Blut. Gott sei Dank. Er zog sie an sich, sie erwiderte es jedoch nicht. Nahm es schluchzend hin und ließ die Arme schlaff neben dem Körper herunterhängen. Jay schloss die Augen. Das hätte niemals passieren dürfen.

Er trat einen Schritt zurück und rieb sich das schweißnasse Gesicht. »Kleine, es tut mir leid. Ich wollte dich weder schlagen noch sonst wie verletzen. Keine Ahnung, was in mich gefahren ist. Ich wollte einfach nur allein sein. Und dann kam der fucking Blitz.«

Sie ging schniefend durch sein Zimmer. »Der kann hier immer noch reinkommen.« Mit diesen Worten riss sie die Vorhänge zu, als würde sie einem Verfolger die Tür vor der Nase zuschlagen. Und blieb stehen, von ihm abgewandt. Ihre Schultern bebten.

Alles in ihm quetschte sich zusammen. Er war so ein unfähiges Arschloch. Trotzdem verstand er nicht, warum sie so fertig war. Es konnte doch nicht zu viel verlangt sein, wenn er allein sein wollte, oder?

Er ging zu ihr und umarmte sie von hinten. »Hab ich dir weh getan?«

Sie schüttelte den Kopf und senkte ihn. »Nein. Nicht körperlich.« Tief durchatmend drehte sie sich zu ihm. Ihre Augen waren gerötet, das Gesicht fleckig. Eine Träne lief an ihrer Wange herunter.

Jay strich sie sanft weg. »Was ist es dann?«

»Es ist ... ungewohnt. Dass du gerade in dieser Situation allein sein willst, gab es noch nie. Und auch sonst lehnst du meine Hilfe immer mehr ab.«

»Augenblick.« Er runzelte die Stirn. »Wie meinst du das? Ich hab dich heute mehrfach quer durch die Stadt gejagt.«

»Ja, für Megan. Was ja auch okay ist. Aber ich durfte dich nicht aus dem Krankenhaus abholen, und das zwei Mal. Dann ist hier ein fettes Gewitter, ich sehe zu, dass ich für dich da sein kann, sage sogar ein Treffen mit Lissy ab, und du lässt mich stehen.«

Mit erhobenen Händen trat er einen Schritt zurück. »Das habe ich nie von dir verlangt. Werde ich auch niemals.«

»Das weiß ich. Trotzdem ... du brauchst mich doch!«

Seufzend nahm er ihre Hand und zog sie mit sich auf die Bettkante. »Ja, tu ich. Als meine Schwester, nicht als Mom. Du musst nicht mehr wie früher auf mich aufpassen. Sally, ich bin nicht mehr dein kleiner Bruder, der eine Scheiße nach der nächsten baut, sondern erwachsen. Ja, ich habe diese verfluchten Panikattacken. Ja, ich bin dir ehrlich dankbar, wenn du dann da bist und mich auffängst. Aber ich muss lernen, wieder allein klarzukommen. Ohne jemanden, der mich aus der Attacke holt.«

»Falsch. Du möchtest nicht länger von *mir* da rausgeholt werden. Sondern von Megan.«

Er wandte sich ab, strich sich gedankenverloren über das Bein. »Ich hab mich gefreut, dass sie es auch geschafft hat, ja. Aber ich will den Scheiß gar nicht mehr. Ich will leben, und zwar bei jedem Wetter. Ich will bei Gewitter nicht länger ans Haus gefesselt sein und schon gar nicht an dich. Denn auch du hast ein eigenes Leben. Eins mit Freunden. Weißt du, wie es sich anfühlt, wenn du meinetwegen einen Abend mit Lissy absagst? Ich will das nicht mehr. Weil es falsch ist.«

»Weil es falsch ist? Bei dem, was du erlebt hast, ist das völlig normal! Niemand hält so was aus! Schon gar nicht zwei Mal.«

Jay erstarrte, das Blut sackte aus seinem Gesicht. »Ich habe das nicht zwei Mal erlebt.« Seine Stimme war schärfer als gewollt, was Sally jedoch nicht interessierte.

»Vielleicht nicht die exakt gleiche Situation. Allerdings sind es zwei Traumata, die sich sehr ähneln. Vor allem warst du beim ersten gerade mal ...«

»*Es reicht!*« Er war aufgesprungen und fuhr sich mit der bebenden Hand über die Haarstoppel. Atmete tief durch und bemühte sich um eine ruhigere Stimme. »Du gehst jetzt besser.«

»Sorry«, murmelte sie und ließ ihn, ohne zu zögern, allein. Diesmal hatte sie es zu weit getrieben. An der Büchse der Pandora tief in ihm drin gekratzt. Niemals durfte die geöffnet werden. Das wäre sein Ende.

Kapitel 21

Megan

»Der Fuß sieht sehr gut aus, damit kann ich Sie entlassen.«

Megan erwiderte das Lächeln des Arztes nur kurz, denn nun hatte sie ein Problem. Sie hatte weder ein Handy noch Jays Nummer hier.

»Ich … ähm … komme nicht nach Hause.«

»Inwiefern?«

»Na ja, mein Smartphone ist nicht hier und darin sind alle Nummern gespeichert. Unter anderem die von meinem Asyl.«

»Asyl?«

Verlegen lachte sie auf. »Ja, die Schwester meines … äh, eines Freundes nimmt mich bei sich auf. Nur habe ich von beiden keine Nummer im Kopf.«

»Okay, die werden sich sicher heute hier melden, oder?«

»Vermutlich. Ich hab nur keine Ahnung, wann das sein wird.«

»Verstehe. Dann werde ich mal schauen, ob einer der beiden eine Nummer hinterlassen hat, damit wir sie für den Notfall erreichen können.«

»Danke.« Das würde ihr Problem lösen, allerdings ging Megan nicht davon aus. Warum sollten Jay und Sally das machen? Sie waren ja nicht mit ihr verwandt.

Kaum war der Doc verschwunden, klopfte es und Jay humpelte herein. »Hab gehört, die wollen dich hier loswerden?«

Megans Gesichtszüge entgleisten. Konnte er Gedanken lesen? »Wieso bist du hier?«

»Das ist ja eine nette Begrüßung.«

»Was? Nein! Ich freue mich! Hab mir nur gerade noch einen Kopf gemacht, wie ich euch erreichen kann.«

»Intuition.« Er zuckte grinsend die Schultern und schnappte sich ihre Tasche. »Was muss alles mit?«

»Das sag ich dir, sobald ich mich umgezogen habe.«

Jay salutierte feixend und verließ das Zimmer. Und hinterließ ein kaltes Loch in ihrem Bauch.

Was für ein Quatsch, er wartete doch auf sie. Insgeheim hätte sich Megan jedoch gewünscht, dass er bei ihr geblieben wäre. Wieso auch immer.

Sie war gerade fertig, als er vorsichtig durch die Tür lugte. »Darf ich?«

»Natürlich! Du hättest nicht rausgehen müssen.« Warum zum Teufel sagte sie das?

Jay reagierte nicht auf den Spruch, während er ihre Sachen in den Rucksack stopfte. Überhaupt wirkte er müde und erschöpft. Er war blass, was die dunklen Ringe unter den Augen noch hervorhob.

»Alles klar mit dir?«

»Klar.« Er sah sie nicht an, was seine Worte Lügen strafte. Wenn er aber nicht drüber reden wollte, musste sie das akzeptieren.

»Können wir?« Er schulterte ihre Tasche.

»Ja.«

Megan sah sich um, ob er alles gefunden hatte, und folgte ihm aus dem Zimmer. Mit den Gehstützen zu laufen war eine ziemliche Herausforderung, aber daran würde sie sich schon gewöhnen. Irgendwann. Hoffentlich würde es lange dauern, denn die Aussicht, bei Jay zu wohnen, war einfach zu herrlich. So großartig, dass sie ihre Kräfte nicht im Griff hatte. Megan zog die Tür mit einem lauten Knall hinter sich ins Schloss. Jay zuckte zusammen, duckte sich und fuhr herum, die Arme kampfbereit in Position gebracht. Binnen einer Sekunde stand er wieder gerade, als wäre nichts gewesen. Lediglich sein bleiches Gesicht verriet den Schreck, den sie ihm bereitet hatte. Eilig wandte er sich ab und hinkte weiter in Richtung Schwesternzimmer.

Megan starrte ihm hinterher. Ihre Gedanken rotierten. Was zur Hölle war da gerade passiert? Hatte sie sich seine Reaktion eingebildet? Nein. Obwohl es in Sekundenschnelle vorbei gewesen war, hatte sie sich nicht getäuscht. Er hatte sich fürchterlich vom Türenknallen erschrocken. Nur warum?

Plötzlich wurde ihr alles klar. Seine Unruhe, die er schon bei der Ankunft ausgestrahlt hatte, kam vom Gewitter letzte Nacht. Das er nur hatte erleben müssen, weil er auf sie gewartet hatte. O Gott. Nur ihretwegen hatte er eine erneute Panikattacke erlitten. Garantiert war es so gewesen. Sonst wäre er doch heute nicht so schreckhaft, oder?

»Kommst du?« Jay hatte sich zu ihr umgedreht und wartete, seine Miene zeigte keine Emotion. Er hatte sich wieder im Griff und schämte sich sicher für seinen kurzen Ausbruch. Armer Kerl.

»Ja.« Megan lief zu ihm, während eine Schwester ihm ihre Papiere in die Hand drückte.

»Alles Gute, Miss Sterling!«

»Vielen Dank für alles.«

Jay nickte der Pflegerin zu und führte Megan zum Fahrstuhl.

Als niemand in ihrer Nähe war, musterte sie ihn. »Geht's dir wirklich gut?«

»Klar. Sally wartet im Auto auf uns. Sie hat noch 'ne Überraschung für dich.«

»Eine Überraschung?« Megan war dankbar für den Themenwechsel, denn wenn sie eins hasste, dann sich zu sorgen und nicht zu wissen, warum. Da Jay ihr offensichtlich nichts erzählen wollte, hatte sie hier exakt diese Situation. Schrecklich.

Am Auto angekommen öffnete Jay die Tür und half ihr beim Einsteigen, ehe er die Tasche und Gehstützen im Kofferraum verstaute.

Megan fiel jetzt erst auf, wie ähnlich Sally ihrem Bruder sah. Ihre Augen waren nicht so dunkel wie die von Jay, außerdem trug sie eine freche Kurzhaarfrisur. Ansonsten glichen sie sich wie Zwillinge. Nun hielt sie ihr lächelnd die Hand hin. »Hi. Freut mich, dass du frischen Wind in unsere gute Stube bringst.«

Megan lächelte. »Ich bin wirklich dankbar, dass ich ein paar Tage bei euch wohnen darf.«

»Kein Problem. Wir haben ein großes Haus, da fällt einer mehr oder weniger gar nicht auf. Ich muss nur Montag wieder arbeiten, aber ich denke, Jay hast du im Griff.«

Sie zwinkerte und entlockte Megan ein Grinsen. »Wir werden schon klarkommen.«

»Klar werden wir das.« Jay war hinten eingestiegen und knuffte seiner Schwester gegen die Schulter. »Mach mich nicht immer schlechter, als ich bin.«

»Tu ich nicht, du bist so. Schlägst sogar Frauen.«

Dafür kassierte sie den nächsten sanften Hieb, den sie lachend hinnahm.

Eine Spur von Neid durchfuhr Megan. Nicht, dass sie den beiden ihre offensichtliche Freundschaft nicht gönnte. Allerdings war sie oft allein, hatte nur Cassy, die in ihrer Nähe wohnte. Die hatte häufig keine Zeit. Wie schön es wäre, mit jemandem zusammenzuleben, mit dem sie sich so gut verstand, wie die zwei es taten.

Eine knappe halbe Stunde später erreichten sie das Haus. Es war groß, weiß verputzt mit teils bodentiefen Fenstern und einem ausladenden, überdachten Balkon, der die komplette Frontseite einnahm. Darunter wirkte die schlichte Haustür aus dunklem Holz winzig. Die Eltern der beiden mussten reich gewesen sein. Wenn ihre Erzeugerin mal starb, würde sie vermutlich gar nicht im Testament auftauchen. Falls sie überhaupt noch wusste, dass sie eine Tochter hatte. Es interessierte Megan nicht, sie hatte damit abgeschlossen.

Beim Aussteigen hielt ihr Jay die Gehstützen hin, die sie dankbar annahm. Dann mal auf ins kurzfristig neue Zuhause.

Sally zog sich in die Küche zurück, um Kaffee zu kochen. Währenddessen begleitete Megan Jay durch das große Wohnzimmer, vorbei an der offenen Holztreppe, die nach oben führte.

»Wir haben einen Raum hier unten auserkoren. Da hast du deine Ruhe vor uns und musst keine Treppen steigen.«

Das klang logisch, und doch lösten seine Worte einen dumpfen Druck im Bauch aus.

Was hatte sie erwartet? Dass sie in seinem Zimmer oder besser noch in seinem Bett übernachtete? Wohl kaum. Das machte schon alles Sinn, obwohl es ihr anders lieber gewesen wäre.

Megan sah sich im Wohnzimmer um. Zwei Dreisitzer und zwei Sessel standen um einen gewaltigen Glastisch herum. Die vertäfelten Wände verströmten einen Holzduft, der Megan an einen Wald erinnerte. Wenn sie aus der Glasfront auf der schmalen Raumseite sah, blickte sie direkt auf einige Bäume, deren Anblick perfekt hier hereinpasste. In einer Ecke stand ein Kamin, auf der anderen Seite hing ein ausladender Fernseher. Und dann waren da diese Fotos an der Wand dahinter. Sie schien förmlich damit tapeziert zu sein. Große, kleine, schwarz-weiß und in Farbe. Die musste sie sich unbedingt noch mal in Ruhe ansehen. Jetzt folgte sie erst mal Jay weiter.

Er hatte inzwischen die Holztür neben der Terrasse geöffnet und stellte ihre Tasche vor den Spiegelschrank, der die ganze Wand einnahm. »Da hätten wir dein Gemach. Ich hoffe, hier ist alles, was du brauchst. Solltest du ungesehen flüchten wollen, musst du nur durch diese Glastür, da geht's in den Garten. Rechtsrum bist du ruckzuck auf der Auffahrt. Durch die Tür neben dem Bett geht's in ein kleines Bad mit Klo und Dusche. Das hast du für dich allein. Also, wenn du uns nicht sehen willst, musst du das Zimmer auch nicht verlassen. Höchstens, um Essensvorräte aufzufüllen, 'ne Küche ist hier nicht. Aber ich denke, das ist okay, oder?«

Megan schüttelte fasziniert den Kopf, ihre Stimme war kaum mehr als ein Hauchen. »Das ist der Wahnsinn.«

»Ja, ist ganz cool, dieses Haus. Dann breite dich mal aus, mach's dir bequem. Wenn dir danach ist, kannst du gerne Kaffee trinken kommen. Die Küche ist direkt neben der Haustür. Solltest du Hilfe brauchen, sag Bescheid. Falls wir oben sein sollten, schrei einfach.«

Sie lachte auf. »Alles klar. Ich werde brüllen, was das Zeug hält.«

»Perfekt.« Auch Jay grinste und ließ sie dann mit einem Zwinkern allein.

Megan sah sich um. Das Zimmer war riesig, ungefähr so groß wie ihr Wohnzimmer und die Küche zusammen. Das breite Bett war mit lavendelduftender, hellblauer Wäsche bezogen. Daraus würde sie sicher nie wieder aufstehen wollen.

Sie warf einen Blick ins Bad und fühlte sich wie erschlagen. Anthrazitfarbener Marmor, diskret verzierte Armaturen, passende graue Handtücher. Ein Fenster ließ Tageslicht herein, war aber mit blickdichter Folie beklebt. Die Regendusche befand sich in einer Art gefliestem Schlauch, der Vorhang war reine Zierde. Dennoch gab es einem sicher das Gefühl, unbeobachtet zu sein. Was für ein Traum!

Nachdem sie ihre paar Klamotten in den Schrank geräumt hatte, die sie bei der Größe kaum wiederfand, schleppte sie sich in Richtung der Küche. Die Gehstützen klackten unangenehm laut auf dem Parkettboden, was Jay und Sally jedoch nicht wahrzunehmen schienen. Es wirkte, als würden sie sich angeregt unterhalten.

»Du musst darüber reden!«, rief Sally in dem Moment.

Jays Stimme war gepresst, er schien stinksauer zu sein. »Ich muss gar nichts. Und jetzt lass mich endlich mit der Scheiße in Ruhe. Ernsthaft, es ist mein Problem!«

»Nicht, wenn …«

»*Klappe*, verdammt noch mal!«

Whow! Da ging es richtig zur Sache. Wer hätte das gedacht, nach der liebevollen Stimmung eben im Auto. Vermutlich sollte Megan erst mal duschen, ehe sie um ihren Kaffee bat.

Wobei – jetzt schwiegen beide. Vielleicht war es ja nicht schlecht, wenn sie die zwei aus ihrem Zoff holte. Unsicher trat sie näher und klopfte.

»Komm rein.« Jays Stimme klang wieder völlig normal. Schauspielern konnte er. »Kaffee?«

»Gern.«

»Setz dich. Zucker, Milch?«

Megan ließ sich auf den Lederstuhl neben Jays sinken und schüttelte den Kopf. »Schwarz. Danke.«

»Vernünftig.«

»Ha ha.« Sally schmunzelte und zwinkerte Megan zu. »Ich nehme Milch und Zucker im Kaffee, damit kommt er nicht klar.«

»Du trinkst Zucker mit Milchschaum und einem Schuss Kaffee. Das ist doch etwas krass.«

»Drei Stückchen Zucker, also bitte. Da kenne ich Schlimmere. Außerdem ist er mir sonst zu bitter.«

Nun grinste auch er. »Tja, vielleicht macht dich der Kaffee ja irgendwann mal süß.«

Sally sog scharf die Luft ein. »Sei froh, dass du invalide bist und nicht in meiner Nähe stehst.«

Jay lachte auf und wandte sich an Megan. »Die ist ein echtes Biest. Was die mir schon an blauen Flecken verpasst hat ...«

Sally schüttelte grinsend den Kopf und zwinkerte ihr zu. »Der kann das ab. Sobald er frech wird, hau einfach auf den Oberarmmuskel. Dann wird er lammfromm.« Sie hielt inne. »Ach, ich hab ja noch was für dich.« Damit stand Sally auf und verschwand im Flur.

Nachdenklich sah Megan ihr hinterher, bis Jay ihr eine Tasse mit dampfendem Kaffee hinstellte. Der Duft half ihr gegen die Überforderung, die sich in ihr ausgebreitet hatte. Zwar fand sie das jetzige Miteinander der beiden toll, allerdings war es offensichtlich gespielt. Ihretwegen, oder? Wie auch immer, als Außenstehende dazwischen zu sitzen, war ihr unangenehm.

Sally kam zurück und hielt ihr einen Kasten hin. »Hier, das hatte ich noch im Schrank. Schenke ich dir.«

Megan erstarrte. Sie wollte ihr allen Ernstes ein Smartphone abtreten? »Das kann ich nicht annehmen!«

»Doch, kannst du. Ich hatte mir eins gekauft, was allerdings nicht richtig funktionierte. Nachdem ich es reklamiert hatte, wurde mir ein Neues zugeschickt. Nur da ich inzwischen alle Daten auf dem anderen Gerät gespeichert hatte, was Jay und mich Stunden gekostet hat, habe ich es doch noch hier vor Ort reparieren lassen. Es war nur eine Kleinigkeit, aber anscheinend kosten die Dinger in der Herstellung nichts mehr. Jedenfalls habe ich das Neue für den Notfall zur Seite gelegt. Und wenn deine Situation kein Notfall ist, weiß ich es auch nicht. Also nimm es einfach und freu dich drüber. Eine Prepaid Karte habe ich dir gestern auch besorgt, falls du die haben möchtest. Dann musst du nur deine Nummer überall ändern.«

Fassungslos starrte Megan auf das Paket in ihrer Hand. »Ich weiß nicht, was ich sagen soll.«

»Dass du dich freust? Damit würdest du mich glücklich machen.«

Sie sah hoch, ihre Wangen glühten. »Gott, und ob ich das tue! Ohne Handy ist man heutzutage so was von aufgeschmissen. Ich danke dir! Von Herzen, ganz ehrlich!«

Lächelnd lehnte sich Sally zurück. »Dann ist doch alles super. Beim Einrichten kann ich dir leider nicht helfen, da habe ich keine Ahnung von.«

»Das übernehme ich.« Jay nippte an seinem Kaffee. »Können wir gleich in Angriff nehmen, wenn du willst.«

»Ja, sehr gern. Jetzt muss ich nur noch an all die alten Nummern kommen.«

»Vielleicht lässt sich was bei den Cops regeln. Die können dir ja nicht das Ding wegnehmen und dich dann dermaßen hängen lassen.«

Megan zuckte die Schultern. Zutrauen würde sie es denen, einen Versuch war es jedoch auf jeden Fall wert.

»Wir können gleich hinfahren, wenn ihr wollt.« Sally sah von einem zum anderen. »Vielleicht kannst du deine alte Nummer behalten. Das würde vieles vereinfachen.«

»Schon, aber dann hättest du die Rennerei ganz umsonst gehabt.«

»Mach dir darüber mal keine Gedanken. Wer weiß, wofür ich die sonst noch nutzen kann. Also fahren wir nach dem Kaffee los?«

»Sehr gerne!«

Kapitel 22

Jay

Jay hoffte inständig, dass Sally die Klappe hielt, was seine Attacken anging. Wirklich daran glauben konnte er allerdings nicht. Sie machte sich Sorgen und mit Megan gab es nun eine weitere Person, der er vertraute. Zumindest insofern, dass ihm ihre Anwesenheit in der Scheune durch die Panik geholfen hatte.

Er konnte nachvollziehen, dass Sally seine Vertrautheit zu Megan mit gemischten Gefühlen aufnahm. Die ganze Zeit über war sie die Einzige gewesen, die er an sich herangelassen hatte. Ein enormer Druck für sie, aber genauso ein Zeichen von großem Vertrauen. Und da sie ohnehin nichts lieber machte, als anderen zu helfen, kam das goldrichtig.

Sally würde Megan trotz ihrer Konkurrenzgedanken, die sie garantiert hatte, ebenso als Unterstützung ansehen. Und weiterhin verlangen, dass er sie aufklärte. Über alles. Damit er die Scheiße endlich verarbeitete, wie sie sagte. Das konnte sie allerdings vergessen. Auch auf die Gefahr hin, es sich mit Megan zu versauen, was er keinesfalls wollte. Ehe er aber reden musste, konnte er damit besser leben.

Ihm war klar, dass Sally ihm damit nur helfen wollte. Aber er schaffte es nicht mal, darüber nachzudenken.

»Jay?« Er zuckte zusammen, als seine Schwester ihn ansprach. »Wo treibst du dich denn rum?«

»Hier. Siehst du mich nicht? So klein bin ich nicht.«

»Ja, körperlich sitzt du auf deinem Hintern. Aber davon, dass wir fahren wollen, hast du nichts mitbekommen, oder?«

»Klar. Mein Kaffee ist noch nicht leer.«

»Der ist eiskalt. Und du hasst kalten Kaffee.«

Super. Musste sie eigentlich immer recht haben? Aus Prinzip würgte er den letzten Schluck herunter und stand auf. »Können wir dann?«

Auf den nächsten blöden Spruch wartete er vergebens, die Frauen unterhielten sich schon wieder. Perfekt, so hatte er wenigstens seine Ruhe.

»Soll ich überhaupt mitkommen?«, erkundigte er sich bei Megan, als er endlich dazwischenkam.

»Ich würde mich echt drüber freuen. Hab ein bisschen Respekt vor der Frau, die mich befragt hat.«

»Okay.«

Sie schenkte ihm ein dankbares Lächeln. Nicht nur das ließ sein Herz höherschlagen, denn auf eine Diskussion mit den Cops hatte er große Lust. Und falls er Megan damit helfen konnte, war das umso besser.

***

Sally wartete im Auto, während die beiden in Richtung Eingang des Reviers humpelten. Was sie wohl für ein lächerliches Bild abgaben, wie sie nebeneinander her hinkten.

Plötzlich blieb Megan stocksteif stehen und fluchte leise.

»Was ist?«

Sie deutete zum Eingang, wo ein Mann stand und sich suchend umsah. »David Major. Der Grund für den ganzen Ärger.«

Jays Herz machte einen Satz. Wunderbar! Mit dem wollte er sich sowieso noch unterhalten. »Na, dann lass uns mal Hallo sagen. Wir wollen ja nicht unhöflich sein.«

»Aber ...«

Statt weiter zuzuhören, beschleunigte er seinen Schritt und ließ Megan zurück. Sie sollte nicht auch noch unter seiner unterschwelligen Aggression leiden.

»Hi David!«

Major fuhr herum, starrte ihn mit gerunzelter Stirn an. »Wer will das wissen?«

»Das war keine Frage, sondern eine Feststellung. Wie geht's dir so? Ich meine, wie fühlt es sich an, unschuldige Frauen zu verarschen und deren Job zu gefährden?«

Davids Blick schoss an ihm vorbei zu Megan. Mit dem Erfolg, dass er die Augen aufriss und davonlief. So war das nicht geplant gewesen.

Jay sah ihm irritiert nach und seufzte. Wie gerne würde er hinterherrennen, doch das war ihm sein Bein nicht wert. »Lass uns reingehen. Wenn er hier war, gibt es vielleicht was zu klären.«

Er sah ihr die Unsicherheit deutlich an. Dennoch nickte sie und folgte ihm hinein.

Drinnen wurden sie von lautem Stimmengewirr empfangen, es herrschte reges Treiben.

Jay wandte sich zu ihr um. »Wie heißen die Cops, die dich befragt haben?«

Megan nannte ihm die Namen – mit einer derart gepressten Stimme, dass er sie am liebsten getröstet hätte. In seinen Armen. Was absolut nicht ging.

»Dann fragen wir mal.« Jay ging zum Empfang, an dem ein älterer, rundlicher Polizist mit zusammengezogenen Brauen auf einer Tastatur herumtippte. »Entschuldigen Sie, wir suchen Detective Rose oder Officer Parker.«

Er sah hoch, blickte durch die geöffnete Glastür des Großraumbüros dahinter und deutete schließlich in Richtung der Fensterreihe. »Dahinten in der Ecke sitzt Parker. Rose ist unterwegs, soweit ich weiß.«

»Gott sei Dank«, murmelte Megan hinter ihm.

»Danke.« Jay nickte ihr zu, was sie mit einem gequälten Lächeln quittierte. Wie gerne würde er ihr das Gespräch abnehmen. Aber egal, wie er es drehte und wendete, sie kam nicht drumherum.

Er führte sie durch das Großraumbüro nach hinten. Dort hielt er inne und warf ihr einen fragenden Blick zu. Sie nickte in Richtung des jungen Mannes am Ende des Raumes, der konzentriert seinen Bildschirm anstarrte. Jay ging zu ihm und räusperte sich.

Der Officer sah auf. »Was kann ich für Sie tun?«

Megan schob sich neben ihn. »Guten Tag, ich bin Megan Sterling. Gestern war ich hier und ...«

Sein Gesicht hellte sich auf. »Ich erinnere mich. Wie kann ich helfen?«

»Besteht die Möglichkeit, dass ich mein Handy zurückbekomme? Oder wenigstens die Karte?«

»Sekunde.« Parker hackte auf seiner Tastatur herum, fluchte und tippte weiter.

»Technik, die begeistert?« Jay grinste.

»Immer der gleiche Mist.« Der Cop hob eine Augenbraue und lehnte sich schließlich zurück. »Da haben wir es ja. Die Textnachrichten wurden wiederhergestellt und Ihre Unschuld damit bewiesen. Ihr Proband, der ihnen die Nachrichten zukommen lassen hat, war gerade hier und hat seine Aussage gemacht. Er hat die Anzeige gegen Sie zurückgezogen, aber die war ohnehin schon mit der Wiederherstellung der Nachrichten fallen gelassen worden. Sie haben alles richtig gemacht, Miss Sterling. Hat man Sie noch nicht informiert?«

Megan riss die Augen auf und warf Jay einen derart erleichterten Blick zu, dass er sie erneut am liebsten in seine Arme gezogen hätte. Dann schien ihr bewusst zu werden, warum sie eigentlich hier waren. Sie räusperte sich und fand ihre feste Stimme wieder. »Nein, das war allerdings auch schwierig. Ich lag im Krankenhaus und mein Handy hier.«

Parker senkte den Blick zu ihrem Fuß und runzelte die Stirn. »Hoffentlich nichts Schlimmes.«

»Ist bald wieder okay, danke.«

Der Officer erhob sich. »Warten Sie kurz, ich hole Ihnen das Handy.«

Megan griff nach Jays Arm. »Hast du das gehört? Die Anzeige ist dann gelöscht, oder?«

»Das hört sich sehr danach an.« Er grinste erleichtert. Ein Problem weniger. »Das muss Barns wohl noch üben.«

»Aber nicht an mir!«

Lachend legte er ihr nun doch den Arm um die Schultern. Das sollte ja wohl klargehen. »Das wird er nicht mehr wagen.«

Dafür kassierte er einen fragenden Blick von ihr. »Wieso? Was genau ist bei eurem Gespräch abgelaufen?«

»Hab ich dir erzählt. Mach dir keinen Kopf. Hauptsache, diese schwachsinnige Anzeige ist vom Tisch.«

»Allerdings.«

Kurz darauf konnten sie mit ihrem Handy zu Sally zurückkehren. Auch sie freute sich für Megan, die jedoch nicht so glücklich wirkte, wie sie sein sollte.

»Alles okay?« Jay sah sie besorgt an.

Megan zuckte die Schultern. »Keine Ahnung. Eigentlich schon, es war nur komisch, Major zu sehen. Das hat was hochgeholt, nämlich die Angst, dass da noch irgendwas nachkommt.«

»Das wage ich zu bezweifeln, er hätte sogar die Anzeige zurückgezogen, wäre es noch nötig gewesen. Mach dir keine Gedanken.«

»Na ja, Barns traue ich eine Menge zu. Major wird mich aber nicht noch mal blenden.«

»Na siehst du, dann ist doch alles prima.« Jay legte ihr die Hand auf den Arm. »Denk nicht drüber nach. Da kommt nichts mehr, das Thema ist durch. Und was Barns angeht – such dir 'nen neuen Job. Ernsthaft, der ist ein Arsch und wird es auch bleiben. Das hast du nicht nötig.«

Mit einem müden Lächeln legte sie ihre Hand auf seine. »Danke. Nur gibt es keine passende Stelle für mich. Ich hab schon gesucht.«

»Behalte es einfach im Blick. Irgendwann wird was für dich frei werden.«

»Ja. Nur was ist dann mit dir?«

»Was soll mit mir sein?«

»Ich würde dich nicht mitnehmen können. Und sollte Barns dich übernehmen, wird er dir das Leben zur Hölle machen.«

Jay schnaubte. »Lass mich mal außen vor, ich komme mit dem Idioten schon klar. Außerdem ist so ein halbes Jahr schnell vorbei.«

»Das kann verdammt lang für dich werden, wenn er es darauf anlegt.«

Er zuckte die Schultern. »Wie gesagt, mach dir um mich keine Gedanken. Mit solchen Arschgeigen hatte ich schon öfter zu tun. Wichtig ist, dass du dauerhaft zufrieden bist.«

»Das ist lieb von dir, aber ...«

»Kein Aber. Jetzt freuen wir uns erst mal über dein eins zu null gegen den Arsch. Sal, haben wir noch was von Dads Bourbon?«

»Ich hab ihn nicht leer gemacht. Wie es sich allerdings anhört, haben wir heute einen sehr guten Grund, das zu ändern.«

»So sieht's aus.«

Kapitel 23

Megan

Wenn Megan an diesem Abend etwas lernte, dann dass sich Bourbon nicht mit Schmerzmitteln vertrug. Zumindest was sie betraf, war die Wirkung bombastisch. Jay schien es nichts auszumachen, oder er nahm keine Medikamente. Was sie jetzt auch nicht wundern würde.

Entsprechend aufgelockert war die Stimmung, bis sie sich zusammenreißen musste, sich nicht in Jays Arme zu kuscheln. Das war für sie der Zeitpunkt, an dem sie sich verabschiedete und in ihr Zimmer zurückzog.

Trotz ihres Erfolges bei den Cops überkam Megan nach wie vor eine innere Unruhe, sobald sie an Major dachte. Seine regelrechte Flucht vor dem Revier irritierte sie. Es schien fast so, als hätte er keine bösen Absichten gehabt. Eher zeugte es von einem schlechten Gewissen. Auf eine Art zurecht. Nur warum hatte er das dann gemacht? Ob Barns ihn erpresste?

Wen interessierte das? Es war vorbei. Dennoch fühlte sie sich beschmutzt und wollte sich den imaginären Dreck abwaschen. Allerdings hatte sie kein Duschgel. Ob Sally ihr welches borgen konnte?

Megan quälte sich aus dem Bett und fand Jays Schwester im Wohnzimmer, wo sie allein auf dem Dreisitzer lag und sich eine Komödie ansah.

Sally blickte auf und lächelte. »Willst du dich zu mir setzen? Der Film ist super! Nur nichts für Jay, hier fließt kein Blut.« Lachend deutete sie auf das gegenüberliegende Sofa.

Doch Megan winkte ab. »Ein anderes Mal gerne, aber heute bin ich zu müde. Ich wollte nur noch schnell duschen, bevor ich ins Bett verschwinde. Leider hab ich kein Duschgel.«

»Kein Problem. Im Bad, Treppe hoch, rechtsrum und dann die erste Tür links. Im Schrank unter dem Waschbecken findest du eine ganze Auswahl. Nimm dir, was du brauchst. Oder soll ich es eben holen? Mit deinen Krücken ist es ja nicht so einfach.«

»Nein, alles gut. Ich muss doch lernen, mit den Dingern Stufen hochzukommen, wenn ich wieder nach Hause möchte. Danke!«

»Das Argument lasse ich gelten, aber du kannst bleiben, solange du willst. Mach dir deswegen keinen Stress.«

»Das ist wirklich total klasse von euch.« Megan lächelte ihr zu und kämpfte sich dann die Treppe hoch. Mit jedem Schritt klappte es besser – *zu* gut für ihren Geschmack. Sie fühlte sich hier pudelwohl und hatte keinerlei Ambitionen, wieder nach Hause zu gehen. Beide waren so nett zu ihr und sie liebte es, nicht allein zu sein. Davon abgesehen, dass sie die Zeit mit Jay in vollen Zügen genoss.

Dennoch musste sie ihre Gefühle für ihn vergessen. Wenigstens für ein halbes Jahr. Es sei denn, sie bekam doch einen anderen Job. Dann wäre sie frei für ihn ...

Ja, sie würde weiterhin Anzeigen wälzen und auch Initialbewerbungen verschicken. Das war ein super Plan.

Oben angekommen wandte sich Megan rechtsherum. Dann öffnete sie die erste Tür links. Warmer, nach Holz und Vanille duftender Nebel schlug ihr entgegen. Der war allerdings nicht der Grund für ihr Erstarren. Sondern die neunzig Kilo Muskelmasse, feuchtglänzend und lediglich mit einem Handtuch um die Hüften bekleidet. Dunkelbraune, geheimnisvolle Augen musterten sie, ein Lächeln zauberte Grübchen in Jays Wangen. Gott, er war definitiv der Traum einer jeden Frau.

»Kann ich dir helfen?«

Megan schluckte und brauchte einen Moment, um wieder zu Verstand zu kommen. »Bitte entschuldige, ich ... Sally meinte, ich könnte mir etwas von ihrem Duschgel nehmen. Aber das eilt nicht.« Hektisch wandte sie sich um und wollte die Tür hinter sich zuknallen, doch Jay hielt sie zurück.

»Dafür müsstest du hier reinkommen. Von allein fliegt das nicht zu dir.«

»Ja, nur ... Ich möchte dich nicht stören.«

»Tust du nicht. Ich will mir gerade den Kopf rasieren. Meinst du, mir steht ein Irokesenschnitt?«

»Ein ...« Himmel, warum machte er sie nur derart nervös? Das war ja schlimm! »Bestimmt. Wobei ich den unteren Rand etwas tiefer ansetzen würde.«

»Was?«

Sie hatte keine Ahnung, wie sie es ihm erklären sollte, allerdings ein genaues Bild vor Augen, wie sie sein Aussehen perfektionieren konnte. Sollte das möglich sein.

»Gib mal her.«

Ohne zu überlegen, nahm Megan ihm den Rasierer aus der Hand und setzte ihn an. Vom Nacken bis knapp über die Ohren rasierte sie ihm den Kopf auf drei Millimeter. Das übrige Kopfhaar war gerade so lang, dass man den Unterschied sehen konnte. Wenn das jetzt noch etwas wuchs, würde er als schönster Mann der USA durchgehen. Mindestens. Sie glich den Übergang mit Hilfe eines Kammes an und nickte zufrieden. »Was hältst du davon?«

Nach einem prüfenden Blick in den Spiegel drehte er sich zu ihr um. Seine Miene war ernst, die Augen jedoch leuchteten, als hätte er gerade einen Maserati geschenkt bekommen. »Genau so wollte ich es immer haben. Hab nur den Übergang nie hinbekommen.«

Jay nahm ihr das Gerät und den Kamm aus den Händen, legte beides auf den Waschbeckenrand und zog Megan in seine Arme.

Mit geschlossenen Augen sog sie tief seinen Duft in die Nase. Sie schmiegte sich an seine warme, nackte Haut, legte die Handflächen auf seine ausgeprägte Rückenmuskulatur. Eine Gänsehaut ließ sie erschauern. Sie wollte ihn nie mehr loslassen.

Als er jetzt begann, seine raue Hand sanft über ihren Rücken gleiten zu lassen, konnte sie ein glückliches Seufzen nicht unterdrücken. Sein Muskelspiel bei jeder Armbewegung ließ sie sich noch enger an ihn schieben. Niemals sollte er aufhören. Ohne nachzudenken, gab sie ihm einen Kuss aufs Schlüsselbein. Er drückte im

Gegenzug einen auf ihren Kopf. Sie sah hoch, fing seinen Mund mit ihrem ein. Wie gut er schmeckte! Wie weich seine Lippen waren. Er presste ihr Becken an seins. An seine Erektion. Ja, er wollte sie. Scheinbar so sehr, wie sie ihn. Sie durften nicht? Wen interessierte das!

Megan streichelte sein Kreuz, senkte die Hand und ergriff das Handtuch. Mit einem Ruck riss sie es weg und ließ es zu Boden fallen. Nun war es an ihm, gepresst aufzustöhnen, während er sich den Weg unter ihr Shirt suchte, über die Flanke nach vorne strich und ihre Brüste fand. Durch den Stoff des BHs liebkoste er ihre Brustwarzen und trieb sie damit in den Wahnsinn. Megan löste ihren Mund von seinem, lehnte sich zurück und riss sich die Klamotten vom Oberkörper.

Und stockte. Sie präsentierte gerade einem Model-Typen ihre Rettungsringe. Gott, so füllig, wie sie war, wollte er mit Sicherheit nichts mehr von ihr.

Ihre Unsicherheit blieb ihm offensichtlich nicht verborgen. Stirnrunzelnd sah er sie an. »Alles okay?«

Sie schaffte es nicht, ihm in die Augen zu sehen, zuckte lediglich die Schultern.

»Hab ich was falsch gemacht?«, hakte Jay nach.

»Nein! Es ist nur ...«

»Was?«

»Na ja, ich hab jetzt nicht gerade die beste ...« Sie senkte die Stimme. »Figur.«

Jay seufzte tief. »Was habt ihr Frauen nur immer damit? Glaubt ihr ernsthaft, wir wollen mit einem Reibeisen kuscheln?« Er nahm ihr Gesicht in beide Hände. »Megan, ernsthaft. Ich will dich genauso, wie du bist.«

Bei den Worten überkam sie ein warmer Schauer. Wie konnte man nur so toll sein? Dennoch konnte sie es nicht glauben. »Meinst du das jetzt so ernst, wie das Footballspiel bei unserem ersten Treffen?«

Seufzend strich er mit dem Daumen über ihre Wange. »Nein. Das war scheiße von mir, aber eine Notlüge. Eigentlich sage ich immer das, was ich denke. Frag mal Sally nach meiner Ex. Deswegen hat sie sich von mir getrennt.«

»Weil du sagtest, sie wäre zu fett?«

»Nope. Ich hab ihr während eines Streits gesagt, dass sie aussieht wie ein magersüchtiges Klappergestell. Ernsthaft, ich hasse es. Deine Figur hingegen ist perfekt. Klar?«

Glücklich lächelnd presste sie ihren Körper wieder an seinen.

»Klar.« Ihr Herz machte einen Satz, als sie seine Gänsehaut bemerkte. Ihre Anziehung auf ihn, auf den makellosen Mann, der jede haben konnte, erzeugte ein ihr unbekanntes Glücksgefühl.

Bis er sie ein Stück von sich schob und den Blick senkte. »Wir dürfen das nicht.«

Wie betäubt starrte sie ihn an, ihr Herz quetschte sich zusammen. Das konnte unmöglich sein Ernst sein! Unwillkürlich sah sie an ihm herunter, zwischen seine Beine. Er war nach wie vor hart. Also turnte sie ihn nicht ab. Dann konnte er sie doch nicht abblitzen lassen!

Sie ließ seine Worte Revue passieren.

Wir dürfen das nicht.

Verdammt noch mal, er hatte recht! Von einem plötzlichen Schwindel übermannt, hinkte Megan an ihm vorbei und setzte sich auf den Klodeckel. Sie vergrub das Gesicht in den Händen, bis er seine warmen Finger auf ihre Schulter legte. Als sie aufsah, hockte er neben ihr. »Es tut mir leid. Ich kann das nicht mit meinem Gewissen vereinbaren. Es wäre ein gefundenes Fressen für deinen Boss.«

»Ja, wenn er es herausfinden würde.« Sie fauchte ihm die Worte regelrecht entgegen. »Aber wie sollte er? Ich werde ihm jedenfalls nichts sagen.«

»Von mir erfährt der garantiert nichts. Trotzdem fühlt es sich falsch an.«

Er hielt ihr den BH hin, den sie ihm aus der Hand riss und dann seufzend innehielt. »Sorry. Eigentlich bin ich nicht so zickig. Muss am Alkohol liegen.« Megan verzichtete auf den BH und angelte sich das Shirt vom Boden. Aus den Augenwinkeln sah sie zu, wie sich Jay seine Retroshorts anzog. Und wandte sich fröstelnd ab, als ihr bewusst wurde, was ihr gerade entging.

Nachdem sie sich ihren Stoff übergestreift und den BH in der Hosentasche verstaut hatte, kämpfte sie sich erneut an ihm vorbei zum Schrank und holte sich das erstbeste Duschgel, das er ihr allerdings direkt wieder abnahm.

Ehe sie protestieren konnte, rümpfte er die Nase. »Flieder. Eklig.« Er stellte es zurück, kramte im Schrank herum und hielt ihr dann mit einem zufriedenen Nicken eine andere Flasche hin. »Vanille. Das ist das Richtige für dich.«

Was sollte das? Wollte er sie ganz fertig machen? Was interessierte ihn ihr Duft, wenn er sie doch nicht wollte?

Ihr fehlte die Kraft, um nachzufragen. Kommentarlos schob sie das Duschgel in die andere Gesäßtasche und wandte sich ab.

An der Tür hielt sie noch mal inne. »Gute Nacht.«

»Schlaf gut.«

Megan nickte und zog leise die Tür hinter sich zu. Von außen lehnte sie sich dagegen. Sie schloss die Augen und kämpfte gegen die Tränen an. Es wäre nicht nur Sex für sie gewesen. Sondern so viel mehr. Wahrscheinlich war es gut, dass nichts daraus geworden war. Es wäre in einem katastrophalen Liebeskummer geendet.

Sie hörte Sally im Wohnzimmer lachen. Es klang so falsch in dieser Situation, aber was konnte sie dafür?

Megan musste sich noch mal kurz zusammenreißen. Tief durchatmen und los. Treppab war wesentlich komplizierter als aufwärts. Sie brauchte eine gefühlte Ewigkeit und wäre einmal fast gestürzt. Jay erschien wie aus dem Nichts und fing sie auf. Heizte ihr allein durch die Berührung wieder ordentlich ein. Super.

»Soll ich dich runtertragen?«

»Ich komme schon klar.«

Das schien er anders zu sehen, zumindest glitt er neben ihr her und fing sie ein weiteres Mal auf. Ihr Körper machte das doch extra. So ein Mist!

Als ob sie es nicht genoss. Zu gerne hätte sie sein Angebot angenommen, sie herunterzutragen. Das würde sie jedoch nicht verkraften. Dafür war sie schlicht zu aufgewühlt. Und aufgeheizt. Ihre Lenden standen nach wie vor in Flammen. Wie gut, dass man es einer Frau nicht ansah. Ob es ihm ebenfalls so ging? Sie wagte es nicht, nachzusehen. Es würde sie nur noch verrückter machen.

Megan konzentrierte sich auf die Treppe und schaffte den Rest ohne weitere Probleme.

»Danke.« Damit ließ sie ihn stehen und wünschte Sally im Vorbeigehen eine gute Nacht. Erleichtert schloss sie ihre Zimmertür hinter sich. Statt direkt ins Bad zu gehen, warf sich Megan auf das Bett und schlug die Stirn auf die Matratze. Sie sollte von hier verschwinden. Nach Hause. Weg von Jay. Er trieb sie in den Wahnsinn.

Sie würde die Treppe nicht allein herunterkommen, wäre in ihrer Wohnung gefangen, sobald sie erst mal drin war. Das interessierte sie in dem Moment jedoch überhaupt nicht. Sie brauchte Abstand zu ihm. Dringend. Nicht mal Tucker hatte sie derart nervös gemacht. Allerdings hätte er auch nie freiwillig auf Sex verzichtet.

Vermutlich sollte sie Jay dafür dankbar sein. Es war ihm nicht leichtgefallen, so viel war sicher. Er hatte sich ihr zuliebe zurückgehalten. O Gott, und sie machte einen auf beleidigte Zicke. Sie musste den Alkohol aus dem Kopf lassen. Dringend.

Über sich selbst fassungslos erhob sie sich und zog sich aus. Megan humpelte unter die Dusche, genoss das warme Wasser, das auf sie herabprasselte und ihre Haut liebkoste. Sie schloss die Augen und stellte sich vor, es wären Jays Finger. Erneut flammte die Hitze in ihr auf, heizte ihr vollständig ein. Sie seifte sich ein, streichelte ihren Körper, ihre Brüste, fand die Nippel, wie er es noch vor ein paar Minuten getan hatte. Langsam schob sie die Hand tiefer und massierte ihre Mitte. In ihrem Kopf war es Jay, der sie verwöhnte.

Der Orgasmus ließ sie fast in die Knie gehen. Besser fühlte sie sich danach jedoch nicht.

Es war nicht der Sex, der ihr fehlte. Sondern seine Wärme, sein Halt, seine Kraft. Der Schutz, den er ihr bot. Das wurde ihr nun klar. Er war so viel mehr für sie. Sie hatte sich verliebt. In ihren Probanden. Das würde ihr endgültiges Aus vom Job werden.

Es war ihr egal.

Kapitel 24

Jay

Er hatte es geschafft. Hatte sie vor sich selbst geschützt. Warum zum Teufel fiel es ihm so verdammt schwer? Es war zum Kotzen. Da waren Gefühle, die nicht da sein durften. Vor allem konnte er die nicht, wie sonst, abschalten. Sie gingen zu tief.

Erschöpft ließ er sich in den Sessel fallen, nahm Sally erst wahr, als sie ihn ansprach. »Alles in Ordnung?«

»Klar. Was guckst du da?«

Sie musterte ihn stirnrunzelnd. »Interessiert dich das wirklich?«

»Nope.«

Sie schwang die Beine auf die Kante und pausierte ihren Film. »Erzähl schon. Was ist da los? Megan war auch so kurz angebunden.«

»Alles super. Sie hat mir 'ne neue Frisur verpasst.«

»Das ist kein Grund für euer Verhalten.«

Seine Augen glitten gen Zimmerdecke. »Sie war vermutlich genervt, weil sie zwei Mal fast die Treppe runtergefallen wäre. Ist halt scheiße mit den Krücken. Klar, dass sie davon angepisst ist.«

»Das ist alles?«

»Frag sie selbst.« Er erhob sich. Auf diese Fragerunden hatte er keinen Nerv. »Ich geh pennen. Nacht.«

***

Eine halbe Stunde lang wälzte er sich im Bett herum und kämpfte gegen seine Gefühle an. Megan machte ihn fertig. Er musste sich ablenken.

Als er sein Zimmer verließ, hörte er die beiden Frauen reden. Entgegen seinen Prinzipien blieb er stehen und lauschte. Als hätte er es geahnt – sie redeten über ihn. Allerdings nicht so, als dass er damit klargekommen wäre. Nein, Sally erzählte von früher.

Ein eisiger Schauer durchfuhr ihn, seine Knie drohten unter ihm nachzugeben. Nein! Nicht das auch noch! Sein Herz raste, er zitterte am ganzen Leib. Panik benebelt seine Sinne. Das durfte sie nicht!

Ungehalten stürmte er die Treppe runter. »Das ist nicht dein Ernst! Halt die verdammte Klappe!«

Megan fuhr erschrocken im Sessel herum, Sally sah ihm stirnrunzelnd entgegen. Sie hockte vor dem verletzten Fuß und schien ihn mit neuen Pflastern zu versorgen.

»Was ist dein Problem? Darf Megan nicht wissen, dass du dir nach einem Fahrradunfall mit unserem jüngeren Bruder den gleichen Knochen gebrochen hast?«

Er schwankte, musste sich am Geländer festhalten, um nicht umzufallen.

O verdammt. Das hatte anders geklungen. Wie etwas, das niemanden was anging. »Doch.«

Er sollte gehen. Schnell. Bevor ... »Ihr habt einen jüngeren Bruder?«

Super. Ganz toll.

Okay, Verstand einschalten und zusammenreißen. Alles ist in Ordnung.

Wie gut, dass es da noch den Älteren gab. »Ron lebt mit seiner Familie in Kanada. Ich rede nicht gern über unsere Familiengeschichte.«

Megan musterte ihn nachdenklich, was seine Eingeweide flattern ließ, Übelkeit stieg in ihm auf. Sie wusste genau, dass Ron älter war. Sie würde Fragen stellen. Fragen, mit denen er nicht klarkam. Er würde Sally das klären lassen und sich zurückziehen. Und wahnsinnig werden, weil er nicht wusste, wie viel sie herausposaunte. Das war doch zum ...

»Okay, klar. Wie lange hat es bei dir gedauert, bis der Bruch wieder verheilt war?«

Sie wechselte das Thema. Gott, dafür liebte er sie noch mehr. In diesem Moment war er wieder froh über seine Ausbildung. Denn ohne die hätte er nicht nur hart die Luft ausgestoßen, sondern wäre mit Sicherheit erneut fast in die Knie gegangen. Diesmal allerdings vor Erleichterung. »Puh, weiß ich nicht mehr. Ich war zehn oder so. Da waren mir schon zwei Tage zu viel.« Er schaffte ein Lächeln und deutete mit dem Kinn auf den Fuß. »Hat es mit dem Duschen geklappt?«

»Ja, ohne Probleme. Hab nur das Bein nicht hoch genug gehalten, sodass das Pflaster nass geworden ist. Aber ich bin froh, keinen richtigen Gips zu haben, sondern diesen komischen Schuh.«

»Ja, die Dinger sind praktisch. So, ich verschwinde wieder. Wollte nur eben pinkeln.«

»Das klang anders.« Sally war offensichtlich angepisst, was er verstehen konnte. Aber die Panik davor, dass er diese eine Geschichte wieder aus den Untiefen seines Gehirns hochholen musste, ließ ihn zum Arschloch mutieren. So sehr er wollte – er konnte nichts dagegen tun. Wenn all die mühsam verdrängten Erinnerungen wieder an die Oberfläche kamen, zusätzlich zu den Panikattacken, würde ihn das innerlich auffressen. Da musste er einfach deutlich genug sein, selbst wenn er Sally damit wehtat. Ihm war bewusst, wie egoistisch das war. Aber er war jetzt schon ein Wrack. Noch mehr ertrug er nicht.

»Bei dir weiß man eben nie.«

»Ach, nicht?«, fauchte sie und warf ihm einen finsteren Blick zu. Wenn er nicht aufpasste, würde sie alles erzählen. Einfach, um ihm weh zu tun.

»Entspann dich, war ein Scherz. Nacht.«

»Gute Nacht«, murmelte Megan.

Sally funkelte ihn noch immer an und richtete sich auf. Nein. Das wagte sie nicht!

»Du könntest mal ein paar Dinge klarstellen. Damit du mich nicht mehr dämlich anmachen musst.«

Jay presste die Kiefer aufeinander und verengte die Augen zu kleinen Schlitzen. »Und du solltest überlegen, was du von dir gibst. Da kommt nämlich gerade eine Menge geistiger Dünnschiss bei rum.«

Kaum war es raus, bereute er es. Das war zu viel des Guten. Allerdings kein Grund, ihn in die Scheiße zu reiten. Falls sie das machte, hatte sie auf Lebzeit verschissen. Und wenn er an seinen Panikattacken krepierte – das würde er ihr niemals verzeihen.

Herausfordernd sah er sie an. Sie erwiderte den Blick, schwieg jedoch.

Dafür stand Megan auf. Ihr schien die Sache unangenehm zu sein, ihre Wangen waren gerötet und sie vermied Blickkontakt zu beiden. »Ich geh auch mal ins
Bett. Danke für das Pflaster, Sally.«

»Kein Problem. Schlaf gut.« Sie lächelte sie an, aber
sobald sie zu Jay herübersah, waren ihre Augen derart
eisig, als würde sie Eiskristalle in seine Richtung feuern
wollen. Was er gut verstehen konnte. Dennoch würde
er dazu nichts mehr sagen. Solange sie nur dieses
Thema ruhen ließ, war alles okay und er musste sie
nicht mehr dumm anmachen. Er wandte sich um und
ging die Treppe wieder hoch. Morgen würde er sich mit
ihr unterhalten, sobald sie ein paar Minuten für sich
hatten. Der Scheiß musste ein für alle Mal aus der Welt.

Während der nächsten Stunden überlegte er mehrfach, sie dafür zu wecken. Denn für ihn war an Ruhe
nicht zu denken und morgen bestand die Gefahr, dass
Megan plötzlich in der Tür stand. Das Risiko konnte
und wollte er nicht eingehen. Außerdem plagte ihn das
schlechte Gewissen. Wenn er Sally allerdings nachts
um drei wegen so was aus dem Schlaf riss, würde sie
ihn vermutlich umbringen. Er musste sie später abpas-
sen.

Stundenlang wälzte er sich herum, bis ihm das Bett-
laken um die Ohren flog. Um fünf Uhr hatte er die Nase
voll und stand auf. Er überlegte, in seinem Zimmer zu
trainieren, entschied sich jedoch dagegen. Denn sollte
Sally ebenfalls früh aufstehen, wollte er das mitbekommen.

Jay setzte Kaffee auf und verlegte das Training ins
Wohnzimmer. Fast zwei Stunden lang zog er es durch,
wobei er, trotz seines aktuell geschwächten Zustands,

einen persönlichen Rekord bei den einarmigen Liegestützen aufstellte. Er sollte öfter frustriert trainieren, anscheinend fand er so versteckte Kräfte, auf die er zugreifen konnte. Für heute reichte es ihm aber.

Jay verschwand unter die Dusche, die er gerne noch länger genossen hätte. Das warme Wasser lockerte seine Muskeln. Machte ihm erst klar, wie verspannt er war. Ob Megan massieren konnte?

Schluss damit. Er musste zusehen, dass er nach unten kam, bevor er Sally verpasste. Oder sie keine Ruhe mehr hatten.

Inzwischen war es halb acht, seine Schwester immer noch nicht aufgetaucht. Seltsam, sie schlief nie so lange. Ob er mal nach ihr sehen sollte?

Er entschied sich dagegen. Eigentlich hatte er keine Lust auf sie. Erst recht nicht, wenn sie gerade wach geworden war. Mit ihrer Morgenmuffeligkeit konnte das durchaus böse enden. Obwohl ihn das Training ein wenig entspannt hatte – dafür reichte es nicht.

Es wurde höchste Zeit, dass er endlich laufen konnte. Dann würde wenigstens er weniger zickig sein. Er ging sich selbst gewaltig auf den Sack, aber die Vergangenheit musste ruhen. Auch ohne sie war er bereits zum Psycho-Wrack geworden. Das nervte ihn abgrundtief.

Die Badezimmertür riss ihn aus den Gedanken. Sally war wach, endlich. Er zog sich in die Küche zurück und wartete dort auf sie.

Es dauerte keine fünf Minuten, bis er sie auf der Treppe hörte. Um sie etwas freundlicher zu stimmen, bereitete er ihr schon mal den Kaffee nach ihren Wünschen zu.

Sally hatte noch nicht geduscht und sah entsprechend verschlafen aus. Schade eigentlich. Dennoch würde er es durchziehen.

»Morgen.« Gähnend nickte sie ihm zu.

»Morgen.« Er hielt ihr das Getränk hin. »Wir müssen reden.«

»Na super.« Sally stöhnte und ließ sich auf den Stuhl fallen, wobei sie fast ihren Kaffee verschüttet hätte. Mit aufeinandergepressten Lippen versuchte sie, den Tsunami in der Tasse in den Griff zu bekommen und stellte sie dann auf dem Tisch ab. »Wegen Matt?«

»Ganz genau.«

»Du weißt, dass ich niemandem davon erzählen werde.«

»Nein. Sonst hätte ich dich gestern nicht angekackt.«

Sie hob die Brauen. »Das ist wirklich traurig.«

»Mag sein und es tut mir leid, dass ich gestern so ein Arsch war. Aber ich ... hab da regelrecht Panik vor, dass es rauskommt. Verstehst du? Ich schaffe das nicht auch noch.«

»Das weiß ich und allein darum finde ich es traurig, dass du mir so was zutraust.« Sie lehnte sich zurück und verschränkte die Arme vor der Brust. »Ich erzähle niemandem davon. Das habe ich versprochen und daran werde ich mich halten. Aber du solltest es machen. Vor allem Megan gegenüber. Denn du vertraust ihr. Sie hat deine Panikattacke mitbekommen und es geschafft, dich da rauszuholen. Es wäre sinnvoll, wenn sie auch erfährt, was damals passiert ist.«

»Nein.«

»Weiß sie von deinem letzten Einsatz?«

»Ja. Und das reicht. Denn das ist nun mal der Auslöser von der Scheiße.«

Sally beugte sich vor. »Es ist nicht der einzige Auslöser. Das weißt du genauso gut wie ich.«

Jay lehnte sich ebenfalls nach vorn. »Doch, ist es. Danach fing es an. Nicht vorher.«

»Aber du hast gesagt, dass du auch Matt siehst. Nicht nur den anderen Jungen.«

Ein eisiger Schauer ließ ihn frösteln. Unwillkürlich rieb er sich die Arme. »Ich habe die Probleme seit dem Einsatz. Was ich dabei sehe, ist egal. Es sind nun mal Erinnerungen, die kommen schon mal hoch.«

»Ja, aber nur in diesen Situationen. Oder?«

Seine Kiefer mahlten. Das stimmte. Und reichte völlig.

Sally fuhr fort. »Es wäre nur fair, wenn du ihr davon erzählen würdest. Denn dann weiß sie besser mit dir umzugehen. Immerhin triggert dich jedes Kind in deiner Nähe, unabhängig von den Panikattacken. Sie muss es wissen, wenn sie dich richtig verstehen soll.«

»Sally, das Thema ist durch. Du hältst die Klappe und alles wird gut. Ganz einfach.«

»Jap. Hat man ja vor ein paar Stunden noch gesehen.«

Er fuhr sich mit der Hand über die Haare, wobei er an gestern Abend denken musste. Wie Megan ihm den Kopf rasiert hatte. Wie sie sich nähergekommen waren. Ja, seine Gefühle für sie waren immens. Was das anging, hatte sie tatsächlich ein Recht darauf, es zu erfahren. Allerdings durften sie nicht zusammen sein, insofern hatte es sich schon wieder erübrigt. Nicht nur das Wissen über Matt.

»Es ist meine Entscheidung. Also lass es einfach sein.«
Er sah ihr fest in die Augen. »*Bitte.*«

Sally seufzte. »Ich hab doch schon gesagt, dass ich
kein Wort erzählen werde. Trotzdem finde ich es unfair
Megan gegenüber.«

»Was ist mit mir?«, erklang es von der Tür.

Jay fuhr herum. Das durfte nicht wahr sein! »Nichts.
Setz dich. Kaffee?«

»Gern. Oder störe ich euch? Dann geh ich wieder.«

Anstelle einer Antwort holte Jay eine weitere Tasse
aus dem Schrank. Wenigstens Sally schüttelte den
Kopf. »Nein, alles gut. Du störst nicht. Jay hat mir nur
eben erzählt, dass er dir von seinem letzten Einsatz be-
richtet hat. Was ich super finde, denn so weißt du, woher die Panikattacken kommen.«

»Ja, da habe ich mich auch gefreut. Also, über das Vertrauen.«

Jay versuchte ein Lächeln, was hoffnungslos
misslang. Er stellte ihr die Tasse hin und setzte sich vor
seine eigene. »Wie hast du geschlafen?«

Einen Moment lang zögerte sie, zuckte dann die
Schultern. »Och, ganz okay eigentlich. Der Schuh nervt
halt, der hat mich zigmal geweckt. Aber dafür ist eure
Matratze echt gemütlich.«

Er nickte. »Ja, finde ich auch. Ich hab früher häufiger
darin gepennt, als Ron noch hier gelebt hat. Er hatte
ständig seine Freundin hier, und ... na ja, es wurde
schon mal laut. Nachts. Im Bett. Sie konnten beide
nicht leise genießen, das war echt anstrengend.« Er
lachte auf. »Sally hat Rons Freundin einmal Eichhörnchen genannt, das fand sie gar nicht witzig.«

»Ach komm, sie hat doch wirklich gequiekt wie ein frisch gevögeltes ... na ja, Eichhörnchen eben. Und das zu einer Zeit, in der Jay und ich gerade mitten in der Pubertät gesteckt haben. Das konnte nicht funktionieren.« Sally lachte ebenfalls.

Jay kratzte sich am Dreitagebart. »Ja, das war echt krass. Damals war ich froh über das Zimmer hier unten.«

Sally nickte. »Ganz früher haben unsere Eltern darin geschlafen. Bis zu ihrem tödlichen Unfall. Das ist allerdings schon Jahre her. Seitdem hat sich viel getan in diesem Haus. Als Jay volljährig war, ist Ron ausgewandert. Vorher hat er unseren Aufpasser gespielt. Das musste er ja dann nicht mehr.«

Megans Grinsen wich einem nachdenklichen Ausdruck. »Und ihr habt noch einen Bruder?«

Jay erstarrte, jegliche Farbe entwich seinem Gesicht. »Wie kommst du darauf?«

»Na ja, gestern habt ihr von einem jüngeren Bruder geredet.«

Er schluckte hart und wandte sich ab. »Lange Geschichte.«

Sally warf ihm einen finsteren Blick zu und hob auffordernd die Hände. Er funkelte sie an, ehe er die Tasse nahm und ansetzte. Dabei zitterte er dermaßen, dass er aufsprang und zur Spüle ging. Das musste nun wirklich niemand mitbekommen. Er leerte den Pott in einem Zug und stellte ihn zur Seite. »Ich geh mal aufs Klo.« Eine bessere Ausrede fiel ihm nicht ein, aber er musste weg. Ganz schnell hier raus. Nicht, ohne Sally einen warnenden Blick zuzuwerfen, den sie mit zusammengepressten Lippen quittierte.

Als er die Tür hinter sich schloss, hörte er, wie Megan mit geknickter Stimme sagte: »Ich hab euch doch gestört, oder? Und scheinbar trete ich immer in ein Fettnäpfchen. Es tut mir leid.«

»Alles in Ordnung. Jay spricht einfach nicht gern über früher. Er lebt im Hier und Jetzt. Das ist ihm wichtig.«

»Okay.«

Dankbar nickte Jay vor sich hin und zog sich in sein Zimmer zurück. Offenbar konnte er Sally wirklich vertrauen. Dann war alles gut. Das Thema Matt war tabu. Und das würde es immer bleiben.

Der Druck tief in seinen Eingeweiden wurde nicht besser, als er aus dem Fenster sah. Dunkle Wolken zogen auf. Das nächste Gewitter stand bevor. Wie gut, dass er sich hierher zurückgezogen hatte. Wenn ihn doch eine Attacke einholen sollte, würde es niemand mitbekommen. Er zog die Vorhänge zu, startete Musik von *Bullet for my Valentine* und legte sich ins Bett. Er sollte versuchen zu schlafen. Vielleicht klappte es jetzt, wo Sally ihm ihr Wort gegeben hatte, nichts zu sagen.

Kapitel 25

Megan

Gedankenverloren sah Megan Jay hinterher. Seine Vergangenheit war scheinbar ein krasser Trigger für ihn und dabei ging es offensichtlich um seinen jüngeren Bruder. Von dem sie nichts in den Akten stehen hatte, also konnte er nur ... O Gott, er musste gestorben sein. Kein Wunder, dass Jay das Thema so mitnahm. Und er schien es in sich hineinzufressen. Das Schlimmste, was er machen konnte. Sie war sich sicher, dass auch die Panikattacken damit in Zusammenhang standen. Ob sie ihn mal direkt darauf ansprechen sollte?

Nein. Jay hatte deutlich gezeigt, dass er darüber nicht reden wollte. Aber sie könnte Sally fragen.

Und damit das Vertrauen der Geschwister nachhaltig zerstören. Das kam nicht infrage. Zumal es sie nichts anging, egal, wie leid er ihr tat.

Megan hielt noch etwas Smalltalk mit Sally, die ihren Tritt ins nächste Fettnäpfchen netterweise ignorierte. Jay konnte froh sein, eine derart tolle Schwester zu haben.

Der Gedanke versetzte ihr einen Stich. Auch sie wollte für ihn da sein. Das ging jedoch nicht ohne sein Vertrauen. Einerseits konnte sie seine Zurückhaltung ihr gegenüber verstehen, andererseits tat es ihr weh. Dennoch würde sie damit leben müssen. Wenn sie sich aufdrängte, verlor sie ihn ganz.

Worüber dachte sie eigentlich nach? Sie kannten sich gerade mal ein paar Tage. Trotz der Gefühle füreinander war es viel zu früh, ein derartiges Trauma anzusprechen. Sie konnte froh sein, ihm wenigstens durch die Panikattacken helfen zu dürfen. Die durchaus sehr bald wieder auftreten konnten, denn in diesem Moment erhellte ein Blitz den Raum.

Erschrocken sah Megan auf. Ihr war nicht bewusst gewesen, wie dunkel es in den letzten Minuten geworden war. »O Gott, Jay!«

Sally winkte ab. »Mach dir keine Sorgen, hier drin kommt er klar. Er wird in seinem Zimmer verschwunden sein und die Vorhänge zugezogen haben. Da kommen die Blitze nicht ausreichend durch, um eine Attacke auszulösen.«

Erleichtert lehnte sich Megan zurück. »Dann ist ja gut. Es ist dieses Jahr echt viel mit den Gewittern.«

Ein warmes Lächeln trat auf Sallys Gesicht. »Nicht mehr als sonst im Sommer. Nur dank Jay achtest du jetzt darauf.«

»Ja, oder so.« Warum tat er sich das an und zog nicht einfach weg? Es gab genügend andere Bundesstaaten, in denen es wesentlich seltener gewitterte als hier.

Seine Schwester. Sie musste der Grund dafür sein, dass Jay hierblieb. Obwohl sie sich manchmal ganz schön anzickten, schien er sie an seiner Seite zu brauchen.

Das Klingeln eines Handys riss Megan aus den Gedanken. »Oh, sorry, das ist eine Freundin.« Mit einem entschuldigenden Lächeln hob Sally ab. Es war ein kurzes Gespräch, die Antworten knapp. Ihr Gesicht wurde immer besorgter.

Schließlich legte sie auf und sah Megan an. »Es tut mir leid, ich muss weg. Die Mutter meiner Freundin musste plötzlich ins Krankenhaus, wo ich sie nun hinfahren werde. Sie hat kein Auto, ihres ist in der Werkstatt.«

»Wie lieb, dass du das machst. Kann ich irgendwas tun?«

»Das ist nett, aber nein. Das heißt – du kannst aufpassen, dass Jay keinen Blödsinn macht. Ihm fehlt der Sport, da kann es durchaus passieren, dass er nach dem Gewitter laufen geht.«

»Das wäre keine gute Idee. Kann er auch gar nicht, er muss ja schließlich auf *mich* aufpassen.« Megan zwinkerte. »Mach dir keine Gedanken und kümmere dich um deine Freundin. Sie wird froh sein, wenn du ihr beistehst.«

»Ja, das stimmt. Dann lass dich nicht von meinem Bruderherz ärgern.«

»Niemals.«

Beide lachten, ehe Sally im Flur verschwand und eine Minute später die Haustür hinter sich schloss.

Was sollte Megan jetzt machen? Allein Kaffee zu trinken war langweilig, auf einen Film hatte sie keine Lust. Ob sie Jay nerven konnte? Während des Gewitters vermutlich eher nicht. Oder? Vielleicht tat ihm die Ablenkung ja gut.

Dann wäre er allerdings längst wieder hier.

Seufzend stand Megan auf und humpelte ins Wohnzimmer, als ein Poltern ihre Aufmerksamkeit erregte.

War das ein Donner gewesen? Nein. Ein gepresster Schrei voller Verzweiflung verpasste ihr einen eisigen Schauer. Er kam von oben. *Jay!*

So schnell sie konnte, kämpfte sie sich die Treppe hoch und blieb unsicher stehen. Lauschte. Ein Stöhnen hinter der Tür links von ihr stellte ihre Nackenhaare auf. Sie musste nach ihm sehen!

Dennoch zögerte sie. Was, wenn er gar kein Problem hatte und sie ihn bei irgendwas störte?

Nein, das hatte verzweifelt geklungen.

Sie klopfte und wartete. Als keine Antwort kam, drückte sie die Klinke herunter und rief leise durch den Spalt: »Jay?«

Harte Metallklänge aus seiner Musikanlage drangen in ihr Ohr, doch obwohl sie ihren Geschmack trafen, nahm sie den Song kaum wahr. Denn von Jay kam immer noch keine Antwort.

Zögernd lugte sie ins Zimmer und erschrak. Da lag er, zusammengekrümmt auf der Seite, neben dem Bett. Er zitterte am ganzen Leib, wimmerte, murmelte irgendetwas Unverständliches vor sich hin.

Die Panik hatte ihn im Griff.

Langsam ging sie auf ihn zu, redete mit leiser Stimme auf ihn ein. Er reagierte nicht. Auch nicht, als sie etwas lauter wurde. Seine Albtraumwelt schien ihn vollständig aus der Realität gerissen zu haben. Obwohl die Vorhänge dicht zugezogen waren und man die Blitze dadurch kaum wahrnahm.

Der Bruder, schoss ihr durch den Kopf. Er musste der Auslöser sein.

Sie legte ihm die Hand auf die verkrampfte Schulter. Immer noch keine Reaktion. Dann eben anders. Langsam ließ sie sich hinter ihm nieder, versuchte möglichst viel von ihm mit ihrem Körper abzuschirmen. Schob einen Arm unter seinen Nacken, mit dem anderen bedeckte sie seinen Oberkörper, so weit es bei seiner Breite machbar war. So hielt sie ihn fest, den Mund neben seinem Ohr, wo sie sanfte Worte hinein murmelte.

Jay wurde ruhiger. Das Wimmern ließ ebenso nach wie das Zittern. Lediglich ein Wort kam immer wieder über seine Lippen.

Matti.

Das musste der Junge gewesen sein, der in seinen Armen gestorben war. Der pure Horror.

»Es ist vorbei«, murmelte sie. »Matti geht es jetzt gut.« Er erstarrte.

Megan hielt die Luft an. Wenn er sie als Bedrohung wahrnahm, hatte sie verloren. In seiner Panik würde er wild um sich schlagen.

Und doch blieb sie liegen. Wusste selbst nicht, ob sie vor Angst gelähmt war, oder ihn einfach nicht loslassen wollte. Vermutlich Letzteres.

Ein heiserer Schrei entfuhr ihr, als er wie aus dem Nichts von ihr abrückte und herumfuhr. Sie sah ihn an und atmete auf. Seine Augen waren zwar erschrocken, aber klar. Er schien im Hier und Jetzt angekommen zu sein.

Ihr Lächeln war voll Mitleid, was sie eilig versuchte zu verstecken. Das würde ihn nur aufregen. »Bist du okay?«

Er blinzelte einige Male. Setzte sich auf und wischte sich über das schweißnasse Gesicht.

»Ja, alles klar.« Zitternd und schwankend kämpfte er sich hoch und ließ sich auf die Bettkante fallen.

Auch Megan erhob sich und blieb unschlüssig stehen, bis er neben sich deutete. Erleichtert setzte sie sich dicht neben ihn und legte ihre Finger auf seinen immer noch angespannten Arm.

Nach kurzem Zögern ließ er seine Hand auf ihre sinken. »Du hast mich schon wieder rausgeholt.«

Megan drückte seinen Arm, wusste nicht, was sie sagen sollte. So saßen sie einen Moment schweigend, wobei sie mit sich kämpfte. Sollte sie ihn auf Matti ansprechen? Oder das Thema besser ruhen lassen?

Ehe sie zu einem Ergebnis kam, zog er sie in seine Arme. Gott, wie sie das liebte, an seiner Brust zu lehnen. Seine Muskeln zu spüren, die sie beschützen würden, wenn es mal nötig sein sollte. Dass er auf sie aufpassen würde, bezweifelte sie keine Sekunde. Das hatte er oft genug gezeigt. Und sie war unglaublich dankbar dafür.

Draußen knallte ein Donner, Jay zuckte jedoch nur ein klein wenig zusammen. Wie im Unterstand, als sich das Gewitter fast verzogen hatte. Nur war es hier noch in vollem Gange. Dennoch schien seine Panik für dieses Mal überwunden zu sein.

Sie löste sich aus der Umarmung, um ihn ansehen zu können. »Geht's dir besser?«

Er nickte. »Dank dir. Ich weiß nicht, wie du das anstellst, aber deine Anwesenheit beruhigt mich.«

»Das freut mich.« Ihr schoss das Blut ins Gesicht. Eilig wandte sie sich wieder ab. Was er allerdings nicht zuließ. Sanft drehte er ihren Kopf zu sich. Und drückte seine Lippen auf ihre.

Ein Prickeln überströmte ihren Körper, fraß sich durch die Haut bis in ihre Eingeweide. Wie elektrisiert erwiderte Megan den Kuss, drängte sich näher an ihn heran.

Bis ihr die Erinnerungen an das letzte Mal wieder hochkamen. Im Bad, wo er sie fallen lassen hatte, als es am schönsten wurde.

Mit Mühe schaffte sie es, sich von ihm zu lösen. Beantwortete seinen fragenden und enttäuschten Blick mit einem Schulterzucken. »Ich halte nichts davon, heiß gemacht und stehengelassen zu werden.«

Jay runzelte die Stirn. Und schloss die Augen. »Du meinst das gestern.«

»Ja.«

Er nickte und senkte den Kopf. »Glaub mir, es ging mir nicht besser als dir. Ich hab nur Sorge, dass du Ärger bekommst, wenn wir Ernst machen. Tut mir leid, ich hätte nicht schon wieder anfangen dürfen. Aber du ...« Er stockte. Holte tief Luft und stieß sie aus. »Du machst mich fertig. Im positiven Sinne, wenn es denn okay wäre. Weißt du, ich mag dich sehr gern und dass du es schaffst, mich aus den Attacken zu holen, grenzt für mich an ein Wunder. Das einzige Problem ist eben dein Job. Oder meine Bewährung, das kannst du jetzt sehen, wie du möchtest. Das kotzt mich an und es fällt mir echt schwer, mich zurückzuhalten. Wie man sieht.« Er lachte kurz auf, voller Sarkasmus. »Ich will dich nicht mit meinem Egoismus in Schwierigkeiten bringen.«

Das war zwar süß von ihm, allerdings nicht allein seine Entscheidung. Herausfordernd sah Megan ihn an. »Und wenn ich es genauso sehe wie du und auf den Job scheiße?«

Er verengte die Augen. »Ist dir bewusst, dass du gerade deine Zukunft aufs Spiel setzt?«

Sie legte die Hand auf seinen kratzigen Dreitagebart und lächelte ihn an. Ihre Stimme war nicht mehr als ein Hauchen. »Und wenn du meine Zukunft sein sollst?«

Reglos starrte er sie an. Was wohl in seinem Kopf vor sich ging? Ihr Herzschlag legte an Tempo zu, nahm an Fahrt auf wie der Flügelschlag eines Kolibris. Warum sagte er nichts? Kam jetzt doch die nächste Abfuhr?

Jay zog sie an sich und küsste sie erneut. Voller Leidenschaft. Und viel zu kurz. »Ich kann mir nichts Schöneres vorstellen. Wenn du allerdings durch mich deinen Job verlierst, wird das immer zwischen uns stehen.«

»Und wie soll jemand von uns erfahren?«

»Von mir nicht.«

»Dann sind wir uns wohl einig.«

»Nicht ganz.« Er kratzte sich am Kopf. »Ich hab kein gutes Gefühl bei der Sache. Nicht, was dich betrifft, versteh mich nicht falsch. Aber an sich ... es fühlt sich nicht richtig an. Also, es ist gegen jede Regel. Und mein Job hat mich gelehrt, Regeln einzuhalten.«

Nun war es an Megan, die Augen zu Schlitzen zu verengen. »Ach, mit Drogen zu dealen ist kein Regelbruch?«

Sein Kiefer mahlte, als er sich abwandte. »Doch. Und ich hab ja gesehen, was ich davon habe.«

Er sah sie nicht an. Stirnrunzelnd musterte sie ihn. Er verschwieg ihr was, davon war sie überzeugt. »Jay, möchtest du mir irgendwas sagen?«

Zunächst kam keine Regung von ihm, dann sah er sie offen an. »Nein. Nur, dass ich warten will, bis die Bewährung vorbei ist. So schwer es mir auch fällt. Es muss nur ein dummer Zufall passieren und schon kommt es raus. Das wäre dein Ende als Bewährungshelferin.«

Megan stöhnte auf. »Mann, jetzt lass doch den Mist! Es ist *mein* Job und *meine* Entscheidung. Bei Barns will ich sowieso nicht bleiben, also ist das doch egal!«

»Ist es *nicht*. Er wird dir jede weitere Jobmöglichkeit zunichtemachen, wenn er das herausfindet.«

»Wird er nicht. Okay? Er will mich loswerden, ja. Aber mir nicht das Leben versauen. Jay, ich mag dich echt und du hast mir eben das Gleiche gesagt. Es wird niemand herausfinden, aber ...« Sie hielt inne, sah ihn an. Und küsste ihn. Sie wollte ihn. Jetzt und hier. Nicht erst in einem halben Jahr. Und wenn sie ihr Geld als Kellnerin verdienen musste, weil es doch herauskam, war ihr das völlig egal.

Kapitel 26

Jay

Seine Gefühle spielten Pingpong. Wieso tat Megan ihm das an? Wie sollte er bitte seinen Prinzipien treu bleiben, wenn sie ihn derart in den Wahnsinn trieb?

Obwohl sie sich gerade erst kennengelernt hatten, schaffte er es, sich bei ihr voll gehen zu lassen. Er konnte er selbst sein, sich selbst so akzeptieren, wie er war. Mit all seinen Macken und psychischen Problemen. Weil sie es auch tat.

Er wollte sie an seiner Seite. Jetzt, hier, für immer. Das durfte er nicht, doch ihr war es egal. Warum sollte es ihm nicht auch am Allerwertesten vorbeigehen? Scheiß auf die Regeln.

Jay zog sie fester an sich und ließ sich mit ihr aufs Bett sinken, ohne die Lippen von ihren zu lösen. Er ließ seine Hände unter ihr Shirt gleiten und streichelte ihren Rücken. In Windeseile öffnete er den Verschluss ihres BHs, behielt die Finger jedoch hinten. Obwohl der Reiz, ihre Brüste zu streicheln, riesig war. Es grenzte an Folter, sich zurückzuhalten, so sehr sehnte er sich nach ihr. Dennoch wollte er Megan die Möglichkeit nicht nehmen, doch auf ihren Verstand zu hören und ihn zu stoppen. Das würde ihn fertig machen, allerdings war es ihre Entscheidung. Und die würde er akzeptieren, wie auch immer sie ausfallen sollte.

Megan machte keinerlei Anstalten, ihren Entschluss zu überdenken. Voller Hingabe küsste sie ihn, streichelte seine Schultern, die Arme. Sie fuhr mit den Fingerspitzen an seinen Flanken entlang, was ihn in den Wahnsinn trieb. Nicht nur, dass er dort ziemlich kitzelig war. Es heizte ihm zudem ordentlich ein. Je weiter sie nach unten strich, desto härter wurde er. Als sie ihr Becken an seins presste, war alles zu spät. Hektisch packte er sie und rollte sich mit ihr zusammen herum, wobei er mit den Zehen an ihrem Stiefel hängenblieb.

Erschrocken riss er sein Bein hoch. »Sorry, das wollte ich nicht! Hab ich dir weh getan?«

»Nichts passiert, mein Fuß ist gut geschützt.« Megan zog ihn zu sich und küsste ihn erneut.

Seine Lenden schienen in Flammen zu stehen. Jetzt, wo er auf ihr lag, erhoffte er sich wenigstens etwas Kontrolle über sie. In dem Moment schob sie ihre Hand in seine Hose.

»Stopp!«, keuchte er und lehnte sich zurück. »Wenn du so weitermachst, sind wir hier gleich ganz schnell durch. Ich zumindest.«

Sie feixte, ihre Augen blitzten. »Wie? Kannst du nur ein Mal?«

Als ob!

Mit einer erhobenen Augenbraue zog er ihre Hand aus seiner Hose und beugte sich zum Nachtschränkchen. Er griff in die Schublade und wedelte mit einem Kondom herum. »Aber doch nicht ungeschützt!«

»Braver Mann.«

Jay schob ihr Shirt hoch, der Stoff nervte. Ehe er es ihr über den Kopf ziehen konnte, packte sie seine Handgelenke und hielt sie fest.

Irritiert sah er sie an. Ihr glückliches Gesicht voll Vorfreude war einer zweifelnden Miene gewichen.

»Willst du doch nicht mehr?«

Sie senkte den Blick. »Doch. Es ist nur ...« Sie stockte.

Jay ließ sich neben sie gleiten und legte die Hand an ihre Wange. Drehte ihren Kopf in seine Richtung. »Hey, sieh mich an.«

Megan gehorchte zögernd. Die Unsicherheit, die er in ihren Augen las, entlockte ihm ein Seufzen. »Okay, hör zu. Du kannst mit mir über alles reden. Wenn dir dein Job doch wichtiger ist, sag es einfach. Das ist völlig in Ordnung. Wir verschieben es und gut.«

»Das ist es nicht.«

»Was dann?«

Erneut wandte sie sich ab. »Ich fühle mich unwohl.« Ihre Stimme war so leise, dass er sie kaum verstand. Und doch versetzten ihm die Worte einen Stich.

»Hab ich was falsch gemacht? Dann schmeiß es mir an den Kopf. Ich will nicht, dass du dich bei mir unwohl fühlst. Sag mir, wie ich es ändern kann, und ich mache es.«

Ein leichtes Lächeln zierte ihr Gesicht. Megan strich ihm über die Wange und ließ die Hand wieder sinken. »Es ist nichts, was du ändern könntest. Es sei denn, du futterst dir einen Bierbauch an.«

Er stutzte. »Augenblick. Bin ich dir zu durchtrainiert?« Das wäre mal was Neues. Umso mehr irritierte ihn ihr Schulterzucken.

Ernsthaft?

»Ja.« Sie lachte auf. »Gott, das ist so bescheuert.« Sie richtete sich auf und sah ihn an. »Jay, du bist wunderschön und ich liebe deinen Körper. Exakt so, wie er ist. Rein optisch bist du mein absoluter Traummann.«

Mit geschürzten Lippen hob er eine Augenbraue. »Nur optisch?«

Erneut lachte sie auf. »Ich kenne dich doch kaum! Aber okay, bisher machst du einen ganz passablen Eindruck.« Sie zwinkerte und wurde ernst. »Darauf will ich aber nicht hinaus. Sondern ... Ach, ich weiß nicht, wie ich das sagen soll.«

Sein Gehirn ratterte. Was zum Teufel war ihr Problem? Was hatte seine Optik mit ... Da machte es Klick in seinem Kopf. Das durfte doch nicht wahr sein!

Er zog sie in die sitzende Position. »Hände auf meine Schultern.«

Sie gehorchte, obwohl er Verwirrung in ihren Augen las. Die würde er ihr gleich nehmen.

Als er das Shirt erneut anhob, ließ sie die Arme fallen, aber er fing sie auf und legte sie zurück. »Hey, liegenlassen.«

Wieder zog er den Stoff hoch. Diesmal durfte er das Teil komplett ausziehen. Den BH ließ er ihr wohlweislich an, darum ging es gerade nicht. Sanft schob er Megan zurück in die liegende Position. Beugte sich herunter und küsste ihren wunderbar weichen Bauch. Ihre Flanken. Fuhr mit den Lippen die kleine Speckrolle entlang, die sich unterhalb des Bauchnabels entlang zog.

Schließlich richtete er sich auf und sah ihr in die unsicheren Augen. »Ich habe dir schon mal gesagt, dass ich jedes Gramm an dir liebe. Und das ist nicht dahergeredet. Wenn ich was sage, meine ich das so. Alles, was ich gerade geküsst habe, ist jetzt meins. Das gebe ich nicht mehr her, klar? Ich will nichts davon missen. Das bist du, das gehört zu dir. Und genau so will ich dich haben.«

Ihre Augen glitzerten verdächtig, als sie vorsichtig lächelte. »Meinst du das wirklich ernst?«

»Jedes Wort. Ich knalle dir eher an den Kopf, wenn mir was nicht passt, als dass ich anfange zu lügen. Das wirst du eines Tages sicher noch an mir hassen, aber so bin ich. Ich halte nichts davon, irgendwas schönzureden.« Er legte die Hände an ihre Wangen. »Megan, ich würde nicht so aussehen, wenn ich den Sport nicht lieben und auch brauchen würde. Da kannst du dir sicher sein. So, wie du jetzt bist, liebe ich es. Du bist perfekt.«

Mit leuchtenden Augen schüttelte sie den Kopf. »Jetzt will ich dich noch mehr!«

Megan setzte sich auf und drückte ihm einen leidenschaftlichen Kuss auf die Lippen, der ihm gleich wieder mächtig einheizte. Dennoch genoss er ihn und hoffte inständig, dass sie ihm glaubte und sich diesen Wahnsinn ein für alle Mal aus dem Kopf schlug.

Jay sollte sie auf andere Gedanken bringen. Ohne seine Lippen von ihren zu lösen, drückte er sie mit seinem Oberkörper zurück auf die Matratze. Dabei hielt er sie am Rücken fest, sodass sie sanft landete. Megan hatte ihre Arme um seine Schultern geschlungen. Die nahm er nun weg und legte ihre Hände hinter ihrem Kopf zusammen. Dort hielt er sie fest und löste seinen Mund von ihrem. Nur ein kleines Stück, sodass er ihren warmen Atem noch spürte, während er befahl: »Die Arme bleiben da liegen.«

Sie nickte und beugte sich vor, um ihn erneut zu einem Kuss zu drängen. Jay wich grinsend zurück und schüttelte den Kopf. »Nope. Liegenbleiben und nicht rühren.«

Ihre Augen leuchteten, die Wangen waren gerötet. Anscheinend gefiel ihr sein Befehlston, was ihm noch mehr einheizte. Sein Schwanz pulsierte, wie gern wäre er auf der Stelle in sie eingedrungen. Aber das musste warten.

Er strich mit den Fingerspitzen von ihren Handgelenken seitlich über die Arme hinunter bis zu den Schultern und beobachtete fasziniert die Gänsehaut, die er damit bei ihr auslöste. Jay ergriff den BH, der nutzlos herumhing, und zog ihn ihr über die Arme.

Dann rutschte er ein Stück herunter und küsste ihre Brüste, während er sich seiner Retroshorts entledigte. Mit ihrer Hose machte er weiter – und unterdrückte ein Fluchen. So ein blöder Stiefel konnte echt abturnen. Nun musste er sich doch aufsetzen, um den lästigen Stoff drüber wegschieben zu können.

Megan blieb brav liegen, die Arme nach wie vor hinter dem Kopf, ihre Atmung ging jetzt schon schwer. Ihr Anblick allein entlockte Jay fast ein Stöhnen.

Erneut beugte er sich herunter, rutschte weiter zurück, bis er ihr Knie mit seinem Mund erreichen konnte. Quälend langsam ließ er die Lippen an der Innenseite ihres Oberschenkels hochgleiten. Nur ganz leicht, er berührte ihre Haut kaum. Gott, sie roch so gut. Und es zeigte die erhoffte Wirkung. Megan keuchte, streckte ihm die Hüften entgegen.

Netter Versuch. Kurz vor ihrer Mitte glitt er wieder zurück. Schob die Lippen wieder vor – und lenkte den Mund auf ihre Leiste.

Megan krallte ihre Finger in seine Schultern. Darauf hatte er gewartet. Jay richtete sich auf und warf ihr einen strafenden Blick zu. »Hatte ich nicht gesagt, die Hände bleiben oben?«

»Mach einfach weiter, bitte!«, keuchte sie, ließ die Arme aber wieder auf ihren Platz fallen.

Feixend rutschte er herunter und wandte sich dem anderen Bein zu. »Selbst schuld, wenn du nicht hören willst.« Er quälte sie erneut mit seinen Lippen. Megan entfuhr immer wieder ein leises Stöhnen, sie hob ihr Becken, räkelte sich, versuchte alles, um ihn an ihre Mitte zu lenken.

Allein das ließ Jay fast kommen. Dennoch nahm er sich weiter Zeit und setzte sie beide dieser süßen Folter aus. Als er auch diese Leiste erreicht hatte, richtete er sich auf und schob sich hoch, um sich ihren Brüsten zu widmen. Dabei trafen ihre Geschlechter aufeinander, was er so nicht geplant hatte.

Diese Berührung reichte Megan. Sie bäumte sich auf, warf die Arme um seinen Rücken und zog sich hoch bis an seine Brust. Gleichzeitig rieb sie ihre Mitte an seinem Schwanz und stöhnte auf. Und hielt die Luft an.

Das konnte sie nicht bringen! Er musste sie stoppen, sofort. Wenn sie auch nur ein bisschen so weitermachte ...

Jay schaffte es nicht, er konnte und wollte sie nicht aufhalten. Megan bohrte ihre Fingernägel tief in seine Schulterblätter, stieß hart die Luft aus ihrer Lunge. Während sie unkontrolliert in seinen Armen zuckte, das Gesicht an seiner Schulter gebettet, spritzte auch er keuchend ab.

Fuck.

Megan entspannte sich unter ihm. Er sah sie entschuldigend an. »Das war so nicht geplant.«

Sie grinste, ihr Gesicht glühte. »War mir klar. Aber ich hole mir schon, was ich will.« Ehe Jay antworten konnte, schob sie blitzschnell die Hand zwischen seine Beine und packte zu. Grob, aber nicht schmerzhaft. Genau so, wie er es liebte.

Zischend zuckte er zurück.

Megan verengte die Augen und imitierte seinen Befehlston. »Umdrehen. Hinlegen und nicht bewegen. Ich bin dran.«

Das ließ er sich nicht zwei Mal sagen.

***

Ausgelaugt und glücklich lagen sie nebeneinander. Jay genoss Megans Wärme, als sie sich an seine Brust schmiegte, und streichelte sanft ihren Rücken.

»Das war unglaublich.« Er drückte ihr einen Kuss auf die duftenden Haare. Von heute an würde er immer an die letzten Stunden denken müssen, sobald er Vanille roch.

»Fand ich auch«, murmelte sie mit einem zufriedenen Seufzer und folgte mit den Fingerspitzen den Konturen seiner Bauchmuskeln.

Jay hob den Kopf und beobachtete sie dabei. »So ähnlich fing das eben auch an.«

»Oh, will da jemand noch mal?« Lachend sah sie ihn an.

Wie er diesen Anblick liebte! Dennoch blieb er ernst. »Das würde ich wirklich gern. Also, nicht jetzt, der Kleine da unten braucht mal 'ne Pause. Aber vielleicht können wir ja eine Freundschaft mit gewissen Vorzügen draus machen, bis meine Bewährung um ist.«

Sie verengte die Augen. »Und dann ist es vorbei?«

Ihr offensichtliches Interesse an mehr brachte sein Herz in Wallungen. Grinsend streichelte er ihr über die Wange. »Jap. Denn danach könnten wir ein offizielles Paar sein.«

»Das klingt nach einem sehr guten Plan.« Mit diesen Worten küsste sie seine Brust und legte ihren Kopf wieder darauf ab. »Ich könnte mir nichts Schöneres vorstellen.«

»So geht's mir auch.«

Einen Moment schwiegen sie, jeder hing seinen Gedanken nach.

Nach einer Weile hob Megan den Kopf. »Darf ich dich was fragen?«

»Klar.«

Sie zögerte. Schon bereute er seine spontane Antwort. »Wer ist Matti?«

Jay erstarrte. Schluckte. Atmete tief durch und schloss die Augen. Als er sie wieder öffnete, sah er direkt in Megans. Sie hatte sich aufgerichtet und musterte ihn mit besorgter Miene. »Entschuldige, ich wollte da nichts hochholen oder so. Aber du hast den Namen mehrfach gemurmelt, als du deine Attacke hattest.«

Sämtliche Muskeln waren zum Zerbersten angespannt, als er langsam den Kopf schüttelte. Sie vertraute ihm und er ihr. Vielleicht half es ihm ja, darüber zu reden. Sally war dafür weniger gut geeignet, da sie selbst betroffen war.

Der innere Drang in ihm sich zu öffnen, war neu. Jay wollte auspacken, sich alles von der Seele quatschen. Es rauslassen, als würden sich seine Probleme danach in Luft auflösen. Wobei ihm bewusst war, dass im ersten Moment stattdessen einiges wieder hochkommen würde. Aber musste es nicht so sein, wenn er diese verfluchten Attacken irgendwann loswerden wollte? Jedenfalls behauptete Sally das immer und der Psycho damals nach dem Einsatz hatte ähnlich geredet. Megan schien seine Vergangenheit zu interessieren. Also konnte er es riskieren, oder?

»Es hilft, zu reden.«

Konnte sie Gedanken lesen?

»Und ich höre gerne zu. Wobei ich dich allerdings nicht drängen möchte.«

»Schon okay. Ich weiß, was du mir sagen willst.« Jay rieb sich das Gesicht und setzte sich auf. Er mied ihren Blick. »Ich hab Angst, dich zu verlieren.«

»Indem du mir den Grund für deine Panikattacken verrätst? Ich bitte dich!« Mit der Hand auf seinem Bauch stemmte sie sich ein Stück hoch und fixierte ihn mit zusammengezogenen Augenbrauen. Sie wirkte sauer, vielleicht sogar beleidigt, was Jay Sicherheit gab. Er konnte ihr vertrauen, dessen war er sich sicher.

Dennoch zögerte er erneut, starrte auf die Bettdecke, versuchte, sich zu sammeln. »Er war mein ... unser Bruder. Der Kleine. Sechs Jahre jünger als ich.« Jay nestelte an der Decke herum, auf sein Gesicht trat ein trauriges Lächeln. »Matti war das verwöhnte Nesthäkchen, hat immer alles bekommen. Und war das glücklichste

Kind, das ich je getroffen habe. Er hat so viel gelacht, was jedes Mal ansteckend war.«

Ein Schauer fuhr durch seinen Körper, als die verhängnisvollen Bilder vor seinem inneren Auge auftauchten. Er fuhr herum, setzte sich auf die Bettkante und atmete tief durch. Lehnte die Ellenbogen auf die Knie und schloss kurz die Augen.

»Wir sind mit dem Fahrrad gefahren. Ich weiß gar nicht mehr, wo wir hinwollten. Jedenfalls mussten wir ein Stück den Highway entlang. Ich bin neben ihm geblieben, als Puffer zwischen ihm und den Autos. Auf dem Pannenstreifen. Der war irgendwann zu Ende. Nur ein paar Yard, bis wir abbiegen konnten. Dort hab ich ihn vorgeschickt, um ihn im Auge zu haben.« Er hielt inne, als ihm eine Träne über die Wange lief. Mit einer fahrigen Bewegung wischte er sie weg. »Der LKW, der uns überholt hat ...«

Megan sog lautstark die Luft ein, sodass sich Jay jegliche weitere Erklärung schenkte. Es war genau das eingetreten, was sich wohl jeder vorgestellt hätte. Der LKW-Fahrer war abgelenkt gewesen, hatte nach rechts rüber gezogen und Matti hatte es nicht bemerkt. All sein Schreien hatte nichts mehr gebracht. Jay hatte mit ansehen müssen, wie der Truck seinen kleinen Bruder voll erwischt hatte.

»Seine letzten Worte in meinen Armen waren, dass ihm so kalt sei. Dass ich ihn wärmen sollte. Ich hätte es so gern getan.«

Er ließ den Kopf hängen. Die Tränen liefen ungehindert seine Wangen hinunter. Es war ihm egal. Die so lange verdrängten Bilder in seinem Kopf waren alle wieder da und brachen ihm erneut das Herz. Er ließ sich wieder ins Bett sinken und rollte sich auf der Seite zusammen. Weg von Megan, die offensichtlich zu geschockt für jegliche Art von Reaktion war.

»Es tut mir so leid«, murmelte sie schließlich und legte zögernd die Hand auf seinen Arm. »Ist es okay, wenn ich dich umarme?«

Er schloss die Augen, hatte keine Kraft für eine Antwort. Die brauchte sie auch nicht.

Da war es wieder. Die Geborgenheit, der Schutz, den sie ihm bot, sobald sie sich von hinten an ihn kuschelte. Ihre Wärme und Liebe gaben ihm so viel, machten die grausamen Erinnerungen erträglicher. Wenigstens etwas. Selbst ihr Schweigen half. Sicher mehr, als jedes Wort gebracht hätte. Denn Megan war da. Sie gab ihm das Gefühl, nicht alles falsch gemacht zu haben. Ja, es war seine Aufgabe gewesen, auf ihn aufzupassen. Nur konnte man das von einem Zwölfjährigen erwarten? Hätte er vorher gewusst, was passieren würde, wäre *er* vorgefahren.

Alles hätte, Wenn und Aber brachte gar nichts. Es war vorbei. Und er musste endlich damit klarkommen.

»Ist der Unfall schuld an deinen Attacken?«, fragte sie nach einer Weile.

Jay überlegte und schüttelte den Kopf. »Nein, der Auslöser ist der andere Junge im Mündungsfeuerhagel. Es dauert nur nie lange, bis das Gesicht des Kleinen zu Mattis wird.«

»Das ist grausam.«

Das war es tatsächlich. Keine Folter konnte schlimmer sein als diese Bilder im Kopf. »Ich wünschte, ich könnte es einfach aus meinem Gedächtnis löschen.«

»Du könntest dir professionelle Hilfe holen. Die steht dir nach so einem Einsatz zu, oder?«

»Die hatte ich. Alles gut.«

Megan richtete sich auf. »Ganz offensichtlich ist es das nicht.«

Jay zuckte lediglich die Schultern. Es war anstrengend zu reden, er wollte einfach nur da liegen und ihre Wärme in seinem Rücken spüren. Ihre Anwesenheit allein reichte ihm, um sich wenigstens etwas entspannen zu können. Allerdings nur, wenn sie jetzt die Klappe hielt.

Was Megan nicht tat. »Hast du keinen Kollegen, mit dem du dich austauschen könntest? Wenigstens, was den Einsatz angeht?«

»Hab ich mit Lucas gemacht.«

»Ist er auch ein Seal?«

»Ja.« Er hielt inne und seufzte. »Nein, nicht für die Öffentlichkeit. Ich hätte dir auch nie von meinem Sealstatus erzählen dürfen. Das kann durchaus gefährlich werden, wenn es an den Falschen gerät. An Drogenbosse, Gangs, eben alle, die wir bekämpfen. Wenn die unsere Identitäten kennen, sind auch unsere Familien gefährdet. Also, Lucas ist für dich ein einfacher Soldat, der bei vielen meiner Einsätze mit an Bord war. Auch bei meinem letzten.«

»Keine Sorge, ich weiß von nichts. Aber hat er dich nicht zu einer Therapie gedrängt?«

Jay schluckte. »Vielleicht hab ich ihm nicht alles erzählt. Hab ich auch nicht vor. Und genauso wenig will ich jetzt weiter darüber reden.«

Nachdenklich musterte Megan ihn.

Das animierte Jay dazu, demonstrativ die Augen zu schließen. Er hoffte inständig, dass sie jetzt still war. Es reichte ihm für heute, mehr ertrug er nicht.

Megan schmiegte sich wieder an ihn. Schweigend. Als würde sie wissen, was er brauchte. Gott, er liebte diese Frau.

Jay verschränkte seine Finger mit ihren und zog ihre Hand an seinen Mund. Dankbar presste er einen Kuss darauf und positionierte sie dann an sein viel zu schnell pulsierendes Herz. Dabei klemmte er ihren Arm mit seinem ein, hielt sie fest. So, wie er von ihr gehalten werden wollte. Im Gegenzug lehnte sich Megan noch dichter an ihn und drückte die Lippen auf seine Schulter. Ihren anderen Arm schob sie unter seinem Kopf her und rührte sich nicht mehr. So blieben sie wortlos liegen und hingen ihren Gedanken nach.

Kapitel 27

Megan

Megan schrak hoch, als sie Sally im Erdgeschoss hörte. Sie musste eingenickt sein. Aber wieso lag sie in Jays Bett?

In dem Moment bewegte sich die Matratze neben ihr. Sie drehte sich um und sah auf eine Wand aus Muskeln. Sein Rücken. Die Erinnerungen kehrten auf einen Schlag zurück und weckte Schmetterlinge in ihrem Bauch. Sie legte ihre Hand auf seine warme Haut und bemerkte erstaunt die Gänsehaut, die sie anscheinend in ihm auslöste.

Jay drehte sich um und grinste sie an. »Ausgeschlafen?«

Erschrocken riss sie die Augenbrauen hoch. »Hab ich geschnarcht?«

»Hm ... etwas vielleicht.« Als sie peinlich berührt die Hand vor den Mund schlug, lachte er auf. »War ein Scherz, wärst du nicht so warm gewesen, hätte ich dich gar nicht bemerkt.« Er zwinkerte ihr zu und stand auf, ehe sie ihre Empörung loswerden konnte. »Entschuldige, Sally ist wieder da. Ich muss was mit ihr besprechen.«

»Okay, dann klären wir das eben gleich. Mich einfach zu verkohlen, wo kommen wir denn da hin?« Gespielt beleidigt schob sie die Unterlippe vor und verschränkte die Arme.

Jay überkreuzte die Hände vor seiner linken Brust und senkte den Blick. »Ich bedauere es zutiefst, Euch verunsichert zu haben, Eure Bewährungshelferheit. Ich bitte vielmals um Vergebung.«

»Eure was?«

»Bewährungshelferheit. Die adlige Form deines Berufs.«

Nun war es an ihr, lauthals loszulachen. »Du bist echt ein Spinner.«

Er nickte zustimmend. »Immer schon gewesen.« Erneut zwinkerte er und schnappte sich seine Sachen, was einen gewissen Missmut in ihr weckte. Sie hätte seinen Anblick gern weiter genossen und ihn noch lieber gespürt. So verrenkte sie sich fast den Hals, um so lange wie möglich jeden noch so kleinen Fitzel unbedeckter Haut sehen zu können. Dabei fiel ihr Blick auf die Einschussnarbe am Oberschenkel. Wanderte hoch zu der an seiner Schulter. Megan dachte an die Narben am Rücken. Was zur Hölle hatte der arme Kerl noch alles hinter sich?

Jay riss sie aus den Gedanken. »Hab ich da Dreck?«

»Was? Nein! Darf ich dich nicht ansehen?« Ertappt verzog sie die Lippen zu einem Schmollmund, was ihn schmunzeln ließ.

Kopfschüttelnd kam er zu ihr und drückte ihr einen Kuss darauf. »Ich liebe es, wenn du mich ansiehst. Aber jetzt ist kurz Pause. Ich bin nicht lange weg. Kannst gern hier auf mich warten.«

»Na gut.« Nur mit Mühe konnte Megan ein kindisches Kichern unterdrücken, obwohl ihr gerade nach einem

Luftsprung war. Waren ihre Gefühle zu Tucker jemals so stark gewesen? Sie konnte sich nicht erinnern, überhaupt jemals derartige Emotionen erlebt zu haben.

Als Jay die Tür hinter sich schloss, hinterließ er eine unangenehme Kälte. Fröstelnd rollte sie sich zusammen und zog die Bettdecke bis an ihr Kinn. Sein Duft stieg ihr in die Nase. Mit geschlossenen Augen nahm sie ihn tief in sich auf und genoss den warmen Schauer, der sie durchflutete. Der Mann brachte sie jetzt schon an ihre Grenzen. Wie sollte sie so ihrer Arbeit mit ihm nachkommen?

Zum ersten Mal seit ihrer Entscheidung, diese gewissen Vorzüge zuzulassen, überkamen Megan Zweifel. Sie hatte jegliche Objektivität verloren, außerdem raubte er ihr immer wieder die letzten sinnvollen Gedanken.

Aber hatte er das nicht schon von Anfang an getan? Was machte es jetzt für einen Unterschied? Zudem glaubte sie nicht, dass Jay ihr irgendwelche Probleme im Job bereiten würde. Dafür war er zu korrekt. Was in ihr die Frage weckte, warum zum Teufel er sich auf die Dealerei eingelassen hatte. Das passte alles nicht zusammen.

Megan sah sich im Zimmer um. Trotz der schwarzen Möbel wirkte es nicht düster, eher gemütlich. An der Wand hingen nur wenige Bilder und seine Erkennungsmarken von der Army. Neben ganzen fünf Tapferkeitsmedaillen, die er für selbstloses Verhalten im Einsatz bekommen haben musste.

Stolz stieg in ihr auf, obwohl sie selbst nicht wusste, warum. Sie hatte doch nichts mit seinen Heldentaten zu tun, wusste nicht mal, was er dafür gemacht hatte.

Aber es zeigte ihr, dass er nicht nur seinen Job mit Leib und Seele gemacht hatte, sondern ein herzensguter, aufopfernder Mensch war.

Nun konnte er es zumindest als Seal nicht mehr zeigen. Ihr Mitleid für ihn fraß sich fast schmerzhaft durch ihren Magen.

Das Klingeln an der Tür riss sie aus ihren Gedanken. *Barns!*, schoss ihr durch den Kopf. Sicher checkte er, ob hier alles mit rechten Dingen zuging. Super, und sie lag splitterfasernackt im Bett ihres Probanden. Besser konnte es ja gar nicht laufen.

Sie warf einen Blick auf die Uhr – und erschrak erneut. Es war gleich halb fünf am Nachmittag. Wie lange hatte sie bitte geschlafen?

Eilig zog sich Megan an und hinkte zur Zimmertür. Sie öffnete sie leise, lauschte. Hörte jedoch nichts. Ob Jay ihn abserviert hatte? Das würde sie nur erfahren, wenn sie runterging.

Kaum war sie unten angekommen, wurde die Wohnzimmertür geöffnet und Jay kam mit einem fremden jungen Mann herein. Nicht Barns, immerhin. Er war ähnlich gebaut wie Jay, die blonden Haare trug er unwesentlich länger. Seine leuchtend blauen Augen hätten sie bis vor ein paar Tagen definitiv träumen lassen, heute jedoch lösten sie rein gar nichts in ihr aus.

Jays unbekümmerte Miene nahmen ihr jegliche Restsorgen. Er mochte den Kerl, so viel war sicher. Erleichtert unterdrückte sie ein Aufatmen.

»Megan, du hast es allein runter geschafft?«

»Ja, langsam hab ich den Trick raus.«

Jay lächelte. »Das freut mich. Das hier ist übrigens Lucas, ein Kumpel und ehemaliger Kamerad. Lucas, das ist Megan, meine Bewährungshelferin.«

Der junge Mann stutzte. »Bewährungshelferin? Beim Hausbesuch?«

»Ja, für ein paar Tage.« Jay zuckte die Schultern. »Hört sich komisch an, aber sie hat sich den Fuß gebrochen und lebt allein. Da das schwierig ist, hat Sally sie erst mal hier aufgenommen.«

»Verstehe.« Lucas nickte ihr lächelnd zu. »Freut mich.«

»Ja, mich auch.« Sie wandte sich Jay zu. »Ist Sally in der Küche?«

»Bis eben war sie zumindest da.«

»Alles klar, dann werde ich mal zu ihr gehen. Bis später!«

Es fiel ihr schwer zu verschwinden, denn sie war fürchterlich neugierig auf Jays Kumpel. Aber wenn es so lief, wie sie es sich wünschte, würde sie ihn in einem halben Jahr ohnehin besser kennenlernen.

Megan fand Sally in der Küche, wo sie gerade Wasser am Kaffeeautomaten auffüllte. »Kann ich dir helfen?«

Sally fuhr herum. »Hast du mich erschreckt!«

»Entschuldige, das wollte ich nicht.«

»Alles gut.« Sie lächelte verlegen. »Ich war in Gedanken. Setz dich. Quatschen wir ein wenig? Jay ist ja gerade anderweitig beschäftigt.«

»Gerne.« Auch Megan grinste, während sie sich auf einen Stuhl gleiten ließ. »Dieser Fuß treibt mich noch in den Wahnsinn.«

»Hast du Schmerzen?«

»Nein, das geht. Ich nehme regelmäßig was dagegen. Es nervt nur langsam, dass ich damit nichts machen kann.«

Sally verzog mitleidig das Gesicht. »Das glaube ich dir sofort. Wenn man sich nicht frei bewegen kann, ist das wirklich schrecklich.«

Megan nickte – und ärgerte sich über sich selbst. Sie war nie der Typ gewesen, der herumjammerte. Außerdem war es mehr als Glück, wie das alles gelaufen war. Ausgerechnet Jay hatte sie gefunden und dann auch noch bei sich aufgenommen. Seine Schwester spielte mit, ohne zu hinterfragen. Und vor allem schienen Jay und sie die gleichen Gefühle füreinander zu hegen. Es war wie in einem Märchen.

In dem auch Sally eine große Rolle spielte, wie ihr gerade richtig bewusst wurde. »Ich möchte mich bei dir bedanken.«

Mit gerunzelter Stirn setzte sich Sally zu ihr, doch Megan ließ sie nicht zu Wort kommen. »Du lässt mich hier wohnen, obwohl du mich nicht kanntest. Du kümmerst dich um mich, hörst mir zu. Und fährst mich auch noch durch die Gegend, wenn es nötig ist. Hast mir das Handy angeboten ...«

»Okay, stopp!« Lachend hob Sally die Hände. »Die meisten Dinge hast du Jay zu verdanken.« Sie wurde ernst. »Außerdem war es eine gute Entscheidung, dich aufzunehmen. Nicht nur, weil ich dich ehrlich mag, sondern weil du Jay guttust. Das ist mir wichtig und da ist es an mir, mich bei dir zu bedanken. Denn es ist nicht selbstverständlich, dass man jemandem derart hilft. Einem eigentlich Fremden, der sich zudem wie ein

Idiot benommen hat, als ihr euch zum ersten Mal gesehen habt. Jedenfalls hat er das so erzählt.«

Die Erinnerungen an dieses Treffen entlockte Megan ein leises Lachen. Bis vor ein paar Tagen wäre sie noch an die Decke gegangen, mit dem jetzigen Hintergrundwissen hatte sie allerdings jedes Verständnis. »Na ja, es war schon ... Ich nenne es mal anstrengend. Heute weiß ich aber, warum er so drauf war. Und das kann ich gut verstehen.«

»Ja, es ist so wichtig, dass sich Jay öffnet. Vielleicht hat er ja in dir den Menschen gefunden, dem er sich anvertraut. Also, *ganz* anvertraut. Mit allem, was dazu gehört.«

Megan schluckte und senkte den Blick. »Du meinst euren kleinen Bruder?«

Sally schwieg einen Moment, danach sprach sie mit so leiser Stimme, dass sie kaum zu hören war. »Er hat es dir erzählt?«

»Ja. Und ich bin echt froh darüber.« Sie berichtete von seiner Panikattacke und dass er immer wieder den Namen des Kleinen vor sich hingemurmelt hatte.

Sally nickte. »Sowas allein ist schon schrecklich genug. Dann aber eine ähnliche Situation mit einem fremden Kind noch mal zu erleben, muss die Hölle sein. Er tut mir so leid, nur von mir lässt er sich nicht helfen, wenn es nicht ganz akut ist. Vielleicht hast du ja mehr Glück.«

»Das würde mich sehr freuen, allerdings werde ich ihn nicht drängen. Außerdem glaube ich, dass er bei *der* Vergangenheit professionelle Hilfe braucht. Da werden wir nicht reichen. Obwohl ich ihm jederzeit beistehen werde, wenn er das möchte. Das steht außer Frage.«

Sally ergriff ihre Hand und drückte sie. »Ich bin ehrlich dankbar, dass du da bist.«

Megan erwiderte den Händedruck und lächelte. »Irgendwie nimmt das hier gerade eine Hundertachtzig-Grad-Wendung. Ich wollte mich doch bei dir bedanken!«

Lachend stand Sally auf. »Da ergänzen wir beide uns wohl prima. Kaffee?«

»O ja, sehr gerne. Wie geht's denn deiner Freundin und ihrer Mom?«

»Ganz gut. Sie wurde zwar stationär aufgenommen, aber es scheint nichts Schlimmes zu sein. Gott sei Dank.«

»Wie schön. Musst du sie wieder abholen?«

»Sie ist schon zu Hause. Ihre Mom war müde, da ist sie nicht lange geblieben. Und morgen bekommt sie ihr Auto zurück. Also, alles gut.«

Nicht zum ersten Mal heute wurde Megan warm ums Herz. Diese beiden, Sally und Jay, waren die liebsten Menschen, denen sie je begegnet war. Sie dankte dem Schicksal – oder wem auch immer –, dass sie die zwei hatte kennenlernen dürfen.

Kapitel 28

Jay

»Ist das jetzt der versprochene Krankenbesuch oder gibt's noch 'nen anderen Grund, dass du vorbeikommst?« Jay goss Wasser in zwei Gläser und ließ sich auf das Sofa sinken.

Lucas' Miene gefiel ihm nicht. Schon als er hereingekommen war, hatte er ihm angesehen, dass etwas nicht stimmte.

Lucas trank einen Schluck und stellte das Glas wieder weg. »Wir müssen reden.«

»Hab ich befürchtet. Mit den Jungs alles okay?«

»Ja, denen geht's gut.« Er sah Jay ernst an. »Aber ich hatte ein interessantes Gespräch mit Alec.«

Fuck.

Jay schaffte es nicht, dem Blick seines Kumpels standzuhalten. Wenn Lucas allein deswegen extra herkam, würde es hier gleich in einer Katastrophe enden.

Jay musste um jeden Preis cool bleiben. »Und? Was erzählt er Schönes?«

»Dass du unschuldig bist.«

Jay schluckte. »Ach ja? Warum sollte er das machen?«

Lucas beugte sich vor, stützte die Ellenbogen auf seine Oberschenkel. »Weil er stockbesoffen war und ihn sein schlechtes Gewissen quält.«

»Wenn dem so wäre, würde er selbst hier stehen.«

»Du gibst also zu, unschuldig zu sein?«

Jay presste die Kiefer aufeinander. »Dann hätten die Cops wohl kaum die Drogen bei mir gefunden. Ich bin um eine Knaststrafe drumherum gekommen und krieg die letzten Monate Bewährung auch noch um. Also kein Grund, das Thema noch mal aufzufrischen.«

Lucas lehnte sich zurück und verschränkte die Arme vor der Brust. »Alter, erklär mich nicht für dumm. Ich kenne dich. Es gibt niemanden sonst, der dermaßen auf die Regeln pocht. Der sich so oft für Unschuldige in Gefahr gebracht hat wie du. Der das eigene Leben immer wieder für andere hintenangestellt hat. Und ausgerechnet *du* hast deinen Seal-Status verloren, wurdest unehrenhaft entlassen und bist vorbestraft. Wegen einem Scheißkerl, für den du dir kurz vorher eine Kugel eingefangen und ihm damit den verfluchten Arsch gerettet hast! Abgesehen davon, dass es demütigender nicht geht, wirst du nie wieder irgendwo einen Job kriegen!«

»Übertreib nicht, so ist es nicht. Außerdem hilft mir Megan. Ich hab da schon ein paar Ideen, wo ...«

»*Alter!*« Lucas sprang auf und fuchtelte mit dem Zeigefinger vor Jays Gesicht herum, was der gelassen hinnahm. Im Gegensatz zu dem Gebrüll, das Lucas nun an den Tag legte. »Du wurdest behandelt wie der letzte Dreck! Wie blöd bist du eigentlich, dir das komplette Leben zu versauen?«

Unruhe breitete sich in Jay aus, immer wieder schossen seine Augen in Richtung Tür. Wenn die beiden Frauen das mitbekamen ...

Und das nur, weil dieser Idiot ein Thema auffrischte, das lange abgehakt war.

Er atmete tief durch. »Erstens«, sagte er betont langsam, »schreist du weiter, fliegst du raus. Zweitens ist mein Leben nicht versaut. Und drittens – setz dich auf deinen Arsch und entspann dich. Wo sind deine Seal-Manieren? Ach ja, und das Thema ist durch, wie gesagt.«

Lucas starrte ihn an und ließ sich dann zurück aufs Sofa sinken. »Sorry. Aber das regt mich echt auf. Außerdem fehlst du im Team. Erzähl mir wenigstens, was genau mit Alec abgegangen ist.«

Super. Da hatte er richtig Lust darauf. Zumal die beiden für ihn wichtigsten Menschen nur einen Raum weiter saßen und durch das Geschrei sicher hellhörig geworden waren. »Ein anderes Mal, versprochen. Jetzt ist es ...«

»... der perfekte Moment. Wenn du mir nicht sagst, was Sache war, werde ich mir Alec vorknöpfen. Es kann nicht angehen, dass ausgerechnet *du* dir deine Zukunft ruinierst!«

»Tu ich nicht. Außerdem hab ich dadurch Megan kennengelernt, die mein Leben ganz anders bereichert, als es die Army jemals konnte.«

Lucas musterte ihn. »Du liebst sie?«

Wieder zuckte Jays Blick zur Tür, die immer noch verschlossen war. Erst dann nickte er.

»Ein Grund mehr, das klarzustellen. Oder darf die Bewährungshelferin mit ihrem Klienten zusammenkommen? Ich denke nicht. Mit einem Freispruch würde das allerdings klargehen.«

»Selbst wenn du recht hättest und ich die Sache klären könnte – es würde dauern. Bis dahin wäre die Bewährung längst um. Würde also sowieso nicht lohnen.«

Lucas verschränkte die Arme und sah ihm fest in die Augen. »Es sei denn, euer Techtelmechtel kommt raus. Dann ist auch deine Megan ihren Job los.«

Kochende Wut peitschte wie ein Vulkanausbruch durch Jays ohnehin angespannten Nerven. Der Kerl platzte hier rein, brachte alles durcheinander und wagte es dann noch, ihm zu drohen?

Er schoss um den Tisch herum und riss Lucas am Kragen hoch. »Wag es ja nicht, irgendwas davon zu erzählen! Sonst gibt es einen echten Grund für mich, verknackt zu werden. Und zwar lebenslänglich wegen Totschlags!«

»Entspann dich, ich hab nicht vor, jemanden zu verpfeifen. Zumindest nicht euch beide. Was hingegen Alec angeht ...« Lucas hob den Finger. »Könntest du mich loslassen? Ich steh nicht drauf, wenn du mir so nah kommst. Meistens endet so was mit mindestens einer Platzwunde. Und das wäre in dieser Situation ... sagen wir, bedenklich.«

Da hatte er wohl recht. Bis Jay derart aus der Haut fuhr, musste eigentlich mehr passieren. Das hier war lächerlich. »Sorry. Das Thema macht mich nervös.«

»Ja, scheiß Hormone, ich versteh das.« Lucas grinste.

Jay ließ sich in den Sessel fallen und wischte sich über das Gesicht.

Lucas war wieder ernst geworden. »Jetzt erzähl schon, was da wirklich abgegangen ist. Ich werde so lange nerven, bis ich die ganze Wahrheit kenne. Wenn ich dafür Alec in den Allerwertesten treten muss, werde ich das nicht allein tun.«

Verdammt. Lucas machte ernst, so gut kannte Jay ihn. Er kam nicht drum herum, alles zu erzählen. Wieder fiel sein Blick auf die Tür, noch immer war sie verschlossen. Was ihn wunderte. Sobald er laut wurde, war Sally normalerweise die Erste, die nach dem Rechten sah. Nur nicht heute. Ob da alles in Ordnung war?

»Los jetzt!« Lucas hob auffordernd die Hände.

Super. Jay verdrängte die Sorge um die Frauen. Sicher waren sie ins Gespräch vertieft.

Tief atmete er ein ... und stieß die Luft hart wieder aus. Er wollte den Mist vergessen, jetzt musste er es erneut hochholen. Nachdem er eben erst von Matti erzählt hatte.

Was für ein beschissener Tag.

Er seufzte tief und begann zu reden.

»Nach dem letzten Einsatz, den ich mitgemacht hab, sind wir Jungs auf Kneipentour gegangen. Da warst du übrigens auch bei.« Er ignorierte seinen fragenden Blick, im Prinzip war das nur der blödsinnige Versuch, vom Thema abzulenken. Dabei sollte er es einfach hinter sich bringen. »Jedenfalls musste ich pinkeln, bin aber erstmal am Klo vorbeigelaufen. Es war halt voll, der Laden neu für mich – ich hab's übersehen. Wie auch immer. Ich bin um die nächste Ecke, wo gar nichts mehr los war. Abgesehen von Alec, der da just einem anderen Typen was zugesteckt hat. Ich konnte nicht sehen, was es war, hat mich in dem Moment auch nicht interessiert. Also hab ich umgedreht, gepinkelt und dann gesehen, wie Alec allein wieder zurückging.«

Er rieb sich den Kopf. »Frag mich nicht, wieso, aber ich bin nochmal um die Ecke gegangen. Da hat sich der Kerl gerade die Drogen reingepfiffen. Ich hab eins und eins zusammengezählt und Alec gesucht, aber der war wie vom Erdboden verschluckt. Am nächsten Tag haben wir uns im Whiskey Hut getroffen, wo ich ihn zur Rede gestellt habe. Er holte ein Päckchen aus der Tasche, um zu demonstrieren, wie wenig er verkaufen würde. Hab ihm gesagt, dass auch ein Staubkörnchen von dem Dreckszeug zu viel wäre und nach kurzer Diskussion hat er mir zugestimmt. Dann waren plötzlich die Cops da. Razzia. Ich hab nicht nachgedacht, in seine Tasche gegriffen und ...« Er zuckte die Schultern.

»Bitte *was*?«, erklang es plötzlich von der Tür.

Fuck! Er fuhr herum. Beide Frauen standen dort, ein Gesicht fassungsloser als das andere.

»Sag, dass das nicht wahr ist!« Sallys Wangen färbten sich beängstigend rot, sie platzte gleich vor Wut.

Großartig. Genau das, was er brauchte. »Was habt ihr gehört?«

»Alles! Diesen ganzen scheiß verfluchten Irrsinn!« Sie betonte jede einzelne Silbe, hatte sich kaum im Griff.

Er wandte sich ab. »Es war 'ne Kurzschlussreaktion. Sonst wäre Alec auf der Straße gelandet.«

Sally kam mit großen Schritten auf ihn zu und brüllte los, wobei sie ihm mit jeder Silbe einen Schlag gegen die Brust verpasste. »Du blöder Idiot!«

Er fing ihre Faust ab und zog sie in seine Arme.

Sie klammerte sich an ihm fest. »Du bist so ein Arsch!«, presste sie hervor.

»Ich weiß. Aber hättest du Bescheid gewusst, wäre da nur ein schlechtes Gewissen bei rausgekommen. Das wollte ich dir ersparen.« Er würde es beim nächsten Mal nicht anders machen.

»Stimmt das wirklich?« Megan war ebenfalls atemlos.

Er zuckte die Schultern.

Ein Lächeln trat auf sein Gesicht, als er sich ihr zuwandte. »Diese Bewährungsstrafe war das Beste, was mir passieren konnte. Denn sonst hätte ich dich vermutlich niemals kennengelernt.«

Ihre Wangen färbten sich rosig. »Ja, so gesehen hast du absolut recht.«

Sally löste sich aus seinen Armen. »Ja, immerhin das. Trotzdem hast du damit dein Leben versaut. Und du hast mich belogen. Das kotzt mich richtig an, Jay.«

»Ich hab dich nicht belogen, nur nicht alles erzählt.«

»Was macht das für einen Unterschied?«

Er zuckte die Schultern. »Es hätte dir nichts gebracht. Abgesehen von diversen Streitereien und Abfuhren von mir, sobald du versucht hättest, mich dazu zu bringen, Alec anzukacken. Das wäre nicht passiert. Wird es auch jetzt nicht. Im Endeffekt war es ein nettes Spiel des Schicksals, immerhin habe ich jetzt Megan an meiner Seite. Und auch sonst hat es den Zweck erfüllt. Das ist es mir wert. Zumal ich, wie gesagt, eh schon das Schlimmste hinter mir hab. Jetzt fehlt nur noch ein Job und alles wird gut.«

»Ach, und du glaubst, dass du als unehrenhaft entlassener, vorbestrafter Seal mal eben so einen Job bekommst? Abgesehen davon, dass dieser Idiot nach wie vor frei herumläuft und weiter seine Totbringer verkauft. Das ist doch alles sinnfrei! Jay, das geht so nicht!« Sally warf theatralisch die Hände hoch. »Stell dir mal vor, wie viele Menschen er in den letzten Wochen und Monaten vielleicht mit dem Scheißzeug umgebracht hat. Einfach nur, weil dieser Arsch weiterverkaufen kann, während du auch noch für seinen Schwachsinn geradestehst!«

Ein eisiger Schauer überkam ihn bei dem Gedanken. Das wäre wirklich eine Horrorvorstellung. »Er hat versprochen, es zu lassen.«

Lucas schüttelte den Kopf. »Das hat er nicht eingehalten. Er hat es bei unserem Gespräch zugegeben.«

Fassungslos starrte Jay ihn an. Tiefe Enttäuschung, vermischt mit Wut, brodelte in seinen Adern. »Das ist nicht dein scheiß Ernst!«

Lucas sah ihm fest in die Augen. »Doch. Abgesehen davon bringst du deine Freundin in Gefahr. Also, was ihren Job angeht. Du musst das klarstellen!«

Jay sah sie an, Megan erwiderte den Blick fast schon flehend. Sie war Lucas' Meinung. Wie jeder hier.

Hart presste Jay die Kiefer aufeinander. Immer noch kochte die Wut in ihm, verspannte seine Muskeln, drängte ihn, den Kerl auf der Stelle fertig zu machen.

Doch da gab es etwas, was ihn zurückhielt. Den wahren Grund für sein Handeln. Den niemand hier kannte, scheinbar nicht mal Lucas. So sollte es auch bleiben, also zwang er sich zur Ruhe. Tief durchatmend rieb er sich das Gesicht. »Ihr habt ja nicht Unrecht. Aber wer bitte sollte mir glauben? Jetzt noch? Ich mache mich lächerlich. Versteht ihr das nicht?«

Alle drei schüttelten vehement den Kopf. Super.

»Sprich wenigstens noch mal mit ihm«, wandte Lucas ein. »Es scheint echt an ihm zu nagen, sonst hätte er mir die Geschichte wohl kaum erzählt.«

»Wenn es ihm so schlecht damit geht, frage ich mich, warum er sich nicht bei mir meldet. Zudem sagst du selbst, dass er stockbesoffen war. Da plaudert man schon mal aus dem Nähkästchen.«

»Bullshit. Doch nicht so was! Nein, ernsthaft – er hatte ein megaschlechtes Gewissen. Das hab ich ihm deutlich angemerkt. Dich anzurufen wird er sich nicht trauen. Versuch es wenigstens mit ihm zu klären. Du hast nichts zu verlieren.«

Auch Megan und vor allem Sally redeten so lange auf ihn ein, bis Jay zustimmte. »Meinetwegen. Dann kann ich ihm auch gleich erzählen, was ich von seinem Weitermachen entgegen der Absprache halte. Aber ihr haltet euch da raus, verstanden?«

Sie versprachen es ihm und Lucas verabschiedete sich. »In zwei Tagen komme ich wieder. Dann will ich was hören. Ansonsten geh ich zu den Cops und kläre die auf.«

Ehe Jay protestieren konnte, zog er die Tür hinter sich ins Schloss und ließ einen aufgewühlten und wenig begeisterten Kumpel zurück.

Kapitel 20

Megan

Megans Puls raste immer noch, nachdem Lucas verschwunden war. Sie setzte sich zu den Geschwistern ins Wohnzimmer und atmete einige Male tief durch. Was für ein Knaller. Er hatte sich einfach so für jemand anderen geopfert. Sein eigenes Leben ruiniert. Obwohl sie nicht verstehen konnte, warum er das getan hatte, erwärmte es ihr Herz. Einen besseren Fang als ihn hätte sie nicht machen können. Definitiv nicht.

Sein Anblick versetzte ihr jedoch einen Stich. Er saß vornübergebeugt, die Ellenbogen auf die Knie, und ließ den Kopf hängen. Wie heute Mittag, als er von Matti erzählt hatte. Mitleidig streichelte sie seinen Rücken, während Sally auf ihn einredete.

»Das machst du nie wieder, ist das klar? Dein Leben ist ruiniert. Trotzdem bringt dieser Volltrottel noch mehr Drogen in Umlauf und du lässt es einfach zu.«

Das klang hart, aber Sally hatte recht. Und das dürfte auch Jay klar sein, der anstelle eines bissigen Kommentars lediglich die Kiefer aufeinanderpresste.

Megan rückte etwas näher an ihn heran. »Jay, deine selbstlose Hilfe ehrt dich. Doch das war nicht zu Ende gedacht. Bitte, du musst reagieren und dafür sorgen, dass er aufhört, weiter Drogen zu verteilen.«

Er rieb sich das Gesicht. »Ich werde mit ihm reden. Das hätte ich schon viel eher machen sollen, aber ich war einfach zu frustriert. Denn die Tatsache, dass er, im Gegensatz zu mir, weiter Seal sein kann, nagt an mir. Obwohl es meine eigene Entscheidung war. Zumal ich die Augen vor den Konsequenzen seiner Dealerei verschlossen habe.«

Megan drückte ihn an sich. Sie konnte ihn verstehen. Zumindest sein schlechtes Gewissen. Da hatte er wirklich Mist gebaut.

Sally war noch nicht zufrieden. »Okay, du wolltest nicht mehr drüber nachdenken. Zumal du mehr als genug getan hast. Ach was, viel zu viel. Und genau das ist der Punkt. Es kann nicht angehen, dass er weiter sein Leben genießt und du hier leidest wie ein Hund. Seinetwegen!«

Jays Kopf schoss hoch, in ihre Richtung. »Wieso seinetwegen? Es war allein meine Entscheidung. Und das ist sie nach wie vor, solange du mir nicht das Essen bezahlen musst! Also halt dich zurück!«

Sally funkelte ihn an. »Das werde ich nicht! Du leidest schon genug mit deinen Attacken. Dann sollst du wenigstens den Job machen dürfen, den du so sehr liebst!«

Langsam sank sein Kopf wieder nach unten. »Den kann ich mit dem Scheiß sowieso vergessen. Denn Mündungsfeuer ist dabei an der Tagesordnung. Beim ersten wäre ich, dank einer Attacke, bereits tot.« Bei den Worten verkrampften sich seine Muskeln unter Megans Händen.

Sie presste die Lippen zusammen und streichelte ihn sanft. Es brach ihr das Herz, ihn so zu sehen. Wie gerne würde sie mehr für ihn tun, hatte jedoch keine Ahnung, was oder wie.

Erneut rieb er sich das Gesicht und richtete sich auf. »Es bleibt, wie es ist. Mein Leben ist eh versaut. Ich werde ihn mir zur Brust nehmen, wenn er wirklich weitermacht, und dann ist das Thema durch.«

Er wandte sich an Sally. »Mach dir keinen Kopf. Nur bitte halt den Mund. Sag zu niemandem etwas, okay?«

Sie zuckte lediglich die Schultern.

Jay nahm es mit aufeinandergepressten Lippen hin und legte Megan die Hand aufs Knie. »Auch dich bitte ich, mit keinem drüber zu reden.«

Sie schob die Brauen zusammen. »Hallo? Was denkst du von mir?«

»Dass du eine gute Bewährungshelferin bist.«

Verdammt. Er hatte recht. Damit ging sie das nächste Risiko ein, denn mit dem jetzigen Wissen müsste sie mindestens zu Barns gehen, genauso wie zu Jays damaligen Strafverteidiger. Wobei – war sie wirklich dazu verpflichtet? Diese Variante hatte sie noch nicht erlebt. »Jay, es ist deine Entscheidung. Ich werde erst handeln, wenn du es mir sagst. Also, ganz entspannt.«

Sein Lächeln war voller Erleichterung und Dankbarkeit, was sie in ihrem Entschluss bestätigte. »Ich wusste, dass ich mich auf euch verlassen kann. Ihr seid echt die Besten.« Er drückte Megan einen Kuss auf die Wange und atmete durch. »Ich werde auf mein Zimmer gehen und Alec anrufen. Vielleicht können wir später noch mal reden?«

Eine leise Enttäuschung stieg in Megan auf, die sie jedoch verdrängte. Es gab keinen Grund dafür. Logisch, dass er bei dem Gespräch seine Ruhe haben wollte. »Klar, gerne. Melde dich einfach, wenn dir danach ist.«

»Mach ich.«

Gedankenverloren sah Megan ihm hinterher. In ihr herrschte ein völliges Gefühlschaos. Einerseits war sie stolz, andererseits tat er ihr unfassbar leid. Dass er es weiterhin durchzog, grenzte an … Ja, an was? Dummheit? Oder war er einfach zu gut für diese Welt?

»Trinken wir noch einen Kaffee zusammen?«

Erschrocken fuhr sie zu Sally herum, fing sich aber schnell. »Sehr gerne.«

»Ich hole welchen.«

Zwei Minuten später nahm Megan dankbar ihre Tasse entgegen, als plötzlich ein lauter Knall von oben herunter hallte, begleitet von einem fuchsteufelswilden Aufschrei. Ihr Blick fuhr erst die Treppe hoch, dann zu Sally.

Sie zuckte die Schultern und lächelte müde. »Er ist sauer und überfordert. Das lässt er gern mal an den Wänden aus. Jetzt dürfte Ruhe sein.«

»Aha.« Ihr war nicht bewusst gewesen, wie sehr ihn das wirklich mitnahm. Wieder durchfuhr sie ein schmerzhafter Stich, dass sie ihn so wenig kannte. Aber was erwartete sie nach so kurzer Zeit?

»Dass er sich derart gehen lässt, traut man ihm gar nicht zu, oder?« Sally grinste und nippte am Kaffee.

»Nein. Bisher hatte er sich außerhalb der Attacken immer so gut unter Kontrolle.« *Außer beim Sex*, dachte sie und musste sich ein pubertäres Grinsen verkneifen.

»Oh, bei dir ist er echt entspannt. So erlebe ich ihn nur selten. Also, in Anwesenheit anderer Menschen.« Sie lächelte. »Du bedeutest ihm wirklich viel, und auch ich bin glücklich, dass ihr euch gefunden habt.«

»Danke, das ist lieb. Ich mag ihn auch wirklich gern. Obwohl ich froh wäre, wenn er sich noch mehr öffnen würde.«

Sally beugte sich vor und ergriff ihrer Hand. »Ich habe noch nie erlebt, dass er sich anderen gegenüber derart öffnet wie bei dir. Und das schon nach den paar Tagen, die ihr euch kennt. Lass ihm Zeit. Es ist nicht so leicht für ihn, Gefühle zu zeigen. Seiner Meinung nach ist es Schwäche. Typisch Mann eben.« Sie lachte auf und lehnte sich wieder zurück. »Die sind doch alle gleich.«

»Ja, da hast du allerdings recht.« Auch Megan grinste, wurde dann jedoch wieder ernst. »Darf ich dich was fragen?«

»Natürlich, immer.«

»War Jay nach der Sache mit eurem Bruder in Therapie?«

Sally seufzte. »Ja, schon. Aber der Therapeut war wohl nicht sehr hilfreich. Hat sich in der ersten Stunde die Story angehört und danach nur noch die Zeit irgendwie totgeschlagen. Hat ihn malen lassen, sich die Bilder aber nicht angesehen. Wenn er Lust hatte, haben sie Karten gespielt. Geredet wurde nur zu Beginn. Darum hält der Idiot auch heute nichts davon. Dabei könnte ihm garantiert geholfen werden, was seine Traumata angeht.«

»Ja, da bin ich mir auch sicher. Nur ihn zu drängen, bringt nichts, dann blockt er nur noch mehr ab.«

»So ist es. Und jetzt lass uns das Thema wechseln. Wenn er mitbekommt, dass wir über ihn reden, wird er unausstehlich.«

Beide lachten und versuchten sich in Smalltalk, was allerdings nicht klappte. Megan sah Sally an, wie sehr sie die Tatsache, dass Jay sein Leben so sinnlos selbst versaut hatte, fertig machte, und ihr selbst ging es nicht viel besser. Okay, es betraf sie nur zweitrangig. Dennoch mochte sie beide zu gern, um nicht mit ihnen mitzuleiden.

»Glaubst du, Jay versucht diesen Alec zu überreden, sich zu stellen?«, fragte sie unvermittelt.

Sally schüttelte mit gesenktem Blick den Kopf. »Niemals. Nur im Hinblick auf das weitere Dealen wird er sich ihn ordentlich vorknüpfen. Aber kein Stück mehr.«

»Vermutlich nicht. Zumal das Thema ja wirklich durch ist.«

»Das ist es nicht. Okay, er hat die Verhandlungen hinter sich. Aber diese Demütigung, nach seinen selbstlosen Einsätzen unehrenhaft entlassen zu werden, ist nicht nur krass, sondern wirkt sich auch auf sein weiteres Leben aus. Unabhängig von seinen Panikattacken. Würde er die zum Beispiel behandeln lassen, müsste er das selbst zahlen. Wäre er nur aufgrund dessen Veteran, sähe das anders aus.«

»Ja, das ist schon heftig.« Megan spielte nachdenklich mit ihrer Haarsträhne. »Würden die das denn ändern, sollte die Wahrheit doch ans Licht kommen?«

»Das weiß ich nicht. Stand bisher ja nie zur Debatte.« Sally seufzte tief. »Und das tut es jetzt leider auch nicht.

Ich bin nur froh, dass uns unsere Eltern ein kleines Vermögen hinterlassen haben. Jays Lebensstil kann durchaus teuer sein, was Arztrechnungen angeht. Und wer weiß, vielleicht geht er ja doch noch mal zum Psychologen.«

»Das wäre toll. Womöglich überwindet er irgendwann sein Ego und macht es dir zuliebe.«

Ein warmes Lächeln trat auf Sallys Gesicht. »Das hätte er schon getan. Für dich könnte er sich allerdings breitschlagen lassen.« Sie schielte die Treppe hoch und senkte ihre Stimme. »Erzähl es ihm nicht, aber du hast mit ihm einen echt guten Fang gemacht. Er tut fast alles für die Menschen, die er liebt.«

Megans Wangen nahmen die Farbe einer überreifen Tomate an, die Schmetterlinge in ihrem Bauch tanzten wild. Das klang einfach zu schön. »Ja, er ist ein toller Mann.«

»Du magst ihn wirklich, oder?«

»O ja. Hätte ich vor ein paar Tagen zwar nie für möglich gehalten, aber mit ihm bin ich der glücklichste Mensch der Welt. Dabei hat er mich echt an meine Grenzen gebracht.« Sie lachte auf und hielt dann nachdenklich inne. »Ich verstehe immer besser, warum.«

»Ich möchte nicht mit ihm tauschen. Zumal es seinem Ego nicht guttut. In letzter Zeit erkenne ich ihn nicht wieder. Er leidet wie ein Hund und das lässt ihn teilweise echt unfair und arschig werden. So ist er nicht. Aber es wächst ihm gerade alles über den Kopf. Die Phase hatte er nach seinem letzten Einsatz auch, und das eigene arschige Verhalten macht ihn noch mehr fertig. Er hasst es, die Kontrolle über sich zu verlieren, das ist ganz schrecklich für ihn.« Sally zog scharf die

Luft ein. »Genauso, wenn wir über ihn reden. Jetzt tun wir das schon wieder.«

»Er ist ja auch ein nettes Gesprächsthema!« Megan lachte, nickte dann aber. »Du hast recht. Ich mag das auch nicht. Also, Themenwechsel.«

In dem Moment wurde Jays Zimmertür geöffnet, wenig später kam er die Treppe hinunter. »Lasst euch nicht stören, ich hol mir einen Kaffee. Noch jemand?«

»Ja bitte«, antworteten die Frauen wie aus einem Munde und hielten ihm die leeren Tassen hin.

Jay blieb grinsend stehen. »Ihr zwei habt euch gesucht und gefunden, oder?«

Sie sahen sich an und nickten lächelnd.

Megan seufzte glücklich. »Ich bin total dankbar, euch beide kennengelernt zu haben. Ihr seid echt klasse.«

»Dito.« Jay zwinkerte und ging in die Küche.

Das war alles? Sally machte es besser. Sie stand auf und umarmte Megan. »Das kommt von Jay und mir. Mit Gefühlen hat er es nicht so. Also, sie zu zeigen. Nur, ganz ehrlich? Ich hab ihn nie so verliebt gesehen. Und darüber bin ich echt froh.«

Ein wohliger Schauer zog sich über Megans Haut, ließ sie prickeln. »Danke, das hör ich gern.«

Sally zwinkerte und ließ sich auf ihren Platz zurücksinken. »Ich denke, wir drei werden uns prima verstehen. Also, auch auf Dauer. Du passt super hier rein.«

»So ist es.« Jay kam mit der ersten Tasse zurück und überreichte sie Megan. »Ich hab gleich noch einen Termin. In drei Stunden.«

»Dann ist es neun Uhr!« Sally sah ihn stirnrunzelnd an.

»Ist mir bewusst. Alec wollte erst zum Sport.« Er drehte sich um und verschwand erneut in der Küche.

In Megan breitete sich eine innere Unruhe aus. Wenn das mal gut ging.

Kapitel 30

Jay

Alec erwartete ihn mit abweisender Miene. Nickte lediglich zur Begrüßung und winkte ihn mit einer knappen Handbewegung herein. Alkoholgeschwängerte, abgestandene Luft schlug Jay entgegen – er war drauf und dran, ein Fenster aufzureißen, hielt sich aber zurück.

Alec machte jedoch einen nüchternen Eindruck, was wohl bedeutete, dass er häufiger trank. Machte ihn die Sache wirklich so fertig? Oder war da was anderes?

Einen derart herzlichen Empfang hatte Jay jedenfalls nicht erwartet, was das zunehmend flaue Gefühl in seinem Bauch verstärkte.

Er sah sich um. Das Apartment schätzte er auf vielleicht vierzig Quadratmeter. Der Raum war vollgestopft mit Schränken, einer Matratze in der Ecke, einer Küchenzeile und einem Tisch mit zwei Stühlen. Lediglich ein abgenutzter brauner Stoffsessel wirkte immerhin so gemütlich, dass man es eine halbe Stunde darauf aushalten konnte.

Überall standen benutzte Tassen und Teller herum, die wenige freie Fläche auf dem Fußboden war mit Schmutzwäsche bedeckt. Die Ordnung, die Alec bei der Army gelernt hatte, lebte er hier jedenfalls nicht aus.

Jay trat weiter in den Raum, wobei er sich bemühte, den Kleidungsstücken auszuweichen. Auf Alecs Handzeichen hin sank er auf einen Stuhl und überlegte, das schmerzende Bein hochzulegen, entschied sich aber dagegen. Hier war nicht der Ort, um Schwäche zu zeigen.

Stattdessen beobachtete er Alec, der sich in den Sessel setzte. Geschmeidig wie immer, er war perfekt trainiert. Sein hellblaues Shirt allerdings zierte ein auffälliger Fleck undefinierbarer Herkunft, die blonden, kurzen Haare trieften nur so von Fett. Hatte er nicht gesagt, er wäre eben im Fitnessstudio gewesen? Dann hatte er wohl keine Zeit für die Dusche gehabt. Lecker. Aber das war nicht Jays Problem.

»Was willst du?« Alecs monotone Stimme konnte die Hölle gefrieren lassen.

»Warum hast du Lucas die Wahrheit gesagt?«

Er stockte. »Ich war betrunken.« Mit der Tür ins Haus zu fallen, zeigte Wirkung. Die Kälte in Alecs Miene verwandelte sich von Gefriertruhen- in Kühlschranktemperatur, auch seine Stimme wurde erträglicher.

»Dir ist hoffentlich klar, dass Lucas nicht dumm ist.«

»Hab ich nie behauptet. Allerdings hätte ich nicht erwartet, dass er direkt zu dir rennt und petzt.«

Jay beugte sich vor. »Du hast die gleiche Ausbildung genossen, wie wir alle. Somit weißt du genau, wie er tickt. Wie wichtig ihm Gerechtigkeit ist. Komm schon, dessen warst du dir bewusst, als du geredet hast.« Wut loderte tief in ihm auf, bereit an die Oberfläche zu schießen. Mühsam kämpfte er sie zurück. »Ich frage mich, warum du das Thema wieder auffrischst. Du hattest deinen Willen, kannst dich weiter um deine Mom kümmern, anstatt am Hungertuch zu nagen. Was der einzige Grund für mein Einschreiten war. Damit du ihre Medikamente bezahlen kannst, und zwar mit legalem Geld, wie du mir versprochen hast. Du kannst dir weiterhin Lobeshymnen als Seal reinziehen, hast alles, was du wolltest. Wieso frischst du es wieder auf?«

Alec musterte Jay nachdenklich und verschränkte die Arme vor der Brust. »Es war deine Entscheidung, mir die Drogen abzunehmen. Und für mich hört es sich gerade so an, als würde dich die Strafe dafür nicht weiter stören.«

Jay schnaubte. »Bullshit. Ich war mit Leib und Seele Seal, das weißt du genau. Und ein bisschen mehr Dankbarkeit hätte ich schon erwartet. Jetzt erzähl mir keine gequirlte Scheiße, sondern den wahren Grund.«

Alec schwieg. Die Wut in Jay stieg immer höher. Ja, es war seine Entscheidung gewesen. Er erwartete auch keinen Kniefall von Alec. Aber diese Undankbarkeit, dieses eisige und abweisende Verhalten ihm gegenüber, kotzte ihn an. Lange würde er das Flattern im Bauch nicht mehr aushalten. Wenn er aber platzte, würde das kein gutes Ende nehmen. Vermutlich für keinen von beiden.

»Ich hab keine Ahnung, wieso ich das Thema bei Lucas angesprochen ...« Alec hielt inne. Starrte Jay an. Oder besser: durch ihn hindurch. Blinzelte. Und senkte den Kopf. »Doch, hab ich. Ich komme nicht damit klar. Ich hätte reagieren müssen, als du die Drogen bei der Razzia an dich genommen hast.«

Irritiert zuckte Jay zurück, runzelte die Stirn. Was gab das denn jetzt für eine Show? Woher der plötzliche Sinneswandel? Mit aufeinandergepressten Kiefern und verschränkten Armen wartete er auf die Erklärung.

Die kam jedoch nicht. Alec saß nur da und starrte Löcher in den Linoleumboden. Er strich sich mehrfach über den Oberschenkel. Ein Zeichen der Unsicherheit und absolut untypisch für einen Seal im Training. Aber Alec schien in eine andere Welt eingetaucht zu sein. Super Timing.

Offenbar brauchte er eine Rückführung in die Realität. »Ich warte«, sagte Jay.

Erschrocken sah sein Gegenüber auf, offensichtlich hatte er ihn vergessen. Was Jay noch mehr beunruhigte. War Alec doch betrunken? Selbst auf Drogen? Steckte er im Entzug? Oder drehte er vollständig durch? Jedenfalls war er gerade nicht annähernd der stahlharte Soldat, den er sonst kannte.

»Jay, es tut mir leid. Darf ich es dir erklären?«

Er sah ihn nur an, die zunehmende Ungeduld heizte seinem Puls gewaltig ein.

Alec raufte sich die Haare, ließ die Hände sinken und redete mit gesenktem Kopf weiter. »Mom ist gestorben. Vor zwei Monaten. Seither kämpfe ich mit mir, ob ich mich stellen soll. Es wäre ja nur fair dir gegenüber. Andererseits sind die Verhandlungen gelaufen, du hast eine Bewährungsstrafe und das wars. Wozu also der Aufwand? Ich würde auch unehrenhaft entlassen werden und auf der Straße landen. Denn ich kann nichts anderes als den Sealjob. Und den will ich nicht verlieren.« Zum ersten Mal sah er auf. »Ehrlich, es tut mir leid. Ich hab dir das Elend zugefügt, was ich nicht wollte. Hab zugelassen, dass du dein Leben versaust, weil du für meinen Fehler geradestehst. Den ich aber nur um Moms Willen angefangen habe. Diese Medikamente waren echt unbezahlbar und die Versicherung hat die nicht übernommen. Also, ich hatte einen echten Grund für die Dealerei! Trotzdem – ich denke heute noch jeden Tag daran und das schlechte Gewissen frisst mich auf.«

Schon klar. Wen wollte er verarschen? »Und du hast nicht mal dran gedacht, mit mir zu reden? Ich hab nicht mal ein Danke gehört.«

»Nein. Doch. Also, ja, nur nicht ernsthaft. Es war mir zu peinlich und ich hatte Angst, dass du deine Meinung änderst, wenn ich damit anfange. Bis zu dieser Nacht, in der wir nach einem erfolgreichen Einsatz gefeiert haben. Da war dieser Moment, in dem ich dich gesucht habe. Mit dir anstoßen wollte. Du warst nicht da. Meinetwegen. Da ist mir erst richtig klar geworden, was für eine Scheiße ich gebaut habe. Lucas hat gemerkt, wie beschissen es mir ging, und mich zur Rede gestellt.«

Wow. Das musste Jay erst mal sacken lassen. Ein Hauch von Hoffnung machte sich in ihm breit, dass es tatsächlich die Wahrheit sein könnte. Nur eine Sache störte ihn. »Wieso hab ich dir ausgerechnet da gefehlt? Ich meine, ihr hattet doch vorher genug Gründe zu feiern, denke ich.«

»Ja. Nur bei diesem Einsatz hat sich einer 'ne Kugel für den anderen eingefangen. Das hat Erinnerungen geweckt.«

Das klang einleuchtend. »Was hast du jetzt vor?«

Alec zuckte die Schultern und wandte sich ab. »Sag du es mir.«

Die Worte schossen nur so aus Jay heraus. »Stell dich. Nur dann geht's dir besser.« Genau so war es, dessen war sich Jay inzwischen sicher. Seine Mom war tot,

Alec musste sich nicht mehr um das Geld für die Medikamente kümmern. Somit konnte er jetzt auch zu dieser verfluchten Dealerei stehen.

Alecs Kopf flog hoch, Panik lag in seinen Augen. »Es ist doch alles durch, nur noch ein paar Monate Bewährung für dich und dann war es das! Ich werde dich bezahlen, bis du einen neuen Job hast, wie wäre das? Oder ...«

»Halt mal die Luft an. Woher soll die Kohle bitte kommen? Ich nehme kein Drogengeld. Außerdem bin ich vorbestraft und unehrenhaft entlassen. Das versaut mir reichlich Jobmöglichkeiten.«

Wieder senkte Alec den Blick. »Den bekommst du nur, wenn du freigesprochen wirst.«

»Vermutlich.«

»Und wenn ich dir zu einem Job ...«

»Nein.«

Alec musterte ihn, rieb sich gedankenverloren die Schulter. Und seufzte tief. »Du hast dir bei deinem letzten Einsatz eine Kugel für mich eingefangen. Mir das Leben gerettet und das meiner Mom – zumindest für ein paar Monate. Und ich versaue dir deins.«

»Kann man so sehen.«

»Ist die wieder heil?«

»Wer?«

»Deine Schulter.«

»Für ein normalsterbliches Leben reicht's.«

Alec kratzte sich den ungepflegten Bart. »Also könntest du damit nicht mehr als Seal arbeiten?«

Das war doch wohl nicht sein Ernst! Jay verengte die Augen, seine Stimme war gefährlich leise. »Nicht die Kugel hat mir mein Leben als Seal versaut, sondern *du,*

Arschloch! Deine verfluchte Dealerei! Selbst wenn das Gelenk noch streiken würde, wäre mir die unehrenhafte Entlassung erspart geblieben. Weißt du, wie … ach, vergiss es einfach.«

Er wurde unfair. Es war seine Entscheidung gewesen, nicht die von Alec. Mit zitternden Händen fuhr er sich über den Kopf. Das Thema nahm ihn mehr mit, als er dachte. Er musste endlich den Grund für sein Kommen ansprechen, bevor er eskalierte. »Das mit deiner Mom tut mir leid. Dealst du noch, seit sie tot ist?«

Alec zögerte. Zu lange.

Das war zu viel. Jay hatte wirklich gehofft, dass sich Lucas irrte. Mit geballten Fäusten sprang er auf und brüllte los. »Das ist nicht dein Scheißernst! Ich versaue mir das Leben, damit du aus lauter *Gier* andere zerstörst? Tickst du noch ganz sauber? Du hast mir geschworen, damit aufzuhören! Noch zu ihren Lebzeiten! Was ist mit dir falsch, verdammt?«

Okay, atmen. Bleib cool, alles andere bringt nichts.

Jay presste scharf die Luft aus den Lungen, seine übliche Technik wollte nicht gelingen. Immerhin wurde seine Stimme etwas ruhiger. »Jetzt pass mal genau auf. Meine Geduld ist echt am Ende. Entweder zeigst du, dass dir endlich Eier gewachsen sind, und stellst dich. Alternativ werde ich die Cops auf dich hetzen. Ich guck mir doch nicht an, wie du sinnfrei und jetzt auch noch ohne deine Mom als Ausrede andere Menschen umbringst!«

Hektische Flecken hatten sich auf Alecs Wangen gebildet, ansonsten ließ er sich nichts mehr anmerken. Da war er wieder, der Seal. Derjenige, der im Training stand und dem Job weiter nachgehen durfte. Weil Jay für *seine* Straftat geradestand.

Gott, er musste hier raus, sonst würde er die nächsten Minuten bitter bereuen. Es war ohnehin alles gesagt.

Fluchtartig verließ er die Wohnung und flog drei der sechs Stockwerke förmlich herunter, bis Alec ihn zurückpfiff.

»Jay, warte.«

»Leck mich.« Er stürmte nach unten, riss die Haustür auf und kam erst an seinem Auto zum Stehen. Nur mit Mühe konnte er sich davon abhalten, eine Beule ins Blech zu schlagen. Die Wut drohte, überhandzunehmen. Wut auf sich selbst. Auf seine Unfähigkeit, cool zu bleiben. Er war kein Seal mehr. Nicht mal in seinem Kopf. Das frustrierte nicht nur, sondern tat ihm fast körperlich weh.

Wann war er zum verweichlichten Nichtsnutz mutiert? Er wollte so nicht sein. Ohne sein Training würde es jedoch täglich schlimmer werden.

Als Tränen in seinen Augen brannten, glaubte Jay, durchdrehen zu müssen. Er fuhr herum und rannte los. Überquerte eine Straße nach der nächsten, bog in schmale Gassen ab. Er ließ die Stadt hinter sich, um sich in die Einsamkeit der Natur zurückziehen zu können. Wo er allein war, zumal die Umgebung inzwischen lediglich vom Mond in Dämmerlicht getaucht wurde. Die einzige Gefahr, die auf ihn lauern könnte, war wohl eine Schlange.

Und wenn schon. Es war ihm völlig egal.

Die Minuten vergingen, wurden zu Stunden. Sein pochendes Bein registrierte er kaum. Aber jedes Mal, wenn sein Kopf zu platzen drohte und sich die Umgebung in dunklen Nebel verwandelte, drosselte er zähneknirschend sein Tempo und fiel in einen schnellen Schritt. Was er jedoch nie lange durchhielt. Er musste die Wut einfach rausrennen.

***

Irgendwann fand sich Jay nassgeschwitzt und keuchend vor seiner Haustür wieder. Keuchend? Er schnappte regelrecht nach Luft. Als er auf die Uhr sah, wunderte ihn das nicht. Es war kurz nach halb zwölf. Er war zwei Stunden gelaufen. Seine Muskeln, die Lunge und auch der Unterschenkel brannten wie Feuer, die Knie glichen Wackelpudding. Der Schwindel begleitete ihn seit längerer Zeit, sein Kopf dröhnte. Ihm war klar, dass die Anstrengung neben dem Bein auch kontraproduktiv für seine Gehirnerschütterung war. Dennoch bereute er es nicht. Er hatte sich vollständig verausgabt und es hatte verdammt gutgetan.

Ob er das noch so sah, wenn er sein Bein begutachtete?

Mit einiger Mühe schaffte er es, das Hosenbein nach oben zu ziehen, was ihn beruhigte. Das hatte er im Krankenhaus schließlich nicht hinbekommen.

Der gesamte Unterschenkel leuchtete zwar knallrot, dennoch sah er besser aus als gestern. Gott sei Dank. Ihm blieb nicht nur ein weiterer Krankenhausaufenthalt erspart, auch etwas Bewegung war offensichtlich wieder drin. Nicht so schnell und lange wie heute, aber immerhin. Dann würde sicher auch der Kopf bald wieder mitspielen.

307

Der Gedanke reduzierte seinen Herzschlag, beruhigte seine Nerven. Jetzt hatte er allerdings das Problem, dass er nicht unbemerkt reinkommen würde. Die beiden Frauen saßen garantiert auf heißen Kohlen. Was bedeutete, dass er wenigstens erst zu Luft kommen musste. Den Schweiß konnte er auf die Aufregung schieben. Aber er durfte niemals erzählen, dass er gejoggt ... gerannt war. Klar machten die sich Sorgen. Aber er ertrug gerade keine Kommentare über seine Dummheit. Die ihm durchaus bewusst war, nur anders als mit der Rennerei hätte er den Frust nicht loswerden können. Was die beiden aber nicht verstehen konnten.

Jay zückte sein Handy, atmete mehrmals tief durch. Elf Anrufe von Sally und noch mal sieben von Megan. Und eine Sprachnachricht von Alec. Mit zitternden Fingern tippte er sie an.

»Melde dich, wenn du das abgehört hast.« Er schien zu heulen, zumindest klang die Stimme nasal und zwei Oktaven zu hoch.

Einen Scheiß würde er. Erst mal brauchte Jay was zu trinken. Und eine Dusche. Vielleicht konnte er dann wieder klarer denken.

Kapitel 31

Megan

Waren das Schritte draußen im Kies? Jay! Hoffentlich war er es! Vorsichtig erhob sich Megan vom Sofa und griff nach ihren Gehstützen. Sie schlich bemüht leise in Richtung Tür. Was eine gefühlte Ewigkeit dauert, diese Mistdinger waren einfach zu laut. Aber sie wollte auf keinen Fall Sally wecken, die auf dem anderen Dreisitzer lag und scheinbar endlich zur Ruhe gekommen war. Vor lauter Sorgen hatte sie sich regelrecht in den Schlaf geweint. Megan konnte das durchaus verstehen, ihr war es nicht besser ergangen. Hauptsache, sie hatte sich jetzt nicht verhört!

Nein, die Haustür wurde aufgeschlossen und Jay kam herein. Vor Erleichterung hätte fast das gesunde Bein unter ihr nachgegeben.

»Gott sei Dank, endlich!«

Bei seinem Anblick zog sich allerdings alles in ihr zusammen. Er war nassgeschwitzt, das Gesicht gerötet und er atmete schwer. Seine Augen waren geschwollen, als hätte er geweint. Das Gespräch schien vollständig in die Hose gegangen zu sein.

Immerhin lächelte er, als sie auf ihn zu hinkte und in seine Arme fiel. »Es tut mir so leid.«

»Was?« Er schob sie von sich und sah sie erstaunt an.

»Na ja, offensichtlich wird er sich nicht stellen. Oder?« Ein winziger Hoffnungsfunke löste sich jäh durch sein Kopfschütteln in Luft auf. Enttäuscht lehnte sie sich wieder an seine verschwitzte Brust. Nicht mal das störte sie, obwohl sie sonst eine ausgeprägte Abneigung gegen Schweiß hatte. Nicht jetzt.

Jay streichelte ihren Rücken. »Einen Versuch war es wert. Ich brauch jetzt erst mal Wasser.«

»Ja, so siehst du auch aus.« Sie legte die Hand auf seine Brust. »Alles okay bei dir?«

Lächelnd nickte er. »Na klar.« Damit löste er sich von ihr und ging in die Küche, wo er einen kompletten Liter Wasser in sich hineinkippte. Das war wohl nötig gewesen.

Zufrieden seufzend stellte er die leere Flasche weg. »Kommst du mit mir duschen?«

Der Schmetterlingsalarm in ihrem Bauch entlockten ihr ein Grinsen. »Unbedingt. Aber erst solltest du Sally wecken und ihr sagen, dass es dir gutgeht. Sie hat sich echt verrückt gemacht vor Sorge.«

Kopfschüttelnd warf er einen Blick ins Wohnzimmer. »Typisch. Null Vertrauen in mich.«

Dafür verpasste Megan ihm einen Schlag auf die Brust.

»Hey! Fängst du auch an, mich zu vermöbeln? Sal ist wohl ein schlechter Umgang für dich.«

»Im Gegenteil. Sie kann mir gute Tipps geben, wie man dir wieder Verstand einprügeln kann.«

Er lachte auf. »Na, dann pass mal auf. Sie zeigt dir jetzt, wie es nicht geht.« Zwinkernd schob er sie von sich und schlich zu seiner Schwester. Er zupfte ein Taschentuch aus der Box auf dem Tisch und kitzelte sie damit im Ohr.

Zunächst wedelte sie nur fahrig mit der Hand in die Richtung, dann kam plötzlich Leben in sie. Sally fuhr hoch, blinzelte und sprang auf. »Du Arsch, warum hast du dich nicht gemeldet? Wir kommen hier um vor Sorge und du hältst es nicht für nötig, mal eben Bescheid zu sagen. Du bist echt das Allerletzte!« Sie schlug ihn vor die Brust und warf sich dann schluchzend in seine Arme.

Jays Miene war verkniffen, anscheinend hatte er diese Reaktion nicht erwartet. Er drückte Sally einen Kuss auf die Haare. »Hey, entspann dich. Außerdem hast du noch nicht mal auf dein Handy geguckt. Vielleicht hab ich ja angerufen.«

»Hast du?«, murrte Sally an seiner Schulter.

»Nein, aber es hätte immerhin sein können.«

Sally drückte ihn von sich und verpasste ihm den nächsten Schlag, ehe sie die Nase krauste. »Du stinkst. Aber jetzt erzähl, was hat das Gespräch gegeben?«

»Nicht viel.« Jay klärte sie auf, beide hörten gespannt zu. »Jedenfalls werde ich ihn erst morgen anrufen. Heute kann der mich mal.«

Sally legte die Hand auf seinen Arm. »Dann hattest du ja doch einen guten Grund für den Mist.«

»Natürlich hatte ich den! Oder glaubst du, ich unterstütze den Drogenscheiß, weil ich den toll finde? Nein, wäre Alec erwischt worden, hätte niemand mehr die Medikamente für seine Mom besorgen können. Sie wäre sicher an ihrem Diabetes gestorben. Das war für mich Grund genug.«

»Warum hast du es mir nicht erzählt?«

Er zuckte die Schultern. »Seine Mom wollte nicht, dass ihre Erkrankung bekannt wird. Alec hat es mir auch nur gesagt, weil ich ihn dazu genötigt habe.«

Megan starrte ihn an. »Und dann reagiert der so? Was für ein undankbarer Idiot ist das denn? Das gibt's ja gar nicht!«

Auch Sally schüttelte fassungslos den Kopf und atmete tief durch. Sie musterte Jay und rümpfte erneut die Nase. »Lass mich raten – du hast deinen Frust weggelaufen.«

»Ein bisschen. Darum geh ich jetzt duschen. Und danach ins Bett.«

Sally warf ihm einen finsteren Blick zu, schenkte sich jedoch eine Moralpredigt. »Super Idee, da gehe ich direkt hin.« Sie nahm ihn noch mal kurz in den Arm, verabschiedete sich von den beiden und schwankte die Treppe hoch, als wäre sie betrunken. Die Arme musste völlig am Boden sein. Aber jetzt war Jay ja glücklicherweise wieder hier. Die Erleichterung darüber übermannte Megan unerwartet. Tränen schossen ihr in die Augen. Um das zu verstecken, drückte sie Jay einen Kuss auf den Mund, den er leidenschaftlich erwiderte.

»Duschen?«, flüsterte er.

»Unbedingt.«

Ohne Vorwarnung hob er sie auf die Arme und trug sie die Treppe hoch – sie konnte sich gerade noch ein Quieken verkneifen und kämpfte mit den Gehstützen in der einen Hand, während sie sich gleichzeitig mit der anderen an Jay festklammerte. Was gar nicht einfach war, dennoch genoss sie es. Dieses endlose Warten hatte sie wahnsinnig gemacht. Wenn sie überlegte, was alles hätte passiert sein können ...

Nein, darüber wollte sie nicht nachdenken. Schon gar nicht jetzt. Sie würde den Moment auskosten. In vollen Zügen.

***

Am nächsten Morgen fühlte sich Megan wie erschlagen. Von Sally war nichts zu hören. Sie blieb neben Jay in seinem Bett liegen, wo sie auch den Rest der Nacht verbracht hatten. Viel geschlafen hatten sie nicht, da gab es schönere Dinge, die man machen konnte.

Nun kuschelten sie sich aneinander, was in Megan eine ganze Ladung Glückshormone auslöste. Sie konnte sich nicht erinnern, jemals so verliebt gewesen zu sein. Das Zusammensein mit Jay machte sie glücklich wie nie zuvor.

Wäre da nicht noch das andere Problem. »Wann willst du Alec zurückrufen?«

Jay verkrampfte sich. Anscheinend wollte er gar nicht, was sie verstehen konnte. Dennoch machte es Sinn, irgendwas schien er ja noch zu wollen.

»Nicht jetzt«, murmelte er und küsste ihre Haare.

Megan hob den Kopf von seiner Brust. »Jay, vielleicht wäre es besser. Er scheint dir etwas sagen zu wollen.«

»Ja. Später.«

Das Klingeln an der Haustür schreckte sie auf.

»Super Timing«, stöhnte Jay und kämpfte sich aus dem Bett. Er schlüpfte in seine Jogginghose und eilte nach unten.

Megan zog sich ebenfalls an, was viel zu lange dauerte. Als sie es endlich geschafft hatte und das Zimmer verließ, hörte sie eine Frauenstimme. Sie kam ihr bekannt vor. Stirnrunzelnd hielt sie inne und verharrte lauschend im Flur.

»Wir würden gerne Ihre Aussage aufnehmen. Es wäre nett, wenn Sie dafür mit auf das Revier kommen.«

»Okay, ich ziehe mich eben an. Bin gleich wieder da.«

Jay kam die Treppe hoch und warf Megan einen unsicheren Blick zu. Er winkte sie mit ins Schlafzimmer, wo er sich sein Handy schnappte.

»Die Cops sind hier, was hast du denen erzählt?«, fragte er in den Hörer, während er sich ein Shirt aus dem Schrank suchte. Jay erstarrte. »Nicht dein Ernst.«

Unruhe machte sich in Megan breit. Sie war sich sicher, dass Alec am anderen Ende der Leitung war. Zog er ihn nun noch weiter in die Probleme?

»Alles klar.« Jay legte auf und zog sich das Shirt über den Kopf. »Willst du mit aufs Revier?«

Megan hob die Brauen. »Natürlich, nur sieht es komisch aus, wenn ich hier wohne. Das könnte Ärger geben.«

»Es ist mit Barns geklärt. Das passt schon.«

»Okay, und was passiert da jetzt?«

»Die nehmen meine Aussage noch mal auf. Und ich würde mich freuen, wenn du dabei wärst.«

»Na ja, für die Aussage selbst wirst du wohl allein herhalten müssen. Aber ich warte sehr gerne auf dem Revier, bis du fertig bist.«

Er drückte ihr einen Kuss auf den Mund. »Das wollte ich hören. Dann komm.«

Wieder einmal half er ihr die Treppe herunter. Die Cops – es waren Rose und Parker – sahen ihnen mit erhobenen Brauen entgegen.

Detective Rose fing sich zuerst. »Miss Sterling, was machen Sie hier?«

»Ich habe mir den Fuß gebrochen und außer Mister Harvey und seiner Schwester niemanden, der mich unterstützen könnte. Somit haben wir mit meinem Boss besprochen, dass ich ein paar Tage hierbleibe.«

»Okay.«

Jay trat einen Schritt vor. »Ich hätte sie gern dabei.«

Rose sah von einem zum anderen. Megan musste sich zurückhalten, nicht nach seiner Hand zu greifen. Niemand durfte sehen, was sie füreinander empfanden, also bemühte sie sich um einen professionellen Gesichtsausdruck.

»Meinetwegen. Sie können dann vor dem Verhörraum warten.«

Erleichtert folgten sie den Cops zum Auto. Dabei fiel Megan auf, dass Jays Wagen nicht hier stand. Sollte sie ihn danach fragen?

Sie entschied sich dagegen. Wenn es ungewöhnlich wäre, hätte er sicher schon entsprechend reagiert. Stattdessen wandte sie sich an Rose. »Warum wird mein Proband erneut befragt?«

»Es haben sich neue Hinweise ergeben. Denen wollen wir nachgehen.«

»Okay.« Wieder hätte sie fast nach seiner Hand gegriffen. Sie musste sich zusammenreißen, trotz der Unruhe, die sie innerlich auffraß. Was hatte Alec gesagt? Jay hatte seine Seal-Maskerade aufgesetzt, sie sah ihm keinerlei Gefühlsregung an. Das würde eine lange Wartezeit geben, selbst wenn es in Wahrheit vielleicht nur ein paar Minuten werden würden.

Es nützte nichts – da musste sie jetzt durch.

Am Revier angekommen, half ihr Parker aus dem Auto, während Jay mit Rose vorging.

Er fehlte ihr jetzt schon.

»Ich zeige Ihnen, wo Sie warten können.«

Super. Viel lieber wäre sie mit Jay mitgegangen, obwohl sie natürlich wusste, dass eine Bewährungshelferin nichts bei einer Befragung zu suchen hatte. Vielleicht sollte sie auf Strafverteidiger umschulen.

Megan wurde von Parker zu einer Stuhlreihe gebracht. Ihr blieb nichts anderes übrig, als sich in Geduld zu üben. Und Sally, die alles verschlafen hatte, zu informieren. Megan zückte ihr Handy und schrieb ihr eine Nachricht. Die Antwort kam schnell.

Wie war Jay drauf? Eher positiv oder negativ eingestellt?

Die Frage quetschte ihr Herz zusammen, denn Megan konnte sie nicht beantworten. Weil sie ihn nicht gut kannte.

Tut mir leid, ich weiß es nicht. Er war wieder so unnahbar.

Okay, dann müssen wir abwarten. Meldest du dich, wenn du mehr weißt?

Na klar.

Megan steckte das Telefon zurück in die Tasche und ließ die letzte halbe Stunde Revue passieren. War er wirklich so verschlossen gewesen? Oder hatte sie einen Hinweis übersehen?

So sehr sie überlegte – ihr fiel nichts ein. Nervös wippte sie mit dem Bein und sah sich um. Sie musste sich ablenken. Hier gab es aber lediglich einige Bilder diverser berenteter Captains an der Wand. Das rege Treiben der Cops konnte sie nur hören, es fand hinter der Ecke statt. Megan zückte ihr Handy erneut und spielte darauf herum. Aber sie konnte und wollte sich nicht konzentrieren. Genervt steckte sie das Smartphone wieder ein und legte mit einem herzhaften Aufstöhnen den Kopf hinter sich an die Wand. Schloss kurz die müden Augen und schreckte auf, als Parker sie plötzlich ansprach.

»Miss Sterling, würden Sie mir bitte folgen?«

Ihr Herz legte einen Zahn zu, während sie sich hochkämpfte und dem Officer hinterher humpelte. In die falsche Richtung, weg von dem Verhörzimmer mit Jay. Warum? Was war da los?

Sie wurde in einen weiteren Befragungsraum gebracht, wo sie sich an den Tisch setzte. Parker nahm ihr gegenüber Platz. »Miss Sterling, ich würde Sie gerne als Zeugin befragen. Ihre Rechte kennen Sie sicher, oder soll ich die noch mal aufzählen?«

»Nein, die sind mir bekannt. Worum geht es denn?«

»Um die Sache zwischen Mister Harvey und Mister Winston.«

»Entschuldigung, wer ist Mister Winston?«

Parker hob die Brauen. »Mister Alec Winston. Sie haben nie von ihm gehört?«

»Ach so, doch. Ich kannte bisher nur seinen Vornamen.«

»Gut. Also, Sie wissen, wen ich meine? Den ehemaligen Kollegen von Mister Harvey, der ihm die Drogen …« Erschrocken hielt er inne.

Megans Gehirn arbeitete auf Hochtouren. Wenn die Cops Alec mit den Drogen in Verbindung brachten, musste er gestanden haben. Aber was, wenn nicht? Wenn sie Jay mit irgendeinem Kommentar Schwierigkeiten bereitete?

Sie musste bei der Wahrheit bleiben. Denn Jay war unschuldig.

Parker räusperte sich. »Darf ich Sie zu ihrer persönlichen Beziehung zu Mister Harvey befragen?«

Das ging ja schon super los. »Hat das etwas mit dem Fall zu tun?«

»Nein.«

»Dann dürfen Sie nicht.«

Er atmete tief durch. »Gut. Also Sie wohnen bei ihm, seit sie sich den Fuß verletzt haben?«

»Bei seiner Schwester, ja. Wenn sie arbeiten muss, kümmert er sich um mich.«

»Somit haben Sie mehr von den Gesprächen mit Mister Winston mitbekommen, richtig?«

»Durch meine Funktion als Mister Harveys Bewährungshelferin, wurde ich weitestgehend aufgeklärt. Gespräche mit Mister Winston habe ich nicht mit angehört.«

»Okay, dann erzählen Sie mir bitte, was genau Sie wissen.«

»Gut. Die Wahrheit habe ich gestern erst erfahren, als ein ehemaliger Kamerad von Ja... Mister Harvey zu Besuch kam. Und zwar waren er und Mister Winston wohl in einer Kneipe, wo Mister Harvey ihn zur Rede gestellt hat, nachdem er am Tag zuvor glaubte, ihn beim Dealen beobachtet zu haben. Laut Mister Winston hat er das gemacht, um an Geld für Medikamente seiner kranken Mutter zu kommen. Als es zu einer Razzia kam, hat Jay – ich meine, Mister Harvey – die Drogen an sich genommen, um seinen Kollegen zu schützen, damit dieser weiter seine Mom versorgen konnte.«

»Miss Sterling?« Sein Schmunzeln ließ sie innehalten. »Es ist okay, wenn Sie Jay sagen.«

Das Blut schoss ihr in den Kopf. Er wusste Bescheid. Ein Grund mehr, dass jetzt die Wahrheit ans Licht kam. Ohne darauf einzugehen, fuhr sie fort. »Es war wohl eine Kurzschlussreaktion, er hatte nicht weiter über die folgenden Konsequenzen nachgedacht. Er hat es bis zuletzt durchgezogen, zumal Mister Winston versprochen hatte, mit dem Dealen aufzuhören und anders an das Geld für die Medikamente zu kommen. Nun ist die Mutter verstorben. Alec hatte mit einem schlechten Gewissen zu kämpfen und es Jays Kumpel erzählt. Der kam sofort vorbei und hat Jay zur Rede gestellt. Da Mister Winston das Geld nun nicht mehr benötigt, hat er ihn gebeten, sich zu stellen. Hat er das getan?«

Darauf bekam sie keine Antwort, aber Parkers zustimmendes Nicken während ihres Berichts deutete sie als Bestätigung, dass Jay ebenfalls alles erzählt hatte. Wenn sich ihre Stellungnahmen deckten, wäre das grandios. Megan betete zu Gott, dass es so war.

Parker stellte noch einige Fragen und führte sie eine knappe Viertelstunde später zu Jay, der einen zufriedenen Eindruck machte.

Parker nickte seiner Kollegin zu, was sie erwiderte. »Gut, Mister Harvey. Wie es aussieht, gleichen sich die Aussagen von Miss Sterling mit den Ihren. Es ist auch das, was Mister Winston sagte. Damit steht Ihrem Freispruch nichts mehr im Wege, der Rest ist nur noch Formsache. Herzlichen Glückwunsch.«

Megan jauchzte auf und fiel ihm in die Arme. »O Gott, ich freu mich so!«

Zur Antwort drückte Jay ihr einen Kuss auf den Mund, den sie nur kurz erwiderte und einen erschrockenen Blick auf Rose warf.

Diese zeigte zum ersten Mal eine Gefühlsregung – sie lächelte. Nickte ihnen zu und zwinkerte, ehe sie Parker aus dem Zimmer zog.

Megan sah Jay an. »War das jetzt okay?«

Er grinste schief. »Ab sofort brauche ich keine Bewährungshelferin mehr. Aber dich brauche ich. Als meine offizielle Freundin.«

Ihr Herz raste mit den Schmetterlingen in ihrem Bauch um die Wette. Überschwänglich drückte sie ihn so fest an sich, wie sie konnte.

Kapitel 32

Jay

Was für ein Tag. Jay war dermaßen glücklich, dass er gar nicht erst versuchte, seine Gefühle zurückzuhalten. Die letzten Tage hatten ihn gelehrt, wie gut es tat, sie einfach mal rauszulassen. Er hob Megan hoch und wirbelte sie umher, dass sie nur so quiekte.

Parker, der zurückgekommen war, grinste breit. Offensichtlich freute er sich mit ihnen.

Als sich die beiden beruhigt hatten, bot er an, sie nach Hause zu fahren. Jay lehnte ab. Unweit des Reviers wohnte Alec, bei dem sein Wagen stand. Er nutzte die Gelegenheit, um sich bei ihm zu bedanken. Megan wartete im Auto, wo sie in Ruhe Sally informieren konnte. Obwohl Alec scheinbar zu Verstand gekommen war, wollte Jay noch nicht, dass er von ihr erfuhr. Wer wusste schon, was ihm später in den Kopf kam.

Alec war wie ausgewechselt. Kleinlaut entschuldigte er sich und Jay nahm es ihm ab. So geknickt hatte er ihn nicht mal erlebt, wenn sie einen Kameraden verloren hatten.

Der nächste Weg führte Megan und ihn zu Barns. Jay freute sich auf das Gespräch. Heute war anscheinend sein Tag der Klarstellungen, und wenn das weiterhin so gut lief, war er sehr bald weitestgehend problemfrei.

Barns sah erstaunt auf, als sie in sein Büro traten. »Sterling, ich dachte, Sie sind krankgeschrieben.«

»Das bin ich auch.«

Jay übernahm. »Ich wollte Ihnen mitteilen, dass ich offiziell unschuldig bin, der Rest ist Formsache. Was ich allein *Miss* Sterling zu verdanken habe. Ohne sie wäre die Wahrheit nie ans Licht gekommen. Ich hoffe, Ihnen ist klar, was für eine grandiose Mitarbeiterin Sie mit ihr haben.«

»Ich ...« Barns nestelte an seinen Fingern herum und erinnerte mit seiner Gesichtsfarbe plötzlich an eine Schneelandschaft. »Selbstverständlich weiß ich das.«

Jay nickte. »Wunderbar. Dann gibt es sicher einen guten Grund für den Schwachsinn mit David Major.«

Der Schweiß trat Barns auf die Stirn. Das lief ja perfekt. Jay setzte noch einen darauf. »Ich habe mit ihm gesprochen. Sollte sich Miss Sterling dazu entschließen, rechtliche Schritte gegen Sie einzuleiten, erklärt er sich zu einer Aussage bereit, wenn Sie Ihren Fehler nicht eingestehen. Uns ist bewusst, dass Sie straffrei aus der Sache herauskommen würden, Ihren Job könnten Sie allerdings an den Nagel hängen. Also, wie siehts aus? Erzählen Sie uns das Offensichtliche?«

Barns Blick huschte von einem zum anderen und endete auf der Schreibtischplatte. Er schluckte und blinzelte, wiederholt rieb er sich mit auffallend zittrigen Händen über das Gesicht, wobei er sich die Brille von der Nase fegte. Hektisch fing er sie auf und putzte sie am Hemd, ehe er sie wieder akribisch genau auf der Nase positionierte.

Schließlich atmete er tief ein und stieß die Luft aus. »Es war ein Test. Weil ich Frauen diesen Job nicht zutraue und Miss Sterling ihn ... sehr genau nimmt.«

Megan schnaubte. »Dann bin ich also nur für die Frauenquote hier? Und werde dafür bestraft, das Gesetz zu beachten?«

Barns sah auf. »Was die Frauenquote angeht, haben Sie recht. Bis dato war es so. Bevor Sie gezeigt haben, dass ich mich in Ihnen getäuscht habe. Bei der Sache mit Major war ich mir sicher, dass er Sie einlullen und Sie hinfahren würden. Da er auf die Tränendrüse gedrückt hat, hätte ich meine rechte Hand darauf verwettet, dass sogar Sie dafür die Regeln gebrochen hätten. Weil Frauen zu weich für den Job sind. Sie haben mir gezeigt, dass es nicht so ist. Es ... tut mir leid.«

Fassungslos schüttelte Jay den Kopf. »Ziemlich arschig, vor allem für einen Bewährungshelfer. Wobei es gut war, dass Major zu blöd zum Telefonieren war und Textnachrichten geschickt hat. So konnte dieser unverschämte Schwachsinn wenigstens aufgeklärt werden.«

»Er hätte das Gejammer telefonisch nicht hinbekommen.«

Jay schnaubte. »Das war Ihre größte Sorge? Sie kapieren echt gar nichts. Wenigstens hat er es dadurch geschafft, Ihnen den vermeintlichen Grund für eine Kündigung von Miss Sterling zu versauen. Trotzdem – Sie haben ihr das Leben zur Hölle gemacht, und das nicht erst seit Major.« Er legte den Arm um Megans Schulter. »Falls sie weiterhin für Sie arbeiten möchte, hat *sie* jetzt etwas gegen *Sie* in der Hand. Sollte sie noch ein einziges Mal unfair von Ihnen behandelt werden, wird das Ganze an die Öffentlichkeit gelangen. Dafür sorge ich.

Genauso, wie ich im Bedarfsfall Miss Sterlings Zeuge sein werde. Mister Major, wie gesagt, ebenfalls. Und ich soll Ihnen ausrichten, dass er über das Thema nie wieder auch nur ein Wort hören will, sonst sucht er sich einen neuen Bewährungshelfer und wird auch andere Konsequenzen ziehen. Im Gegensatz zu Ihnen hat nämlich *selbst er* ein fürchterlich schlechtes Gewissen und will diesen Bullshit vergessen. Zumal Sie ihm damit auch einigen Ärger eingebrockt haben. Ihre Entscheidung, ob Sie es ebenfalls auf sich beruhen lassen oder Probleme möchten. Ist das angekommen?«

»Jeder Punkt.«

»Dann sind wir uns einig? Inklusive einer gescheiten Gehaltserhöhung?«

Barns räusperte sich, stand auf und kam um den Schreibtisch herum. Nach kurzem Zögern hielt er Megan die zittrige Hand hin. »Es tut mir leid, dass ich Sie unterschätzt und Ihnen das Leben schwer gemacht habe. Das wird nicht wieder vorkommen. Ihr Gehalt werde ich entsprechend anpassen. Und ich danke Ihnen beiden, dass Sie mich noch nicht angezeigt haben. Dazu wird es auch nicht kommen müssen. Die Sache mit Mister Major habe ich geklärt, er bekommt keine weitere Strafe. Außerdem wird er bereits von einem Kollegen im Süden der Stadt betreut. Hat er das nicht erwähnt?«

»Das ist das Mindeste, was Sie machen konnten.« Die Frage ignorierte Jay und setzte lieber noch einen darauf. »Traurig, dass man Sie erst mit den eigenen Mitteln schlagen muss, ehe Sie ein bisschen Menschenverstand zeigen.«

»Ja, da haben Sie recht. Sie müssen wissen, ich hatte in den letzten Jahren gleich zwei weibliche Angestellte, die sich von ihren Probanden um den kleinen Finger haben wickeln lassen. So was kann man sich in diesem Job nicht erlauben.« Er sah Megan an. »Wie gesagt, Miss Sterling, ich habe Sie falsch eingeschätzt. Weil Sie einfach so eine herzensgute Person sind, dachte ich, dass sie ähnlich manipulierbar wären. Ich habe mich getäuscht und würde mich freuen, wenn Sie mir noch eine Chance geben.«

Megan verschränkte die Arme vor der Brust. »Nur, wenn Sie mir versprechen, auch Mary als vollwertige Kollegin anzusehen.«

Barns nickte. Innerlich frohlockte Jay, als er Megans puterroten Wangen sah. Das hatte sie so was von verdient.

Als sie endlich in Barns' Hand einschlug, nickte er zufrieden. Was für ein genialer Tag.

Unterwegs zum Parkplatz fragte Megan: »Wann hast du denn mit Major geredet?«

»Gar nicht, ich hab ja nicht mal seine Nummer. Aber das hat Barns nicht zu interessieren. Er hat seinen Fehler unter Zeugen zugegeben und das reicht. So oder so – wenn sein Grund für das arschige Verhalten stimmt, wird er dich von nun an auf Händen tragen, warte ab.« Er zwinkerte und genoss den Anblick der strahlenden Megan.

»Cassy wird Augen machen, wenn ich ihr erzähle, was sie alles verpasst hat.«

»Wer ist Cassy?«

Megan grinste. »Eine fürchterliche Nervensäge und meine beste Freundin. Sie ist gerade im Urlaub. Sobald sie zurück ist, wird sie dich ausquetschen, bis du völlig ausgetrocknet bist.«

Er lachte. »Wir werden sehen. Ich hab später noch einen Termin auf dem Revier. Vielleicht hab ich danach keine Zeit mehr für so etwas.«

Erschrocken fuhr sie herum. »Wieso das?«

Er legte den Arm um sie. »Rose hat mir einen Job angeboten. Als Trainer für die Cops und Anwärter. Fitness, mentales Training und Schießtraining. Sie meinte, mit meiner Erfahrung wäre ich da wohl Gold wert. Das bespricht sie in diesem Moment mit ihrem Boss, bei dem ich mich dann später persönlich vorstellen soll. Da sie aber großes Mitentscheidungsrecht hat, scheint es klar zu gehen. Und ...« Er zögerte und atmete tief durch. »Die haben einen Psychologen vor Ort. Ich könnte fragen, ob du mit deiner Fahrangst auch dahin kannst.«

Stirnrunzelnd sah sie ihn an. »Nein, damit geht es mir super, alles gut.« Ihr Blick ruhte auf ihm, was er gerade nur schwer ertragen konnte. Selbst vor ihr war es ihm peinlich.

Jay gab sich einen Ruck. »Wie du meinst. Wenn ich eine Therapie wegen meiner scheiß Panikattacken bei dem mache, kann ich irgendwann auch selbst als Cop arbeiten.«

Sie riss die Augen auf. »Du hast Rose davon erzählt?«

Schulterzuckend sah er zu Boden. »War nicht leicht. Aber die müssen ja wissen, worauf die sich einlassen. Ob das mit dem Schießtraining funktioniert, weiß ich auch noch nicht. Müsste aber, es passiert ja nicht im Dunkeln.«

»O Gott, Jay, ich glaub das ja nicht! So viel Glück an einem Tag, das ist ja der Wahnsinn!«

Er grinste breit. »Du bist eindeutig mein Glücksbringer. Dich gebe ich nie wieder her.«

Megan lachte auf, gleichzeitig stiegen ihr Glückstränen in die Augen. »Das hast du schön gesagt. Aber keine Angst, mich wirst du eh nie mehr los.«

Er küsste sie voller Leidenschaft und strich ihr sanft eine Freudenträne von der Wange. »Dann steht unserem glücklichen Leben ja nichts mehr im Wege.«

Danksagung

Vor einiger Zeit, als ich eine Verabredung wegen einer Deadline abgesagt habe, wurde mir von der Person angeboten, meine Geschichte zu schreiben. Im ersten Moment war ich sprachlos, dann wurde mir bewusst, wie Leser über Autorentätigkeiten denken: hinsetzen, zusammenhängende Wörter tippen, fertig. Ich kann es ihnen nicht verübeln, früher ging es mir ähnlich. Aber es hat auch meine Dankbarkeit für all meine Unterstützer noch mal erhöht – sollte das möglich sein.

Das Schreiben ist so viel mehr, als nur Buchstaben aneinanderzureihen. Ich erwarte von mir selbst, dass der Leser in die Geschichte eintauchen kann, wie ich es beim Schreiben tue. Damit das klappt, müssen aber etliche Voraussetzungen erfüllt werden. Plotlöcher müssen gestopft, Wortwiederholungen ausgemerzt, Bilder im Kopf erzeugt werden. Um nur ein paar der wichtigsten Punkte zu nennen. Gleichzeitig sind das Dinge, die man als Autor, dank der Betriebsblindheit, gern übersieht. Also muss Hilfe her, womit ich endlich beim Thema bin. Denn ich habe die besten Helfer, die ich mir vorstellen kann. Um einige zu nennen:

Ein riesen Dankeschön an Nadine, auf die ich mich zu hundert Prozent verlassen kann, die sich immer Zeit freischaufelt, um für mich testzulesen.

Ein großer Dank geht auch an den »Zerfetzer«, der all meine Fragen geduldig beantwortet hat. Sein Wissen über die Navy Seals aus erster Hand ist mit Gold nicht zu bezahlen.

Ebenso das von Melli, die auch immer für mich da ist, mich aufbaut und mir bei Bedarf auch kräftig in den Allerwertesten tritt. Ihr besonderes Auge für den Inhalt will ich niemals missen.

Den letzten Schliff habe ich der lieben Isabelle zu verdanken. Mit ihrem gründlichen und großartigen Lektorat hat sie noch mehr aus der Story herausgeholt.

Ohne euch alle wäre die Geschichte um Jay und Megan nicht so, wie sie jetzt ist.

Ebenfalls danken möchte ich meiner Agentin Alisha für die Vermittlung an diesen wundervollen Verlag, wo ich besonders Ina hervorheben möchte. Danke, dass ihr euch so toll kümmert und mich und die Geschichte ernstnehmt.

Ein weiterer Dank geht an Verena, Mom und Dany, die an mich glauben und hinter mir stehen. Das bedeutet mir unglaublich viel.

Besonders danken möchte ich meinen Lesern. Danke, dass ihr in meine Geschichten eintaucht! Ihr macht meine Liebe zur Schreiberei noch so viel wertvoller für mich.

Tausend Dank euch allen, und auch an die vielen weiteren Unterstützer, die ich wegen Platzmangels nicht erwähnt habe. Ihr seid die Besten!